Jürgen Ehlers

Im dunklen Nebel

Liebe und Verrat in den besetzten Niederlanden,
1942-43

Roman

JÜRGEN EHLERS

IM DUNKLEN NEBEL

Liebe und Verrat in den besetzten Niederlanden,
1942-43

2. Auflage 2020

Deutsche Erstausgabe Oktober 2018

Umschlaggestaltung: Laura Newman
- design.lauranewman.de -
Unter Verwendung von Stockdaten:
© Layerace, Milano83, ddraw, ibrandify,
kjpargeter, Freepik / Freepik.com

Lektorat: Jessica Rohmann

Impressum
Jürgen Ehlers, Hellberg 2a, 21514 Witzeeze

Herstellung und Verlag: BoD – Books on Demand, Norderstedt
ISBN: 978-3-748-15157-9

PERSONEN

Gerhard Prange (22), Student
Eltern und ältere Schwester Ilse, wohnhaft in Hamburg

Sofieke Plet (18), eine untergetauchte Jüdin
Jaap (22), ihr älterer Bruder, ein Student
Witwe ter Laak (69), ihre Vermieterin
Sara (6), ein jüdisches Mädchen

Arthur Seyß-Inquart * (50),
Reichskommissar für die besetzten Niederlande
Gertrud * (50), seine Frau
Dorli * (14), ihre Tochter

DIE FALLSCHIRMAGENTEN

Aart Alblas * (24), Deckname »Klaas«, Seeoffizier
Hubertus (Huub) Lauwers * (27), Journalist
George Jambroes * (38), Lehrer
Beatrice (Trix) Terwindt * (31), Stewardess
Frederik (Freek) Willem Rouwerd * (30), Zimmermann
Leo Marks * (22), Code-Spezialist, einer der Ausbilder

DIE VORRINK-GRUPPE

Koos Vorrink * (51), Vorsitzender der SDAP
Levinus van Looi * (45), Journalist
Frieda * (44), seine Frau
Nelly * (17), ihre Tochter
Karel van Staal * (53), Herausgeber
Geertje * (55), seine Frau
Jacob van Tijen * (45),
ehemaliger Direktor der Fokker Flugzeugwerke

Alexander Wins * (46), Journalist, Jude
  Sara * (44), seine Frau
Meyer Sluyser * (41), Journalist, Mitarbeiter von Radio Oranje
  Marijke * (8), seine Tochter
Pieter Six * (47),
Major, seit 1942 Oberbefehlshaber Ordedienst
Henry Hansen * (45), Mitarbeiter im Katasteramt in Den Bosch

DIE SS

Heinrich Himmler * (42),
Reichsführer SS und Chef der Deutschen Polizei
Hanns Albin Rauter * (47),
Generalkommissar für das Sicherheitswesen
Gruppenführer Dr. Wilhelm Harster * (38),
Befehlshaber des Sicherheitsdienstes
Sturmbannführer Erich Deppner * (32),
Chef der Abteilung Gegnerbekämpfung
Joseph Schreieder * (37),
Hauptsturmführer, Leiter der Abteilung IV E Gegenspionage
  Else Geigerseder * (28), seine Sekretärin
  Anton van der Waals * (30), sein holländischer Spitzel
    Corrie den Held * (17), Antons spätere Frau
Nicolay (Nico) Johannsen * (39),
Untersturmführer, Kriminalkommissar
Otto Haubrock * (33), Kriminalsekretär
Marten Slagter * (38) und Leo Poos* (41),
holländische Polizisten
Heinrichs * (40), Leutnant, Funkpeiler bei der Ordnungspolizei
Ernst May * (36), Leutnant, Kriminalkommissar

DIE WEHRMACHT

Hermann Giskes * (46),
Major, Leiter der Gruppe III F der Abwehr
Richard Christmann * (37), Ex-Fremdenlegionär

MITGLIEDER DES WIDERSTANDS

Willem Pahud de Mortanges * (21), Chemie-Student aus Delft
Paul Josso * (24), Chemie-Student aus Delft
Dr. Gerrit Kastein * (32), Neurologe
Miep Blaauw (20), Studentin
   Bas (21), ihr Freund

SONSTIGE

Hendrik Seyffardt * (70), Generalleutnant
Hermannus Reydon * (46), NSB-Politiker
   Wilhelmina Reydon-Steenhart * (47), seine Frau

*Historische Personen sind durch ein * gekennzeichnet.*
Altersangaben bezogen auf 1942.

INSTITUTIONEN

Die **Special Operations Executive (SOE,** *Sonderein-satztruppe***)** war eine britische nachrichtendienstliche Spezialeinheit während des Zweiten Weltkriegs.

Der **Secret Intelligence Service (SIS)** ist der britische Auslandsgeheimdienst. Er ist besser bekannt unter dem Namen **MI6.**

Der Sicherheitsdienst des Reichsführers SS (Abkürzung SD) war ein Teil des nationalsozialistischen Machtapparates. In der Auslandsspionage konkurrierte der SD mit dem Amt Ausland/Abwehr der Wehrmacht.

Die **Sicherheitspolizei** (kurz **SiPo**) umfasste die Geheime Staatspolizei (**Gestapo**) und die Kriminalpolizei (**Kripo**). Sie war Heinrich Himmler als »Reichsführer SS und Chef der deutschen Polizei« unterstellt.

Die **Geheime Staatspolizei,** auch kurz **Gestapo** genannt, war die politische Polizei.

Ordnungspolizei (OrPo) (Schutzpolizei, Gendarmerie, Gemeindepolizei) war der Oberbegriff für die uniformierte Polizei.

Abwehr ist die im deutschen Sprachgebrauch verbreitete Bezeichnung für den deutschen militärischen Geheimdienst der Wehrmacht.

Der Generale Staf sectie III (GS III) war der erste moderne niederländische Nachrichtendienst. Er wurde nach Einmarsch der deutschen Truppen 1940 aufgelöst.

Der **Ordedienst (OD)** war eine Widerstandsbewegung in den von Deutschland besetzten Niederlanden.

NOVEMBER 1942

Stalingrad ist von deutschen Truppen besetzt. Russland scheint geschlagen. Im Westen tut sich nichts. Zwar sind tausende von amerikanischen Soldaten in Großbritannien angekommen, aber die erwartete Invasion des Festlandes ist ausgeblieben.

Sonnabend, 28. November 1942

»Wir sind schon eine seltsame Familie«, stellte Richard fest. »Ein deutscher Deserteur, eine minderjährige Ausreißerin und ein geklautes Kind, von dem niemand im Ernst annehmen kann, dass es etwa eure Tochter wäre.« Sie hatten ein kleines Café in Alkmaar gefunden, das trotz der frühen Stunde schon geöffnet hatte. Es war ein schäbiges Lokal, aber das spielte keine Rolle. Hier war es warm, und es gab heißen Früchtetee und etwas zu Essen.

»Und wer bist du in dieser Familie?«, fragte Gerhard.

»Ich bin der gute Onkel Richard, Ex-Fremdenlegionär und Doppelagent, der euch jetzt alle retten wird.«

Die »Ausreißerin« sah ihn zweifelnd an. Sofieke war 19 Jahre alt, fast volljährig also. Sie hatte ihre Mutter verlassen und war untergetaucht, als für sie feststand, dass es den Juden in Holland schlecht gehen würde. Ihr Bruder hatte ihr einen falschen Ausweis besorgt, und bis vor kurzem war sie damit heil durchgekommen. Ihre Mutter und ihr Bruder waren tot; jedenfalls ging sie davon aus. Als sie zuletzt von ihnen gehört hatte, waren sie auf dem Weg nach Auschwitz. Gerhard, Sara und sie hatten nach England flüchten wollen. Das war gescheitert, das Flugzeug war ohne sie abgeflogen, und jetzt waren sie am Ende.

Auch Richard Christmann wirkte erschöpft. Trotz aller großspurigen Reden sah man ihm die Strapazen der letzten Tage an. Er sagte: »In den nächsten 24 Stunden muss sich entscheiden, ob wir mit einem blauen Auge davonkommen, oder ob wir alle tot sind.« Er sagte das völlig gelassen. Wahrscheinlich wurde man fatalistisch, wenn man wie er mehr als einmal dem Tod ins Auge geblickt hatte.

»Ich bin übrigens kein Deserteur«, stellte Gerhard fest.

Christmann lachte. »Das kommt darauf an, wie man das sieht. Ich würde sagen: Deserteur und Mörder. Zweifacher Mörder.«

»Ich habe das Richtige getan.« Es war sinnlos, über diesen Punkt zu diskutieren.

»Das sagen sie alle«, sagte Christmann leichthin. »Auf jeden Fall bist du ein Spion, und Spione gehören erschossen. Eigentlich«, fügte er hinzu.

Gerhard glaubte nicht, dass Richard ihn hinrichten lassen würde. Wenn er das gewollt hätte, hätte er es längst tun können.

»Was geschieht jetzt?«, fragte Sofieke. Sie sah Christmann nicht direkt an bei dieser Frage, aber es war klar, dass sie von ihm eine Antwort erwartete.

»Sofieke, du kannst zunächst einmal bleiben, wo du bist. Niemand weiß, wie stark du mit Gerhard zusammenhängst. Niemand weiß von diesem Fluchtversuch. Du warst ein paar Tage verreist, und jetzt gehst du einfach in deine Wohnung zurück und lebst weiter glücklich und zufrieden in Den Haag Bezuidenhout, bis der Krieg vorbei ist.«

»Aber da ist Sara«, sagte Sofieke.

Das sechsjährige Mädchen hatte seinen Tee halb ausgetrunken. Sara war fast eingeschlafen, aber als ihr Name fiel, öffnete sie die Augen und sah Sofieke ängstlich an.

Sofieke legte ihr die Hand auf die Schulter. »Sara bleibt bei mir!«

»Sie kann nicht bei dir bleiben«, widersprach Christmann. »Jeder weiß, dass sie nicht deine Tochter sein kann.«

»Sie ist aus den geräumten Gebieten evakuiert ...« Während Sofieke das sagte, wurde ihr bewusst, wie dumm das war.

»Warum ist sie dann nicht bei ihren Eltern?«, fragte Christmann prompt. »Nein, das machen wir anders. Sie ist von ihren Eltern aufs Land geschickt worden. Nach Driebergen zum Beispiel ...«

»Nach Driebergen?« Den Namen hatte Sofieke noch nie gehört.

»Das liegt bei Utrecht. Sehr hübsche Gegend. Unsere Dienststelle wird übrigens dorthin verlegt.«

Gerhard blickte überrascht auf.

»Wusstest du das nicht?«, fragte Christmann. »Driebergen ist für Sara ideal. Ein kleines Kaff in der Provinz. Und obendrein hat sie dich ganz in der Nähe, und du kannst aufpassen, dass ihr nichts passiert.«

»Wenn ich nicht stattdessen im KZ lande«, wandte Gerhard ein.

Richard schüttelte den Kopf. »Niemand landet im KZ.« Er hatte zwar bisher nur eine ungefähre Vorstellung davon, wie das Ganze laufen sollte, aber er war sich sehr sicher, dass sowohl Giskes als auch Schreieder seinem Plan zustimmen würden, und das war entscheidend. Es war die beste Lösung. Nicht zuletzt auch für ihn.

Das Schwierigste zuerst, dachte Richard Christmann. Er hatte den Wagen in Alkmaar stehenlassen und war mit der Bahn nach Den Haag gefahren, genau wie Sofieke und das Kind. Christmann hatte sich in ein Wehrmachtsabteil gesetzt. Er brauchte Schlaf, und neben Sofieke hätte er kein Auge zugetan. Seit gestern wusste sie, dass er sie begehrte. Ihre krasse Ablehnung amüsierte ihn. Er war sich sicher, er würde sie bekommen. Mit dem Gedanken schlief er ein.

Richard schlief fast die ganze Fahrt und war auf diese Weise jedenfalls einigermaßen munter, als er dem Chef der Abteilung Gegenspionage gegenübertrat. Er traf den SS-Mann beim Packen seiner Sachen an. Nicht nur die Gruppe III F der Abwehr musste umziehen, auch die Abteilung IV E des Sicherheitsdienstes der SS wurde nach Driebergen verlegt. Schreieder war in seine Arbeit vertieft. Hatte er nicht bemerkt, dass Christmann eingetreten war? Richard räusperte sich.

»Ich möchte mit Ihnen sprechen«, sagte er.

Schreieder blickte nicht auf von dem Karton, in den er gerade Aktenordner verstaute. »Das kommt mir jetzt sehr ungelegen«, bemerkte er knapp.

»Es ist wichtig«, sagte Christmann bescheiden. Wenn er wollte, konnte er sich gut auf seine jeweiligen Gesprächspartner einstellen.

Jetzt blicke Schreieder doch auf. Er sah den Agenten missbilligend an. Nicht einmal rasiert hatte er sich! Er sagte: »Falls es noch einmal um diese missglückte Aktion im Haus Clingendael geht, dann möchte ich davon nichts mehr hören. Der Fall ist für mich abgeschlossen. Alles Weitere kann der Herr Major Giskes persönlich mit meinen Vorgesetzten diskutieren.«

»Fünf Minuten«, beharrte Christmann.

Schreieder seufzte: »Ich höre.«

»Unter vier Augen.« Christmann deutete auf die Sekretärin.

»Else Geigerseder ist meine langjährige Mitarbeiterin. Sie kann gern alles mithören, was wir an dienstlichen Dingen zu besprechen haben.«

Christmann erwiderte nichts, er schüttelte nur ganz leicht den Kopf.

Schreieder zögerte, dann sagte er: »Else, bitte überprüfen Sie noch einmal, ob die Lastwagen für den Transport nach Driebergen auch wirklich wie vereinbart bereitstehen.«

Das brauchte Else Geigerseder nicht zu überprüfen. »Die Lastwagen stehen bereit.«

Schreieder sah sie an.

»Na schön«, fauchte sie. Sie ging aus dem Zimmer und schloss die Tür hinter sich.

»Gerhard Prange lebt«, sagte Richard Christmann.

»Das weiß ich schon, und ich weiß auch, dass seine Freundin, diese Sofieke noch immer auf freiem Fuß ist, und ich weiß auch, dass dieser Judenbalg, diese Sara, auf unerklärliche Weise aus dem Kinderheim verschwunden ist, in dem ich sie abgeliefert habe. Vermutlich werden Sie mir jetzt gleich erzählen, dass das alles für Sie neu ist, und dass Sie keine Ahnung haben, warum das so ist ...«

Richard schüttelte den Kopf.»Ich habe dafür gesorgt, dass alles so gekommen ist, wie es jetzt ist«, sagte er.

Damit hatte der SS-Offizier nicht gerechnet. Er setzte sich hinter seinen Schreibtisch und gab Richard mit der Hand ein Zeichen, sich auch zu setzen.»Das können Sie mir sicher erklären«, sagte er. Er schien sich sicher zu sein, dass der Ex-Fremdenlegionär dafür keine ausreichende Entschuldigung würde vorbringen können.

»Lassen Sie mich mit dem Einfachsten anfangen«, begann Christmann.»Dieser angebliche Überfall auf das Haus Clingendael war außerordentlich schlecht vorbereitet ...«

»Dafür war unser Kamerad Giskes zuständig ...«, fiel ihm Schreieder ins Wort.

»Es spielt keine Rolle, wer dafür zuständig war. Der entscheidende Punkt ist, dass das Vorgehen nicht ausreichend mit dem Reichskommissar abgestimmt war. Arthur Seyß-Inquart hat zwar genehmigt, dass ein Überfall auf seinen Wohnsitz vorgetäuscht werden durfte ...«

»Er hat uns freie Hand gelassen, vollkommen freie Hand. Ich habe persönlich mit ihm telefoniert. Er hat lediglich darum gebeten, dass nichts beschädigt wird!«, warf Schreieder ein.

»... aber er hat nicht gewusst, welche Rolle Gerhard Prange dabei spielen sollte. Gerhard bedeutet ihm etwas.

Der Junge ist für ihn so etwas wie ein Neffe. Die Familien Prange und Seyß-Inquart sind eng befreundet. Sie können sich sicher sein, dass es erhebliche Konsequenzen für Giskes und für Sie gehabt hätte, wenn Gerhard bei diesem Handstreich auf das Palais zu Schaden gekommen wäre.«

»Ich bin mir keiner Schuld bewusst.« Schreieder war rot geworden.

»Die SS hat mit scharfer Munition geschossen!«

»Das muss Deppner hinter meinem Rücken angeordnet haben!«

Stimmte das? Christmann war sich fast sicher, dass Schreieders Vorgesetzter in diesem Fall nicht eingegriffen hatte. Aber es hatte keinen Sinn, jetzt auf diesem Punkt herumzureiten. Richard sagte: »Es geht nicht darum, irgendjemandem die Schuld zu geben. Es geht ganz allein darum, unter den gegebenen Umständen eine Lösung zu finden, die für alle Seiten akzeptabel ist. Das betrifft Major Giskes und Sie gleichermaßen. Aber ich bin zuerst zu Ihnen gekommen. Es ist leichter, sich mit einem Mann von Verstand zu einigen als mit einem Choleriker.«

»Da bin ich gespannt.« Schreieder zündete sich eine Zigarre an. Dass Christmann Major Giskes als Choleriker bezeichnete, gefiel ihm. Nach kurzem Zögern hielt er Christmann ebenfalls die Zigarrenkiste hin. Der lehnte dankend ab.

»Fangen wir mit Gerhard Prange an. Die Engländer wissen, dass er lebt. Sie glauben, dass dieser spektakuläre Überfall auf den Wohnsitz des Reichskommissars echt war. Der Bericht darüber steht in der Zeitung. Sie glauben, dass er den Überfall durchgeführt hat. Und sie wissen, dass er noch in Freiheit ist. Mit anderen Worten: Gerhard ist unser bester Mann.«

»Unser bester Mann!« Schreieder blies Rauch in Richards Richtung. »Das sehe ich anders. Ich habe von Anfang an behauptet, dass er ein faules Ei ist! Ich habe Recht gehabt.«

Richard lächelte überlegen. »Er ist kein faules Ei. Er ist das beste Ei, das wir haben. Wir wissen, dass sein Herz für die andere Seite schlägt. Deshalb müssen wir gut auf ihn aufpassen. Und das ist nicht allzu schwer. Gerhard muss mit England in Kontakt bleiben. Aber er hat keinen eigenen Sender. Das heißt, sein Kontakt läuft über uns. Und wir können diesen Kontakt auf das absolute Minimum begrenzen. Den Engländern ist klar, dass Gerhard nach diesem Anschlag zunächst einmal untertauchen muss. Aber wenn er sich am Ende doch wieder meldet und irgendeine wichtige Botschaft übermittelt, dann werden die Engländer davon ausgehen, dass diese Nachricht wirklich echt ist.«

Schreieder überlegte. »Da ist etwas dran«, gab er schließlich zu, »aber ich möchte mit diesem Mann nichts mehr zu tun haben.«

Warum nicht? Weil er ihm nicht mehr in die Augen blicken konnte? Der ansonsten aalglatte Schreieder hatte seine schwachen Punkte. Richard sagte: »Gerhard bleibt natürlich formal Major Giskes unterstellt. Aber da unsere beiden Dienststellen künftig nicht nur in demselben Ort, sondern obendrein noch in demselben Gebäude untergebracht sind, wird es sich nicht vermeiden lassen, dass Sie sich von Zeit zu Zeit über den Weg laufen.«

Schreieder sah Christmann ins Gesicht: »Ich kann das nicht«, murmelte er.

Richard schüttelte den Kopf. »Gerhard Prange hegt keinen Groll gegen Sie«, behauptete er. »Er weiß, dass Sie unter den gegebenen Umständen nicht anders handeln konnten. Er kennt Sie, und er kennt Deppner. Er weiß, wer von Ihnen hier falsch gespielt hat.«

Schreieder rauchte schweigend. Er antwortete nicht. Christmann zog eine Packung Eckstein aus der Tasche. »Ich darf doch?«

»Ja, natürlich. Bitte.«

Richard zündete sich eine Zigarette an.

Schreieder blies den Rauch seiner Zigarre in die Luft. »Ich sehe nicht ein, was der Sinn dieses ganzen Spiels sein soll«, sagte er. »Na schön, Gerhard können wir zur Not gebrauchen. Aber was ist mit dem Kind?«

»Das Kind ist kein Problem«, sagte Christmann.

»Kein Problem? Mein Gott, Christmann, dieser Kerl hat es aus einem Judentransport gestohlen. Aus einem Zug in den Osten. Natürlich ist das längst bekannt. Natürlich weiß Deppner, wo dieses Kind plötzlich herkommt ...«

Richard schüttelte den Kopf. »Die Sache ist anders, als Sie denken. Es geht nicht um das Kind. Es geht um diese Sofieke. Die junge Frau, bei der Gerhard zur Miete wohnt.«

»Was ist mit ihr?«

Christmann setzte Schreieder ins Bild. »Für Sofieke habe ich eine wunderbare Rolle«, sagte er. »Sie unterstützt Anton bei seiner Arbeit.«

»Anton ist *mein* Agent«, fiel ihm Schreieder ins Wort. »Was Anton macht und was nicht, das bestimme ich!«

»So soll es auch bleiben«, beschwichtigte ihn Christmann.
»Aber er braucht Hilfe. Anton gibt vor, ein Widerstandskämpfer zu sein. Das gelingt ihm ganz gut, wie wir alle wissen, aber er hat auch seine Schwächen. Er ist ein Angeber.
Sein größter Fehler ist sein Geltungsdrang. Dadurch bringt
er sich und unsere Arbeit immer wieder in Gefahr. Mal behauptet er, er sei ein Graf, mal ein Erfinder – was soll das?
Das trägt nicht gerade zu seiner Glaubwürdigkeit bei ...«

»Anton van der Waals ist ein geschicktes Schwein. Bis
jetzt ist es ihm immer gelungen, sich aus allen Schwierigkeiten unbeschadet herauszulavieren.«

»Bis jetzt. Aber das Projekt, das Sie jetzt ins Auge gefasst haben, ist das größte und riskanteste Vorhaben
überhaupt ...«

Schreieder stellte sich dumm. »Was für ein Projekt?
Ich weiß nicht, wovon Sie reden.«

Richard sah ihn spöttisch an. »Die Vorrink-Gruppe«,
sagte er.

»Wer hat Ihnen das erzählt?«

Richard zuckte mit den Achseln. »Niemand. Aber vergessen Sie nicht, ich bin auch beim Geheimdienst, und
ich halte meine Ohren offen, genau wie Sie. Daher weiß
ich, dass am 12. November der Agent Gerard van Hemert
per Funk den Auftrag bekommen hat, mit Koos Vorrink,
dem Vorsitzenden der SDAP, der *Sociaal-Democratische
Arbeiderspartij*, Kontakt aufzunehmen.«

Schreieder überlegte. Hatte Heinrichs irgendetwas
ausgeplaudert? Es war unglücklich, dass der Funkpeiler
nicht nur mit ihm, sondern auch mit der Wehrmacht
zusammenarbeitete, aber das ließ sich nicht ändern.

Christmann sagte: »Dieser Auftrag ist aus zwei Gründen nicht ausgeführt worden: Zum einen ist Koos Vorrink seit langem untergetaucht und äußerst vorsichtig, was Kontakte nach außen angeht, und zum anderen ist der Agent Van Hemert seit seiner Landung in der Nacht vom 23. auf den 24. Juli in Haft.«

Hier half nur Offenheit weiter. Schreieder sagte: »Wir brauchen keine Hilfe. Wir glauben, dass wir den Schlüssel zu Vorrink besitzen. Dieser Van Hemert hat das Foto eines kleinen Mädchens mit nach Holland gebracht.« Er öffnete einen der Umzugskartons und entnahm ihm nach kurzer Suche einen dünnen Aktenordner. Er schlug ihn auf und zog aus einem eingehefteten Briefumschlag eine kleine Fotografie. »Dieses Bild«, sagte er.

Das Foto stammte ganz offensichtlich aus einem Medaillon. Es zeigte ein etwas maulig guckendes Mädchen mit einer Puppe. »Und das ist nicht Van Hemerts Tochter?«, fragte Christmann.

Schreieder schüttelte den Kopf. »Van Hemert ist 22 Jahre alt. Er ist nicht verheiratet, und er hat ganz sicher keine fünf Jahre alte Tochter.«

»Über das Foto hat er nichts gesagt?«

»Nein. Aber nach dem Funkspruch vom 12. November gehe ich davon aus, dass es als eine Art Legitimation dienen soll.«

»Hat Vorrink eine Tochter?«

Schreieder nickte. »Womöglich ist es ein Bild von Vorrinks Tochter. Aber seine Irene, die ist inzwischen 25 Jahre alt.«

»Wie sie als Kind ausgesehen hat, wissen Sie nicht?«

»Nein.«

Christmann drehte das Foto um. Auf die Rückseite hatte jemand mit Bleistift geschrieben: *FENUS*. »Ein Kennwort?«

»Wahrscheinlich. Ich nehme an, dass das *Venus* heißen soll. London hat uns freundlicherweise mitgeteilt, wohin wir damit gehen sollen. Zu einem gewissen Alex Wins, Topaasstraat 21 in Amsterdam.«

»Wer ist das?«

»Weiß ich nicht. Und da gibt es noch ein zweites Kennwort, das genannt werden soll: *Sander Rewochem*.«

»Wie schreibt man das?«, fragte Christmann.

Schreieder buchstabierte es ihm.

»Und Sie wissen auch nicht, was das bedeutet?«

Nein, das wusste Schreieder auch nicht. »Ich hoffe nicht, dass Sie mir jetzt in die Quere kommen«, fügte er hinzu.

Christmann schüttelte den Kopf. »Damit keine Missverständnisse aufkommen: Dies ist selbstverständlich Ihr Projekt, und ich will mich da in keiner Weise einmischen. Aber die Sache ist windig. *Venus* heißt auch auf Holländisch *Venus*. Das Wort auf dem Foto kann ganz etwas anderes bedeuten. Irgendeine Abkürzung vielleicht. Anton van der Waals ist ein Schwindler, und er sieht auch aus wie ein Schwindler. Wenn jemand wie er mit einer so zweifelhaften Referenz auftaucht, von der er nicht einmal erklären kann, was sie bedeutet, dann glaubt ihm das doch kein Mensch. Sofieke wäre die ideale Partnerin bei diesem Vorhaben. Sofieke ist tatsächlich im Widerstand ...«

»Dann sollten wir sie festnehmen!«

»Nein, sollten wir nicht. Mit der wirklichen Aktion ist sie nur über ihren Bruder verbunden. Und den haben wir inzwischen aus dem Verkehr gezogen. Sofieke ist zwar nur eine Randfigur, aber sie ist mit ganzem Herzen bei der Sache. Sie kann Dinge überzeugend vortragen, wenn sie glaubt, dass sie wahr sind. Und die Informationen, die wir ihr zuspielen werden, sind wahr. Niemand lügt so gut wie jemand, der denkt, dass er die Wahrheit sagt!«

Jetzt war es Schreieder, der seinem Gegenüber einen spöttischen Blick zuwarf. »Sie haben einen Narren an dieser Sofieke gefressen!«

»Es geht mir nur um die Sache«, behauptete Christmann.

Schreieder lachte.

»Sie braucht natürlich neue Papiere.«

»Natürlich.« Auch das klang spöttisch.

»Echte Papiere.«

Schreieder schüttelte den Kopf.

»Unbedingt. Wir dürfen unsere Gegner nicht unterschätzen. Leute wie Vorrink haben mit Sicherheit ihre Freunde und Bekannten, die für sie im *Bevolkingsregister* nachschlagen können.«

»Sie überschätzen meine Möglichkeiten. Ich kann nicht plötzlich irgendeine Sofieke Plet – so heißt sie doch? – ins Register schreiben lassen. Das ist viel auffälliger, als wenn wir sie mit falschen Papieren ausstatten ...«

Richard Christmann schüttelte den Kopf. »Bei dem Anschlag auf das *Bevolkingsregister* ist ein Teil der Unterlagen zerstört worden. Natürlich wird das alles rekonstruiert, aber das ist sehr mühsam. Die Buchstaben A, B und C sind völlig verbrannt. Und dieses arme Mädchen heißt zufälligerweise Sofieke Blett.«

»Sie heißt Plet!«

»Jetzt nicht mehr. Sie braucht einen neuen Ausweis, und bei der Gelegenheit wird gleich die neue Karteikarte angelegt ...«

Schreieder nickte. Das machte Sinn. Auf diese Weise würde niemandem auffallen, dass die junge Frau neue Papiere bekommen hatte. Und Anspruch auf Lebensmittelmarken hatte sie dann auch. »Ich sehe, Sie haben sich wirklich über jedes Detail Gedanken gemacht. Vermutlich haben Sie auch für die kleine Sara eine tragende Rolle in dieser Komödie vorgesehen.«

»Ja, das habe ich. Sara ist unsere Geisel. Wir lassen sie nicht bei Gerhard und nicht bei Sofieke, sondern wir bringen sie auf einem Bauernhof in der Nähe von Driebergen unter. Zur Sicherheit, wie wir sagen. Dort haben wir sie unter Kontrolle. Und weder Gerhard noch Sofieke wird aus der Reihe tanzen, wenn dadurch das Kind in Gefahr gerät.«

»Sauber ausgedacht«, musste Joseph Schreieder zugeben. »Ich sehe, Sie haben sehr viel Mühe in dieses Projekt investiert. Hand aufs Herz: Warum machen Sie das?«

Darauf konnte er doch wohl kaum eine ehrliche Antwort erwarten? Ohne mit der Wimper zu zucken, behauptete Richard: »Für Führer, Volk und Vaterland!« Er deutete auf das Hitler-Bild, das in dem fast leergeräumten Zimmer noch immer an der Wand hing.

Hauptsturmführer Schreieder glaubte ihm kein Wort. Er glaubte generell nicht viel von dem, was Richard

Christmann ihm erzählte. Der Mann war nicht gerade sein Wunschpartner. Aber zumindest war es angenehmer, mit ihm zusammenzuarbeiten als mit Giskes. Christmann besaß wenigstens die Skrupellosigkeit, die man für diesen Einsatz brauchte.

Sonntag, 29. November 1942

Schreieders V-Mann Anton van der Waals sah dem neuen Einsatz mit gemischten Gefühlen entgegen. Einerseits bot sich dadurch die Gelegenheit, sich noch unentbehrlicher zu machen, aber andererseits war da auch noch Else. Er würde deutlich weniger Zeit für Else Geigerseder haben.

Else kam aus München, wo sie in ihren Mädchenjahren Fahnenträgerin in der Jugendabteilung der NSDAP gewesen war. Sie hatte sich schnell unentbehrlich gemacht auf dem Binnenhof; zahllose Verhöre von festgenommenen niederländischen Agenten hatte sie protokolliert und abgetippt, sie kannte alle Details. Wenn es die Umstände erforderten, arbeitete sie nachts durch, genauso zuverlässig und pünktlich wie am Tage. Sie war Schreieders Stütze und Halt; ein Wort genügte, und sie wusste, was sie zu tun hatte.

Als sie angefangen hatte, Van der Waals gute Ratschläge zu geben, hatte er sich dankbar gezeigt, und sie waren einander nähergekommen. Seit Sommer 1942 waren sie ein Paar. Anton zog bei ihr ein. Das war insofern etwas problematisch, weil er noch immer mit Aukje verheiratet war, aber davon wusste Else nichts. Die Sekretärin himmelte ihn an. Sie wollte ihn heiraten, so rasch wie möglich. Vor ihrer Versetzung in die Niederlande war sie einige Male im letzten Moment ausgebootet worden, aber nun hatte sie endlich das Glück ihres Lebens gefunden.

Anton und Else machten Heiratspläne, und Schreieder bot sich als Trauzeuge an. Die Flitterwochen sollten in Bayern verbracht werden, das stand schon fest. Van der Waals schenkte Else einen Verlobungsring mit einem Diamanten. Er verschwieg, dass der Ring aus jüdischem Besitz stammte. Anton hatte ihn zusammen mit anderen Schmuckstücken billig erworben. Anton nannte sich privat Jan Cranendonk. Das störte Else nicht. Geheimagenten hatten natürlich mehrere Namen. Seinen Reichtum verdankte er, wie er Else erzählte, dem Verkauf einiger Erfindungen.

Else und er hatten viel Spaß miteinander. Aufgrund seiner Arbeit beim SD konnten sie nach der Sperrzeit noch auf die Straße gehen, und so hörte die deutsche Pensionsinhaberin des Nachts, wie sie hicksend und lachend nach Hause kamen. Selbst als Else zu Ohren kam, dass Van der Waals verheiratet war, und dass er sie also belogen hatte, gab sie ihre Heiratspläne nicht auf. Immerhin hatte er inzwischen die Scheidung eingereicht.

Jetzt packte Anton van der Waals seine Koffer. Zum 1. Dezember würde er zusammen mit Else in eine noch größere und bessere Wohnung ziehen.

Montag, 30. November 1942

Richard Christmann war zufrieden. Schreieder hatte er überzeugt. Damit war Sofieke versorgt und Sara untergebracht. Nun fehlte nur noch Gerhard. Für den war Giskes zuständig. Giskes war schon umgezogen nach Driebergen. Der Major saß hinter seinem Schreibtisch, rauchte eine Zigarre und schwärmte von den Vorzügen der neuen Dienststelle. »Endlich weg von den ganzen Bonzen in Den Haag!«

Der Umzug bot auch sonst Vorteile. In Driebergen-Rijsenburg, also ganz in der Nähe, wurde der neue Großraumgefechtsstand für die Leitstelle der Nachtjäger gebaut. Die Kontakte zur Luftwaffe würden durch den Umzug wesentlich vereinfacht, und Giskes war nach wie vor auf die Unterstützung der Flieger angewiesen. Neue geeignete Gebiete für die Landung weiterer Agenten sowie für den Abwurf von Waffen und Munition konnte er nur im Tiefflug über die Niederlande ausfindig machen.

Es gab nur einen einzigen Wermutstropfen. Da Schreieder auf den Kontakt zu Giskes und seiner Dienststelle angewiesen war, zog er ebenfalls nach Driebergen. Auf diesen Nachbarn hätte Giskes gern verzichtet. Aber ihm war sehr wohl bewusst, dass er die Zusammenarbeit mit dem SD brauchte.

»Ich bin eigentlich gekommen, um mit Ihnen über Gerhard Prange zu sprechen«, sagte Christmann. »Die Angelegenheit betrifft Schreieder und Sie gleichermaßen. Aber ich bin zuerst zu Ihnen gekommen ...«

»Ich bin immerhin Ihr Vorgesetzter!«, brummte Giskes.

»Ja, natürlich. Aber außerdem ist es viel angenehmer, sich mit jemandem zu unterhalten, der den gesunden Menschenverstand höher einschätzt als die Parteidisziplin.«

Giskes nickte. »Dann schießen Sie los«, sagte er knapp.

Richard Christmann sagte: »Gerhard Prange ist mit dem Ziel hier abgesetzt worden, den Reichskommissar zu töten. Das ist misslungen. Die Engländer glauben, dass er es ernsthaft versucht hat, und dass er mit seiner nicht existierenden Widerstandsgruppe an der starken Bewachung des Hauses Clingendael gescheitert ist. Aber er ist noch am Leben und auf freiem Fuß. Die Engländer werden sich damit auf Dauer nicht zufriedengeben. Der Mann ist zum Attentäter ausgebildet worden, und sie werden ihn auch als Attentäter einsetzen wollen. Wenn nicht gegen Arthur Seyß-Inquart, dann eben gegen eine andere hochgestellte Persönlichkeit. Oder gegen eine ganze Reihe von Parteifunktionären. Wir können vielleicht einen oder zwei weitere Anschläge auf ähnliche Weise simulieren wie den sogenannten Handstreich auf Haus Clingendael. Aber irgendwann geht das nicht mehr. Irgendwann muss der Attentäter an unseren

Sicherungsmaßnahmen scheitern. Mit anderen Worten: Er muss bei einem Mordversuch ums Leben kommen.«

Giskes schüttelte den Kopf. »Wozu? Wenn wir irgendeinen toten Agenten brauchen, eine Leiche, die wir fotografieren und in die Zeitungen setzen, dann brauchen wir nur einen unserer verhafteten Spione zu nehmen.«

Richard Christmann war bewusst, dass sein Gesprächspartner niemanden unnötigerweise erschießen würde. Er sagte: »Was die verhafteten Agenten in diesem Zusammenhang noch wert sind, das entzieht sich unserer Überprüfung. Wir glauben zwar, dass die Engländer nach wie vor davon ausgehen, dass sie alle in Freiheit sind, aber wie viel besser ist es, jemanden zu verwenden, der wirklich in Freiheit ist.«

»Dass Gerhard Prange in Freiheit ist, das wissen die Engländer aber auch nur über seine Funksprüche.«

»Ja, das ist richtig. Und deshalb ist es dringend erforderlich, dass wir in diesem Punkte nachbessern.«

»Das können wir nicht«, sagte Giskes lakonisch.

»Können wir nicht?«, fragte Christmann. »Ich denke, das können wir sogar sehr leicht. Und es kostet nicht allzuviel Mühe. Wir bringen Prange in Kontakt mit einem abgeschossenen englischen Flieger. Wir brauchen ihm gar keine besonderen Instruktionen zu geben. Selbstverständlich wird er versuchen, dem Mann zu helfen. Er wird ihn über eine der bekannten Fluchtlinien nach Spanien bringen, und spätestens von dort aus wird der dankbare Flieger London davon informieren, dass der Mann, der ihn gerettet hat, der SOE-Agent Gerhard Prange ist.«

Giskes verzog das Gesicht. »Das ist riskant«, sagte er.

Christmann widersprach. »Wo sehen Sie da ein Risiko?«

»Darauf steht die Todesstrafe.«

»Nur wenn man erwischt wird«, sagte Richard.

»Und falls er nicht erwischt wird, verschwindet er nach Spanien«, konterte Giskes.

Christmann schüttelte den Kopf. »Er kann nicht nach Spanien gehen. Er weiß ja, dass wir immer noch seine Sofieke und das kleine Mädchen haben. Die beiden sind Juden. Wir wissen genau, wo sie sind. Wir brauchen nur mit dem Finger zu schnippsen, und schon sind sie auf dem Transport nach Auschwitz.«

»Das ist Erpressung«, sagte Giskes.

Richard Christmann zuckte mit den Achseln. Sie beide hatten Schlimmeres auf dem Kerbholz als nur eine simple Erpressung.

Richard Christmann saß bei einem Glas Wein in seinem Zimmer. Den Wein hatte er sich gegönnt, weil sein Plan so wunderbar funktionierte. Es ging ihm nicht um die geplante Aktion gegen Vorrink, und es ging ihm schon gar nicht um die Rettung von Gerhard. Er hatte einen Nebel von Lügen und Halbwahrheiten ausgebreitet, wie schon so oft im Leben.

All das, was er über seine Abenteuer in der Fremden-legion in fröhlicher Runde zum Besten gegeben hatte, das war gelogen. Er hatte wenig direkte Kampfeinsät-ze miterlebt – nicht zuletzt, weil seine Vorgesetzten ihm nicht trauten. Als er in die Fremdenlegion eintrat, bestand seine Einheit zu über 50 % aus Russen, die nach der Machtübernahme der Bolschewisten nach Frankreich geflohen waren. Es waren viele Russen nach Frankreich gekommen. Die Oberschicht hatte meist auch ihr Vermögen retten können und lebte weiter in Saus und Braus. Die einfachen Soldaten, die für den Zaren den Kopf hingehalten hatten, und die sich jetzt vor der Rache der Bolschewisten fürchteten, hatten gar nichts. So blieb vielen nichts anderes übrig, als sich in der neuen Heimat ebenfalls von der Armee anwerben zu lassen. Und da sie keine Franzosen waren, blieb ihnen nur die Fremdenlegion.

Richards Schicksal war anders verlaufen. Er war von den Franzosen verhaftet worden. Es hieß, er habe sich vor dem Wehrdienst gedrückt. Er hatte nämlich eine französische Mutter. Er hätte nicht nach Frankreich einreisen sollen. Die Fremdenlegion erschien ihm der billigste Ausweg. Das war ein Irrtum. Er hatte mehr als ein Dutzend Fluchtversuche unternommen. Einmal war er bis auf ein estnisches Schiff gekommen, aber als auf offener See die Ladung verrutschte, musste er sein Versteck verlassen, um nicht erdrückt zu werden. Der Kapitän hatte die Franzosen alarmiert, und die hatten ihn wieder nach Tunesien zurückgeholt.

Er hatte lange Zeit in der Schreibstube gearbeitet, weil er besser Französisch konnte als die Russen. Wenn die Einheit zu irgendwelchen Kampfeinsätzen ausrückte, war er in der Kaserne zurückgeblieben – genau wie die Frauen der Offiziere. Er hatte sich um die Frauen gekümmert, und viele waren nur allzu gern bereit gewesen, mit dem gut aussehenden jungen Mann ins Bett zu gehen.

Dennoch hatte er sich am Ende aus dem Staub gemacht. Dass er schließlich bei der Spionageabwehr der deutschen Wehrmacht gelandet war, war eine weitere Flucht gewesen – diesmal vor den Nazis, die allen ehemaligen Mitgliedern der Fremdenlegion misstrauten.

Er hatte bis zum Kriegsausbruch als Doppelagent beide Seiten beliefert. Die Franzosen hatten wertlose Informationen bekommen, die Deutschen Details über die Aufstellung der französischen Truppen und über die Lage der Grenzbefestigungen. Richard Christmann hatte nie daran gezweifelt, dass es ihm gelingen würde, sich jede beliebige Information zu beschaffen. Er war flexibel. Er war in der Lage, sich den jeweiligen Machtverhältnissen problemlos anzupassen, und aus diesem Grunde war er der ideale Mittelsmann zwischen dem SS-Mann Schreieder und dem Wehrmachtsoffizier Giskes.

Giskes war genau wie er jemand, der sich nicht an die vorgegebenen Regeln hielt. Sein Schwachpunkt war, dass er noch immer glaubte, diesen schmutzigen Krieg mit sauberen Mitteln führen zu können. Und Schreieder? Christmann war klar, dass die SS nicht mit sauberen Mitteln arbeitete. Das tat Schreieder auch nicht. Zwar bemühte er sich im Rahmen seiner Befugnisse um eine gewisse Menschlichkeit, aber er befand sich ständig unter Druck. Seine Vorgesetzten verlangten mehr Härte. Deppner vor allem. Auch der sanfte Dr. Harster war nicht so harmlos, wie er tat. Solange Schreieder mit seinen Tricks Erfolg hatte, ließen seine Oberen ihn gewähren. Aber es war abzusehen, dass dieser Erfolg nicht ewig anhalten würde.

Außerdem war die Sauberkeit, die Schreieder für sich selbst und sein Handeln in Anspruch nahm, in Wirklichkeit nichts als eine schöne Fassade. Zwar hatte er selbst niemanden gefoltert, aber seine Mitarbeiter packten schon mal kräftiger zu. Nico Johannsen zum Beispiel war ein übler Schläger.

Im Unterschied zu Giskes arbeitete Schreieder auch mit Provokateuren. Sein wichtigster V-Mann Anton van der Waals war der schlimmste Provokateur, den Christmann kannte. Ohne mit der Wimper zu zucken überredete er seine Landsleute zu Straftaten, für die er sie dann an die Gestapo verraten und festnehmen lassen konnte. Giskes verachtete Schreieder, weil er in so starkem Maße auf diesen Mann zurückgriff. Und er verachtete ihn noch mehr, weil er das Verhältnis Anton van der Waals mit seiner Sekretärin unkommentiert durchgehen ließ, obwohl er wissen musste, dass die angestrebte Heirat niemals zustande kommen würde.

Hatte Giskes wirklich moralische Bedenken? Christmann zweifelte daran. Wahrscheinlich hätte der gute Giskes die adrette Sekretärin lieber selber gefickt, so wie damals die Pastorengattin in Paris.

DEZEMBER 1942

Dienstag, 1. Dezember 1942

Winteranfang. Aber nach Winter sah es gar nicht aus. Es war immer noch acht Grad warm, und es fiel leichter Regen. Sofieke dachte an Gerhard. Wie schön wäre es, wenn er jetzt hier sein könnte. Aber Gerhard war weit weg, in Driebergen, und während er als deutscher Soldat kostenlos Bahn fahren konnte, musste sie ihre Fahrkarten bezahlen, und sie hatte nicht viel Geld. Gerhard hatte geschrieben, zwei lange Briefe, und Sofieke hatte sie viele Male gelesen. Über seine Arbeit durfte er nicht schreiben. Zwar wurden längst nicht alle Briefe kontrolliert, aber es wäre dumm gewesen, wenn ausgerechnet seine Post geöffnet würde und etwas darinstünde, was verboten war. Er hatte geschrieben, wie gern er jetzt bei ihr wäre, und das war nicht verboten. Sofieke hatte geantwortet, an seine neue Unterkunft in Driebergen.

Sofieke war überrascht, als jemand an ihrer Tür klingelte. Sie erwartete keinen Besuch. War es etwa Gerhard? Nein. Draußen stand ein Mann mit einer Aktentasche, der vielleicht 40 Jahre alt sein mochte. Sofieke kannte ihn nicht. Er sah aus wie ein Vertreter.

»Entschuldigen Sie, dass ich Sie störe«, sagte der Mann. »Sie sind doch Sofieke Plet?«

Sofieke nickte. Sie hatte inzwischen ihren neuen Ausweis, es war unheimlich schnell gegangen, aber auf dem Namensschild an der Haustür stand noch Plet.

»Ich habe eine Nachricht für Sie. Darf ich hereinkommen?«

»Was für eine Nachricht?« Sofieke war nicht bereit, irgendeinen beliebigen Fremden in ihre Wohnung zu lassen.

Der Mann sah sich um, als ob er befürchtete, dass er belauscht würde. Dann sagte er ganz leise: »Nachricht von Jaap.«

»Von Jaap?« Das war nicht möglich, oder? Sofiekes Bruder Jaap war im November verhaftet und anschließend vom Durchgangslager Westerbork per Zug nach Auschwitz abtransportiert worden. Gerhard hatte vergeblich versucht, ihn zur Flucht zu überreden. Sofieke war davon ausgegangen, dass er inzwischen tot war.

»Darf ich hereinkommen?«, wiederholte der Mann bescheiden.

Sofieke gab den Weg frei; der Mann ging mit ihr in die Küche.

»Bitte. Nehmen Sie doch Platz.«

Obwohl Sofieke ihn nicht dazu aufgefordert hatte, zog der Mann seinen Mantel aus und legte Mantel und Hut auf einen der freien Stühle, bevor er sich setzte. Die Katze verließ schmollend das Zimmer »Ich nehme an, diese Nachricht kommt für Sie ziemlich überraschend«, sagte er.

»Das stimmt«, bestätigte Sofieke knapp.

»Ich habe Ihren Bruder kürzlich gesprochen«, behauptete der Mann. »Er ist nicht mehr in Auschwitz. Er ist zum Arbeitseinsatz abkommandiert worden. Die Häftlinge sollen das erste Konzentrationslager auf niederländischem Boden aufbauen. Es heißt Kamp Vught und liegt bei Den Bosch. Es soll im Januar eingeweiht werden.«

Sofieke schüttelte den Kopf.

»Das ist ein glücklicher Zufall«, sagte Sofiekes Besucher. »Wer ein solches Lager in den Niederlanden bauen will, der braucht natürlich niederländische Arbeiter. Da war es naheliegend, dass die Deutschen auf die Niederländer zurückgegriffen haben, die sie in ihrer Gewalt hatten. Und das waren nun einmal in erster Linie die Juden. Ihr Bruder Jaap ist jung und kräftig; deshalb wurde er für diese Arbeit eingeteilt.«

Sofieke blieb misstrauisch. »Was genau hat mein Bruder gesagt?«

»Er hat gesagt: Bitte sagen Sie meiner Schwester, ihr Bruder Jaap ist noch am Leben. Es geht ihm gut.«

Das besagte gar nichts. »Wie kommt es, dass Sie mit ihm sprechen konnten?«

»Das Lager ist ja erst im Aufbau. Er stand auf der einen Seite des Zaunes, ich auf der anderen. Ich bin einfach bis an den Zaun herangegangen und habe den ersten besten Häftling angesprochen, und das war zufällig Ihr Bruder Jaap. Das Gespräch dauerte keine Minute. Dann sind die Wachposten der SS aufmerksam geworden und haben mich weggescheucht.«

»Mehr hat Jaap nicht gesagt?«

Der Unbekannte schüttelte den Kopf. »Nur das, was ich Ihnen berichtet habe«, sagte er. »Und dass seine kleine Schwester sich keine Sorgen machen soll.«

Das war der Beweis. Sofieke war fassungslos. Niemand konnte wissen, dass ihr Bruder sie weder mit ihrem richtigen Namen Anna noch mit ihrem falschen Vornamen Sofieke anredete, sondern dass er stets »meine Schwester« oder »meine kleine Schwester« sagte.

»Entschuldigen Sie, dass ich so abweisend war«, sagte sie. »Ich habe es nicht glauben können, dass mein Bruder noch am Leben ist, und dass er in der Lage ist, mir eine Nachricht zu schicken. Um ehrlich zu sein, ich glaube es noch immer nicht ganz. Ich bin einfach misstrauisch.«

»Das kann Ihnen niemand verübeln«, erwiderte der Fremde. »Dies sind gefährliche Zeiten, und ich selbst muss äußerst vorsichtig damit sein, irgendwelche Informationen preiszugeben. Aber Jaap hat gesagt, seine Schwester sei im Widerstand, genau wie er, und deshalb bin ich zu Ihnen gekommen.«

Da war es wieder, dieses Misstrauen. Was der Mann sagte, klang einerseits ganz logisch, aber andererseits war es natürlich schon seltsam, wie lange er sich ungestört mit Jaap unterhalten konnte, und dass Jaap all diese Dinge in dem kurzen Moment ihrer Begegnung gesagt haben sollte.

Der Mann schien ihr Misstrauen zu spüren. Er sagte: »Ich glaube, es wird Zeit, dass ich mich vorstelle. Ich komme sozusagen direkt aus England. Ich bin Fallschirmagent. Mein Name ist Anton de Wilde. Meine Freunde nennen mich einfach Anton.«

Fallschirmagent? Konnte das stimmen? Der Mann war wesentlich älter als Gerhard. Aber er war Niederländer, daran bestand kein Zweifel.

»Ich weiß, dass Sie Kontakt zu einigen meiner Kameraden haben, zu Gerhard Prange zum Beispiel, und zu Aart Alblas.«

»Alblas ist verhaftet worden.« In dem Moment, wo Sofieke das sagte, wurde ihr bewusst, dass sie damit ihre Verbindung zum Untergrund zugegeben hatte. Wenn dieser Anton in Wirklichkeit zur Gestapo gehörte, dann war sie jetzt geliefert.

Anton de Wilde verzog keine Miene. »Alblas ist verhaftet worden, ja, ich weiß«, sagte er. »Prange hat versucht, ihn zu warnen, aber das ist misslungen. Die einzige Möglichkeit, die uns jetzt noch bleibt, die ist, Aart aus dem Gefängnis zu befreien. Ihn und die anderen gefangenen Agenten.«

Sofieke schwieg. Ein derartiges Unternehmen war eindeutig jenseits ihrer Möglichkeiten. Und für Gerhard galt dasselbe. Für eine solche Befreiungsaktion brauchte man eine schlagkräftige Truppe von Widerständlern, und die hatten sie nicht. Sie waren allein.

De Wilde beobachtete Sofieke. Er registrierte, dass seine Worte Eindruck gemacht hatten. »Gerhard Prange hat aufgrund seines Spezialauftrages nur begrenzte Möglichkeiten«, räumte er ein. »Bei mir ist das anders. Ich gehöre zu der geheimen Armee, die im Auftrage von *SOE Dutch* im Untergrund aufgebaut wird. In diesem Zusammenhang habe ich freie Hand, was Sabotageaktionen angeht. Jede Art von Sabotage. Alles, was den Deutschen schadet. Dazu gehört auch die Befreiung von Gefangenen – seien das nun andere SOE-Agenten oder Menschen, die im Untergrund gearbeitet haben, wie zum Beispiel Ihr Bruder Jaap.«

Sofieke sah den Mann mit großen Augen an. »Eine Befreiung von Gefangenen – das halten Sie für möglich?«

De Wilde nickte. »Alles ist möglich. Wir haben die erforderlichen Kräfte, und wir werden genau diese Dinge durchführen. Aber ich habe auch noch einen anderen Auftrag, und der ist noch wichtiger als die Befreiung der Gefangenen. – Ja, ich weiß, es ist sehr unangenehm für Jaap und all die anderen, im Gefängnis und im Konzentrationslager zu sitzen, aber sie sind zur Zeit nicht in unmittelbarer Lebensgefahr. Deshalb hat ein anderer Auftrag Vorrang.«

»Was ist das für ein Auftrag?«, wollte Sofieke wissen.

»Dieser Auftrag kommt direkt von der Königin. Sie macht sich Sorgen darüber, dass in unserer Exilregierung in London große Teile der Opposition gegen die deutsche Besetzung nicht genügend vertreten sind. Natürlich gibt es Leute, die unmöglich in die Regierung aufgenommen werden können. Zum Beispiel die Kommunisten. Aber wesentlich bedeutsamer sind die Sozialdemokraten. Sie wissen wahrscheinlich, dass der Vorsitzende der SDAP, Koos Vorrink, hier in den Niederlanden inzwischen eine eigene Untergrundorganisation aufgebaut hat, das *Nationaal Comité*?«

Sofieke nickte. Sie mochte nicht zugeben, dass sie bis eben nicht einmal gewusst hatte, dass der Vorsitzende der Sozialdemokraten Koos Vorrink hieß.

»Die Königin möchte, dass Vorink zu ihr nach London kommt und in das Kabinett aufgenommen wird. Sie möchte außerdem, dass die Organisation, die Vorrink aufgebaut hat, sich mit unserer Untergrundarmee zusammenschließt und aktiv an den Operationen teilnimmt, die von London aus geplant werden.«

»Und was sind das für Operationen?«

»Ich weiß nicht, ob Sie schon mal etwas vom *Plan voor Holland* gehört haben?«

Sofieke schüttelte den Kopf.

»Das ist ein Plan, den die Exilregierung ausgearbeitet hat. Er besteht darin, dass in den Niederlanden im Geheimen eine Armee von tausenden von Freiwilligen aufgebaut wird. Und in dem Moment, wo die Engländer und Amerikaner auf dem Festland landen und damit die Befreiung Europas von den Nazis einleiten, da soll diese Untergrundarmee den Deutschen in den Rücken fallen.«

Sofieke verstand nicht viel von der Kriegsführung, aber dieses Unternehmen erschien ihr abenteuerlich. »Was soll eine solche Armee ausrichten, wenn sie keine Waffen hat?«

De Wilde lächelte. »Sie können sich darauf verlassen, Sofieke, dass diese Armee im richtigen Moment all die Waffen hat, die sie braucht. Waffen und andere Ausrüstungsgegenstände werden mit dem Fallschirm abgeworfen. Gerhard und ich sind ja auch per Fallschirm in die Niederlande gekommen. Und an Waffen besteht kein Mangel.« Anton de Wilde öffnete seine Aktentasche. Darin befanden sich keine Akten, sondern eine englische Maschinenpistole.

Mittwoch, 2. Dezember 1942

Der erste gemeinsame Abend. Sofieke war sich noch immer nicht sicher, wieweit sie dem Mann mit den Hundeaugen trauen konnte. Anton de Wilde. Jetzt saß sie mit diesem wildfremden Menschen zusammen in der Bar eines Hotels in Amsterdam, nippte an ihrem Genever und fragte sich, wie es weitergehen sollte. Bei der Anmeldung hatte De Wilde sie als ein Ehepaar eingetragen. Getrennte Zimmer wären ihr lieber gewesen. Sie konnte sich nicht vorstellen, mit diesem wildfremden Menschen ein Bett zu teilen. Allerdings musste sie zugeben, dass der Mann sich äußerst zivilisiert und höflich verhielt. Er schien nicht auf ein sexuelles Abenteuer aus zu sein.

De Wilde bemerkte ihre Reserviertheit. »Es tut mir leid, dass wir uns unter so ungewöhnlichen Umständen begegnen mussten«, sagte er.

Sofieke zuckte mit den Achseln. »Im Krieg kann man sich die Umstände nicht aussuchen.«

De Wilde nickte verständnisvoll. Auch er hatte ein Glas Genever vor sich. Schnaps war teuer. Sofieke ging davon aus, dass De Wilde bezahlte. Wenn nicht, würde der Wirt die Polizei rufen. Sofieke hatte kein Geld.

De Wilde sagte: »Ich habe vorhin angedeutet, worin meine Aufgabe besteht. Es ist eine gefährliche Aufgabe. Aber wenn ich dich richtig verstanden habe, dann bist du bereit, mir dabei zu helfen?«

»Ja, natürlich.« Sofieke hatte zwar keine Vorstellung davon, auf welche Weise sie dem Agenten helfen könnte, aber er stand mit ihrem Bruder in Kontakt, und wenn er ihr half, dann half sie ihm.

»Wie du weißt, bin ich ein Fallschirmagent, Sofieke. Ich arbeite für den englischen Geheimdienst. Das bedeutet natürlich, dass all das, was wir hier besprechen, geheim bleiben muss. Und wenn du mit mir zusammenarbeitest, wirst du auch dein Leben radikal ändern müssen. Du kannst zwar deine Wohnung behalten, aber du wirst da nur noch selten auftauchen. Du darfst mit deiner Vermieterin nicht über unseren Kontakt sprechen. Wir werden uns gemeinsam eine konspirative Wohnung nehmen ...«

Sofieke seufzte. »So einfach geht das nicht«, sagte sie. »Ich kann nicht einfach verschwinden. Ich habe eine Katze, die versorgt werden muss.«

Eine Katze! Anton lächelte milde. »Ich bin mir sicher, dass deine Vermieterin das für dich tun wird.«

Sofieke war sich nicht so sicher. »So eine Katze zu füttern, das kostet Geld. Und zusätzliche Lebensmittelmarken für Katzen gibt es nicht.«

»Ich gebe dir Geld«, beruhigte sie Anton.

Sofieke sah ihn misstrauisch an.

De Wilde lachte. »Wenn man als Agent Erfolg haben will, dann braucht man Geld. Geld ist noch wichtiger als Waffen. Das wissen unsere Auftraggeber in England natürlich. Sie haben mich mit reichlich finanziellen Mitteln ausgestattet, und wenn das Geld alle ist, dann bekomme ich mehr.« Anton zückte seine Brieftasche. »Zweihundert Gulden? Würde das fürs Erste reichen? – Ach nein, gehen wir lieber auf Nummer sicher. Hier hast du fünfhundert.«

Zögernd nahm Sofieke die Scheine. Es waren ganz neue Hunderter; wahrscheinlich hatten die Deutschen die drucken lassen. »Die sind doch echt, oder?«

De Wilde lachte.

Sonntag, 6. Dezember 1942

In der neuen Wohnung hatte Sofieke auf einem eigenen Zimmer bestanden. Anton hatte sie zwar im Hotel nicht angerührt, aber es wäre töricht gewesen, irgendein Risiko einzugehen. Sie hatte kein Vertrauen zu De Wilde. Sie waren notgedrungen Komplizen in einem verbotenen Vorhaben, aber mehr nicht.

Anton gab sich große Mühe. Jetzt sollte er monatelang mit einer jungen Frau zusammenleben, die einfach nicht sein Typ war. Zu eigensinnig, zu wild. Außer diesem oberflächlichen Eindruck wusste er nicht viel über Sofieke. Sie war die Freundin von Gerhard Prange gewesen, als der noch in Den Haag gewohnt hatte. Keine Frage, sie hatten auch miteinander geschlafen. Anton hatte im letzten Jahr im Wechsel mit Christmann ihre Wohnung abgehört, und er hatte sie bei der Polizei angeschwärzt. Sie war verhaftet und wieder freigelassen worden. Was das bedeutete, konnte Anton nicht ermessen.

Anton hatte versucht, sie auszuhorchen. »Du kommst nicht hier aus der Gegend?«, hatte er gefragt.

»Hört man das an meiner Aussprache?«, hatte Sofieke geantwortet. »Ich komme ganz vom anderen Ende des Landes, aus Zutphen.«

»Ja, ein bisschen hört man das«, behauptete Anton.

Das war gelogen. Sofieke wusste, dass ihre Aussprache sich in keiner Weise von der Aussprache anderer Menschen aus Den Haag unterschied, und sie stammte auch nicht aus Zutphen. Das hatte nur in dem gefälschten Personalausweis gestanden, den sie bis vor kurzem als einziges Dokument besessen hatte, und das hatte die Gestapo in ihren neuen, echten Ausweis übernommen. »Und du kommst aus Rotterdam?«

Ja, Anton kam aus Rotterdam. Er stammte aus einem strenggläubigen Elternhaus. Er selbst nahm die Einhaltung der Gebote nicht so genau. Mit Aukje, seiner dritten Ehefrau, hatte er bereits verkehrt, als er noch mit seiner zweiten Frau verheiratet gewesen war. Aber über diese Dinge redete Anton nicht. »Ich bin Ingenieur«, behauptete er. »Ich habe eine Erfindung gemacht, die den Ausgang des Krieges entscheidend beeinflussen wird.«

»Tatsächlich?« Sofieke glaubte nicht an den Erfinder De Wilde.

»Ja, tatsächlich. Es handelt sich um einen Motor ohne Kurbelwelle.«

Sofieke verstand nicht genug von Motoren, um den Sinn oder Unsinn dieser Erfindung einschätzen zu können. Sie ließ sich das hölzerne Modell vorführen, das Anton gebastelt hatte, und sie musste zugeben, dass er zumindet etwas vom Modellbau verstand.

»Aber du willst diese Erfindung doch nicht etwa den Deutschen anbieten?«, forschte Sofieke nach.

»Den Deutschen?« Anton war empört. »Nie und nimmer! Ich war immer gegen die Deutschen, und ich habe seit dem Überfall auf die Niederlande stets und ständig gegen sie gearbeitet und ihnen geschadet, wo ich sie nur treffen konnte.«

»Wo zum Beispiel?«, fragte Sofieke interessiert. Sie hoffte, dass das harmlos genug klang.

Anton blieb vage. »An verschiedenen Stellen«, sagte er. »Das meiste davon muss geheim bleiben, damit nicht andere Untergrundkämpfer gefährdet werden.«

Sofieke nickte zustimmend.

»Es ist nicht so einfach, im Widerstand zu arbeiten«, erklärte Anton. »Zum Glück bin ich vollkommen unabhängig. Ich habe keine näheren Verwandten. Ich muss niemandem darüber Rechenschaft abgeben, was ich tue und wohin ich fahre.« Das war gelogen, aber Antons Familie lebte in Rotterdam. Die Chance, hier in Den Haag einem seiner Verwandten unverhofft über den Weg zu laufen, war verschwindend klein.

»Meine Verwandten sind tot«, erwiderte Sofieke knapp.

»Bis auf deinen Bruder«, stellte Anton fest.

»Ja, bis auf meinen Bruder.«

Anton blieb selten lange in der gemeinsamen Wohnung. Als Agent habe er viele verschiedene Aufträge zu erledigen, hatte er gesagt. Sofieke war das recht. Als Anton gegangen war, setzte sie sich an den Schreibtisch und begann, einen Brief an Gerhard zu schreiben. Sie hatte ein kleines bisschen ein schlechtes Gewissen dabei, denn sie hatte Anton versprochen, alle Kontakte nach außen abzubrechen. Aber das galt doch nicht für ihren Freund, oder? – Doch, wahrscheinlich auch für den.

Lieber Gerhard, schrieb sie.

Und jetzt? Was konnte sie schreiben?

Ich war heute den ganzen Tag in meiner Wohnung. Draußen ist es grau und trübe, und am Nachmittag hat es geregnet.

Das klang jedenfalls unverdächtig. Und jetzt? Was sie ihm unbedingt mitteilen wollte, das konnte sie nicht schreiben. Dass sie jetzt für den Widerstand arbeitete, und dass sie überraschende Neuigkeiten von Jaap hatte. Halt, nein, das von Jaap, das konnte sie schreiben, das war unverdächtig.

Stell dir vor, Jaap ist gar nicht ...

Nein, das war zu auffällig. Sie zerriss den Brief und fing noch einmal von vorn an.

Lieber Gerhard!
Ich war heute den ganzen Tag im Haus. Draußen ist es grau und trübe, und am Nachmittag hat es geregnet. Jaap hat sich gemeldet. Es geht ihm gut. Ich hoffe, bei Dir ist auch alles in Ordnung. Ich möchte Dich unbedingt sehen. Kannst Du kommen? Schreib bitte!

Liebe Grüße, Deine Sofieke.

Sie überflog noch einmal den Text. Ja, so war es wohl in Ordnung. Es brauchte ja kein langer Brief zu sein. Es war sogar besser, wenn es kein langer Brief war. So bekam die Nachricht von Jaap mehr Gewicht. Was würde Gerhard dazu sagen? Würde er kommen?

Auf dem Weg zum Briefkasten sah sie sich mehrmals um. Nein, niemand folgte ihr. Sie warf den Brief ein und lief durch den Nieselregen nach Hause zurück.

Als sie die Haustür öffnete, tippte ihr plötzlich jemand auf die Schulter. Sie fuhr herum. Anton grinste sie an.

»Hast du mich erschreckt!«, sagte sie.

»Das tut mir leid. – Ich bin schneller wiedergekommen, als ich gedacht hatte. Die Besprechung ist abgesagt. In der Nähe des Lokals, in dem wir uns treffen wollten, stand ein Polizeiwagen.«

»Oh!«

»Kein Grund zur Beunruhigung. Alles gutgegangen, niemand verhaftet. Aber denk dran: Wir müssen vorsichtig sein. Sehr, sehr vorsichtig.«

»Ja.« Sofieke fand es befremdlich, dass jemand sie zur Vorsicht mahnte, der selbst mit einer Maschinenpistole in der Aktentasche durch Den Haag lief.

Sie gingen nach drinnen. Während sie die Treppe hinaufstieg, fiel Sofieke der Briefentwurf ein. Sie hätte ihn verbrennen sollen. Sie hatte ihn stattdessen zerrissen und dann in den Papierkorb geworfen, oder? Oder hatte sie das nur tun wollen? Sie schloss die Tür auf, eilte ins Wohnzimmer. Ein rascher Blick auf den Schreibtisch: leer. Gottseidank.

»Und du bist auch noch draußen gewesen?«, fragte Anton.

Zum Glück hatte er nicht sofort danach gefragt! »Ich hatte noch Butter holen wollen«, behauptete Sofieke. »Aber es war schon zu spät. Ich hatte nicht auf die Uhr gesehen.«

Dienstag, 8. Dezember 1942

Als Anton wegen einer wichtigen Besprechung nach Gro-
ningen musste, war Sofieke nach Driebergen gefahren.
Jetzt saß sie auf der Bettkante und sang der kleinen Sara
ein Schlaflied.

Slaap kindje slaap
daar buiten loopt een schaap
een schaap met witte voetjes
dat drinkt zijn melk zo zoetjes
slaap kindje slaap
daar buiten loopt een schaap.

Sara hielt ihre Puppe im Arm und schlief mit einem Lächeln
ein. Auch Sofieke lächelte zufrieden. Alles war gutgegangen.
Sie lebten alle noch, waren unverletzt, und der unsägliche
Richard Christmann hatte tatsächlich Wort gehalten und in
der Nähe von Driebergen ein einsam gelegenes Gehöft ausfindig gemacht, dessen Bewohner bereit waren, ein kleines
jüdisches Mädchen für den Rest des Krieges zu verstecken.

Das Ehepaar, dem der Hof gehörte, war kinderlos. Die
Eheleute sprachen nicht darüber, aber Sofieke hatte den

Eindruck, dass sie selbst gern Kinder gehabt hätten und dass das aus irgendeinem Grunde nicht geklappt hatte. Die Frau hatte für Sara ein kleines Zimmer freigeräumt, das sie bisher als Nähzimmer genutzt hatte.

Sofieke betrachtete das schlafende Kind. Sara würde es gut haben bei ihren neuen Pflegeeltern, da war sie sich ganz sicher. Und Sofieke freute sich für Sara. Wenn sie ehrlich war, musste Sofieke sich allerdings eingestehen, dass sie auch ein kleines bisschen eifersüchtig war. Sie hätte so gern selbst für »ihre« Sara gesorgt.

»Du kannst sie jederzeit besuchen«, hatte die Bäuerin gesagt.

Sofieke hatte genickt. Genau das würde sie tun. Richard Christmann hatte zwar verlangt, dass sie das nicht tun sollte, um jede Verbindung zwischen ihr und diesem Kind zu verschleiern, aber sie war entschlossen, sich nicht daran zu halten. Sie würde Sara so oft wie möglich besuchen, und Christmann würde nichts davon erfahren.

Dienstag, 15. Dezember 1942

Eine so große Aktion wie die geplante Unterwanderung des *Nationaal Comité* konnte Schreieder nicht auf eigene Faust durchführen. Er traf sich daher zu einer Besprechung mit seinem Vorgesetzten. Der SS-Brigadeführer und Generalmajor der Polizei Dr. Wilhelm Harster war als Befehlshaber der Sicherheitspolizei und des SD in den Niederlanden auch für die Zerschlagung des niederländischen Widerstandes zuständig. Schreieder und Harster verstanden sich gut. Harster hatte ein angenehmes Wesen. Und in ihm hatte Schreieder einen Gesprächspartner, der genau wie er selber vor dem Krieg Polizist gewesen war. Ob Harster im Grunde seines Herzens ein überzeugter Nazi war, wusste Schreieder nicht. Fest stand, dass er früh genug in die NSDAP und in die SS eingetreten war und dadurch eine steile Karriere gemacht hatte.

»Sie haben großartige Arbeit geleistet«, sagte Harster. »Alle englischen Agenten sind verhaftet, die illegale Presse ist so gut wie vollständig ausgeschaltet, und der Widerstand ist seit der Zerschlagung des *Ordedienst* im Laufe des letzten Jahres bis auf einzelne versprengte Wirrköpfe restlos beseitigt worden.«

Schreieder nickte. Er war für Lob empfänglich, aber ihm war sehr wohl bewusst, dass die Lage nicht ganz so rosig war, wie Harster glaubte. »Wir hatten schöne Erfolge, aber wir dürfen uns jetzt nicht auf unseren Lorbeeren ausruhen. Der Widerstand existiert nach wie vor, und in Zeiten wie diesen, wo die deutsche Wehrmacht anscheinend an die Grenzen ihrer Leistungsfähigkeit stößt, und wo die Last des Krieges auch für die niederländische Bevölkerung spürbar wird, finden unsere Gegner neuen Zulauf.«

»Wir dürfen nicht nachlassen, sie zu bekämpfen«, bestätigte Harster.

Schreieder stimmte ihm zu. »Ich habe Sie um dieses Gespräch gebeten, weil ich die Absicht habe, in den nächsten Monaten einen entscheidenden Schlag gegen den politischen Widerstand zu führen.«

»Dabei haben Sie meine volle Unterstützung, Schreieder, das ist doch selbstverständlich!«

»Es kann sein, dass ich in der Tat Ihre volle Unterstützung brauche, denn was ich vorhabe, ist in höchstem Maße ungewöhnlich, und es kann nur gelingen, wenn ich dabei nicht durch andere Dienststellen behindert werde.«

Dr. Harster schwieg. Er hätte jetzt sagen können, dass das eine Selbstverständlichkeit sei, aber er war sich nicht sicher, ob das, was Schreieder vorhatte, wirklich noch mit den Regeln der Polizeiarbeit im Einklang stand. Schon allein sein Umgang mit den gefangenen Fallschirmagenten widersprach ganz klar den Anweisungen des Reichssicherheitshauptamtes. Und mit Himmler war nicht zu spaßen.

»Lassen Sie mich etwas weiter ausholen ...«, begann Schreieder.

»Bitte.« Harster gab sich großzügig. Er hätte am liebsten gesagt, Schreieder solle sich kurz fassen, aber er wollte den Mann nicht vor den Kopf stoßen, dazu war er zu wichtig.

Schreieder sagte: »Unsere Aktion gegen die Untergrundpresse mit all den Verhaftungen und Hinrichtungen hat im Grunde genommen ihr Ziel verfehlt. Sowohl *Het Parool* als auch *Vrij Nederland* erscheinen nach wie vor, und ich halte es für aussichtslos, diese Blätter wirklich vollständig zu eliminieren. Aber eigentlich geht es ja auch gar nicht um die Zeitungen, sondern es geht um die Menschen, die ihnen das Material liefern. Und das sind vor allen Dingen die oppositionellen Politiker, von denen die wichtigsten im sogenannten *Nationaal Comité* zusammengeschlossen sind. Diese Herrschaften werden inzwischen auch von der Exilregierung in London als politischer Machtfaktor anerkannt. Und die herausragende Persönlichkeit, die das *Nationaal Comité* zusammenhält, das ist Koos Vorrink, der Vorsitzende der *Sociaal-Democratische Arbeiderspartij.*"

»Nehmen Sie ihn fest!«

Schreieder sagte: »Dazu müssen wir ihn erst einmal haben.«

Harster nickte. Das war selbstverständlich.

Schreieder fuhr fort: »Ich glaube, dass wir jetzt eine Chance haben, den Mann zu finden. Ich will ihn aber nicht festnehmen, jedenfalls nicht sofort. Ich will, dass unsere eigenen Leute in seine Organisation eindringen und solange mitspielen, bis sie alle Informationen gesammelt haben, die uns von Nutzen sein können.«

»Und wer soll in seine Organisation eindringen?«

»Ich habe dabei an zwei Leute gedacht. Der eine ist unser Doppelagent Anton van der Waals ...«

»Ihr Ringeltäubchen? Ist der Mann nicht längst verbraucht? Ich denke, den haben Sie schon so oft eingesetzt, dass auch der letzte Widerstandskämpfer inzwischen weiß, dass Anton ein Verräter ist!«

Schreieder ließ sich nicht aus der Ruhe bringen. »Natürlich braucht er einen neuen Namen. Er heißt jetzt Anton de Wilde. Und dieser De Wilde kommt direkt aus England. Er wird im Auftrag der Exilregierung Kontakt zu Vorrink aufnehmen. Und ich stelle ihm eine junge Frau zur Seite, eine holländische Jüdin, die wirklich im weitesten Sinne dem Widerstand zugerechnet werden kann.«

»Eine holländische Jüdin?« Harster lehnte sich in seinen Sessel zurück. »Ihnen ist natürlich bewusst, dass ich als oberster Befehlshaber der Polizei auch für Judenfragen zuständig bin?«

Schreieder winkte ab. »Für diese junge Frau sind Sie inzwischen nicht mehr zuständig. Sie hat einen neuen Ausweis, einen neuen Namen und einen neuen Eintrag im *bevolkingsregister*.«

Harster sah ihn durchdringend an. »Das habe ich nicht gehört«, sagte er. »Es gibt Dinge, die können Sie mir erzählen, aber die nehme ich einfach nicht zur Kenntnis. So, wie Sie die Geschichte beschreiben, scheint alles lupenrein. Aber wenn die Sache auffliegt, und wenn herauskommt, dass Sie einer Jüdin falsche Papiere besorgt haben, dann weiß ich nicht, wie ich Sie noch schützen soll.«

»Die Sache kann nicht herauskommen«, behauptete Schreieder.

»Das will ich hoffen. Ist das der einzige kritische Punkt in ihrem Plan?«

Schreieder schüttelte den Kopf. »Es gibt eine ganze Reihe kritischer Punkte. Am schwerwiegendsten ist wahrscheinlich, dass wir eine ganze Weile so tun müssen, als ob Anton und diese junge Frau voll in den Widerstand integriert sind. Das heißt, sie müssen Dinge tun, die normalerweise verboten sind.«

»Zum Beispiel?«, fragte Harster.

»Zum Beispiel antideutsche Artikel für die Untergrundpresse schreiben ...«

»Wenn es weiter nichts ist! Das tut uns nicht weh!«

»... und notfalls Waffen an den Widerstand verteilen ...«

»Das kommt nicht in Frage.«

»In begrenztem Umfang!«, drängte Schreieder.

Harster schüttelte den Kopf.

»In begrenztem Umfang und nicht unkontrolliert. Das ist absolut notwenig. Schließlich geht es um die Glaubwürdigkeit.«

Harster kratzte sich den Kopf. »Und wie lange soll dieses Spiel gehen?«

»Das hängt von der Entwicklung ab. Natürlich wollen wir es nicht unnötig lange ausdehnen, aber wenn wir wirklich den gesamten Personenkreis erfassen wollen, der mit dem *Nationaal Comité* zusammenarbeitet, dann rechne ich damit, dass sich die Geschichte über mehrere Monate hinzieht.«

»Mehrere Monate!« Das hatte Harster befürchtet. Er sagte: »Riskieren Sie nicht zu viel, Schreieder! Halten Sie engen Kontakt zu mir. Besprechen Sie jeden einzelnen Schritt mit mir. Verstehen Sie mich bitte nicht falsch. Dies soll keine Gängelung sein. Ich wünsche, dass Sie Erfolg haben, und ich werde alles dafür tun, dass Ihre Unterwanderung gelingt. Aber ich will Sie nicht verlieren. Sorgen Sie dafür, dass Sie nicht in Gefahr geraten!«

Schreieder nickte. So wie es aussah, würde er nicht in Gefahr geraten. Aber für Anton und diese Sofieke ging es natürlich um Kopf und Kragen.

Schreieder kehrte zufrieden nach Driebergen zurück. Das war erledigt. Nun konnte er sich dem anderen großen Problem widmen, mit dem er sich herumschlagen musste: dem *Plan voor Holland*. Dieser Plan war im Grunde sehr einfach zu verstehen. Schreieder hatte den Text vor sich auf dem Schreibtisch ausgebreitet.

Plan für Holland
Phase A

Unterbrechung der Verkehrsverbindungen des Gegners am oder kurz nach dem D-Day, dem Tag der Invasion, in Abstimmung mit dem strategischen Plan und der tatsächlichen Lage. Die Unterbrechung der Schienenwege verhindert die Verlagerung der holländischen Lokomotiven und Eisenbahnwaggons nach Deutschland.

Phase B

Nach dem D-Day direkte Unterstützung der alliierten Trup-
pen. Schutz von Objekten (Brücken, Kraftwerke, Werften
usw.), die für die vorrückenden Alliierten von Wichtigkeit
sind. Verhinderung jeglicher Zerstörungen, jeglicher Taktik
der verbrannten Erde.
Für die Durchführung des Plans werden die Niederlande in 17
Distrikte eingeteilt. In diesen Distrikten soll eine schlagkräfti-
ge Truppe von insgesamt 1070 Mann aufgebaut werden, die
im entscheidenden Moment Telefonleitungen, Straßen und
Schienenwege unterbricht, und die mindestens 72 Stunden
lang die Stellung halten soll, so dass die Deutschen keine
Möglichkeit haben, auf die Invasion durch Truppenverschie-
bungen aus Holland zu reagieren. Für die Ausrüstung dieser
Truppe werden etwa 15.000 kg Waffen und Sprengstoff per
Fallschirm geliefert.

Schreieder konnte sich nicht vorstellen, wie der zustän-
dige Mann, dieser Lehrer Jambroes, die große Zahl von
Freiwilligen rekrutieren sollte. In seinen Augen war der
Mann ein Wirrkopf. Gut, dass er hinter Gittern saß. Aber
nun hatte Joseph Schreieder den Schwarzen Peter. Er
musste die Engländer davon überzeugen, dass dieser Plan
jetzt tatsächlich umgesetzt wurde. »Es läuft alles nach
Plan«, hatte er nach London funken lassen, aber ihm war
klar, dass das auf Dauer zu wenig war, und dass er den
Engländern wesentlich mehr Substanz würde anbieten
müssen.

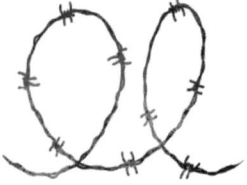

Mittwoch, 16. Dezember 1942

Anton de Wilde hatte keinen konkreten Auftrag, Sofieke auszuspionieren, er hielt es aber aus Gründen der eigenen Sicherheit für erforderlich, so viel wie möglich über seine neue Partnerin herauszufinden. Natürlich musste er vorsichtig sein. Es war ganz offensichtlich, dass Sofieke misstrauisch war. Er durfte sich auf keinen Fall erwischen lassen.

Schon einmal war er Sofieke zum Bahnhof gefolgt. Er hatte festgestellt, dass sie den Zug nach Amsterdam nahm, und er ging davon aus, dass sie sich in Driebergen mit ihrem Freund Gerhard treffen würde. Ein Blick auf den Fahrplan zeigte, dass es über Gouda eine schnellere Verbindung gab. Anton war vor Sofieke in Driebergen. Er wartete vor Gerhards Unterkunft. Der junge Mann war zu Hause; in seinem Zimmer war Licht, und er konnte sehen, wie Gerhard hin und her ging. Aber Sofieke kam nicht.

Diesmal blieb er trotz aller Risiken dichter dran. Er fuhr mit demselben Zug wie Sofieke, wenn auch in einem anderen Abteil. Er folgte ihr unauffällig durch den Bahnhof *Amsterdam Centraal* und fuhr dann genau wie sie über Utrecht in Richtung Arnhem. Tatsächlich stieg

Sofieke in Driebergen-Zeist aus. Der kleine Bahnhof lag zwischen den Orten Driebergen und Zeist. Anton hatte angenommen, dass Sofieke nun nach Driebergen gehen würde, aber das war nicht der Fall. Sie wandte sich in die Gegenrichtung und ging auf der Hoofdstraat in Richtung Zeist.

Anton war kein Freund längerer Fußmärsche, und bis zum Zentrum von Zeist schien es entsetzlich weit zu sein. Zumindest war der Ort noch nicht zu sehen. Aber Sofieke wollte nicht nach Zeist. Sie bog nach links ab. Anton vergrößerte den Abstand. Während er auf der Hauptstraße immer noch als ein Pendler gelten konnte, der aus irgendeinem Grunde sein Fahrrad zu Hause gelassen hatte, war er auf dieser Nebenstraße als einsamer Fußgänger mehr als auffällig. Er ließ den Abstand so groß werden, dass Sofieke ihn nicht mehr erkennen könnte, wenn sie plötzlich stehenbliebe und sich umdrehte.

Sofieke blieb nicht stehen. Sie sah sich auch nicht um. Linkerhand lag ein kleiner Bauernhof. Durch die Bäume war Anton im entscheidenden Moment die Sicht versperrt. Als er näher herankam, war Sofieke verschwunden. Allem Anschein nach war die junge Frau in dieses Haus gegangen.

Was jetzt? Anton wusste nicht, was er tun sollte. Er ging langsamen Schrittes an dem Gehöft vorbei. Kühe gab es, das konnte er sehen. Und wahrscheinlich irgendein Kind. Neben der Haustür lag jedenfalls ein Kinderfahrrad. Den Hund bemerkte Anton erst, als er zu bellen begann. Anton ging mit raschen Schritten weiter. Zum Glück schien niemand zu reagieren. Wahrscheinlich war es ganz normal, dass der Hund von Zeit zu Zeit bellte. Kein Grund, um deshalb draußen nach dem Rechten zu sehen.

Als Anton weit genug weg war, hörte der Hund auf zu bellen. Anton blieb stehen. Von hier aus hatte er immer noch einen guten Blick auf den Hof, ohne dass er selbst in der Abenddämmerung von dort aus gesehen werden konnte. Ein idealer Beobachtungsposten! Er lehnte sich an einen Baum und wartete.

Sofieke war glücklich. Kaum hatte die Bäuerin ihr geöffnet, kam Sara herbeigerannt, mit weit ausgebreiteten Armen. »Sofieke«, rief sie, »meine Sofieke!«

Sofieke nahm das Mädchen in den Arm. »Du bist groß geworden!«, sagte sie. Jedenfalls kam es ihr so vor.

»Ja. – Sofieke, es gibt etwas Neues! Ich heiße jetzt nicht mehr Sara, sondern ich heiße jetzt Grietje. Das ist ein Spiel, verstehst du? Ein lustiges Spiel. Wir sagen einfach, ich bin die Tochter, und ich bin zu Besuch hier ...«

»Die Tochter?«, fragte Sofieke ungläubig.

Die Bäuerin schüttelte den Kopf. »Die Tochter meiner Nichte aus Amsterdam«, sagte sie.

»Ja, ich bin die Tochter der Nichte«, rief Sara fröhlich.

»Und wie heißt deine Mama?«, fragte die Bäuerin.

»Die richtige Mama, oder die in unserem Spiel?«, wollte Sara wissen.

»Die in unserem Spiel.«

»Meine Mama heißt Emma. Emma de Graaf. Und sie ist sehr lieb und ganz dick!«

Die Bäuerin lachte. »Das müssen wir noch ein bisschen üben«, sagte sie. »Meine Nichte Emma ist nur ganz dick, weil sie gerade schwanger ist. Ich habe Grietje ein Foto von ihr gezeigt. Und die Schwangerschaft, das ist der Grund, warum Grietje hier bei uns zu Besuch ist.«

Eine Schwangerschaft – war das eine gute Idee? Sofieke fragte sich, was die Bäuerin als Grund für den Urlaub angeben wollte, wenn das Kind geboren war.

Die Frau hatte offenbar geahnt, was Sofieke dachte. »Wir machen uns Sorgen«, sagte sie. »Wir haben Angst, dass das Kind nicht gesund ist, und das ist schlimm für Emma. Aber für Grietje heißt das natürlich, dass sie länger hierbleiben muss.«

»Ich bin gerne hier!«, rief Grietje.

Sofieke lächelte. »Das freut mich. – Guck mal, ich habe dir etwas mitgebracht!«

Sie hatte in einem Antiquariat für wenig Geld einen halben Jahrgang *Zonneschijn – Tijdschrift voor de Jeugd* erworben. Es gab jeweils einige Seiten für Kinder von 5-9 Jahren, und da ging es um Kaninchen und kleine Kätzchen und ein Zebra als Detektiv. Natürlich konnte man sehen, dass die Zeitschrift gebraucht war. In der Geschichte von *Rozemondje en Apelsnoetje* hatte irgendein Kind schon ganz vorsichtig die Bilder bunt angemalt. Aber das spielte keine Rolle. Grietje war begeistert.

Die Bäuerin nahm eines der Hefte in die Hand, blätterte darin. Ein Brief aus Bandung war abgedruckt worden mit Fotos, die das Leben in Niederländisch-Indien zeigten. Da saßen jetzt die Japaner. Sie nahm das letzte Heft vom Stapel und zeigte Sofieke die letzte Seite. *Was uns 1940 bringen wird.* Krieg, dachte Sofieke. 1940 hatte den Krieg gebracht. Aber daran hatte im Dezember 1939 noch niemand geglaubt.

»Na, was machen Sie denn hier?«

Anton fuhr zusammen. Er hatte den Mann nicht kommen hören. »Ich? – Ich ruhe mich nur ein bisschen aus«, stotterte er.

»Und wo wollen Sie hin?«

Über diese Frage hatte Anton noch nicht nachgedacht. »Ich komme von Utrecht«, sagte er auf gut Glück. »Und ich will nach Arnhem ...«

»Hier auf diesem Weg?«

Der Mann glaubte ihm nicht. »Ich habe gedacht, ich könnte ein Stück abschneiden, aber ich habe jetzt doch gesehen, dass ich hier nicht weiterkomme. Da habe ich eine kleine Pause gemacht. Ich muss sicher zurück zur Hauptstraße ...«

»Warum fahren Sie nicht mit der Bahn?«

»Das ist eine ganz dumme Geschichte«, murmelte Anton. »Ich wohne eigentlich in Arnhem. Ich war heute zu Besuch bei Freunden in Utrecht. Und wie ich zurückfahren will und zum Bahnhof komme, da merke ich auf einmal, dass meine Brieftasche weg ist. Und mein ganzes Geld. Und da blieb mir nichts anderes übrig, als zu Fuß ...« Anton merkte selbst, dass das ziemlich dämlich klang.

»Wissen Sie was«, sagte der Mann, »kommen Sie einfach mit zu uns. Sie brauchen nicht hier draußen in der

Kälte herumzustehen. Wärmen Sie sich auf, trinken Sie einen Tee mit uns, und dann sehen wir weiter.«

Auf keinen Fall! »Nein«, wehrte Anton ab, »das geht nicht. Das ist lieb gemeint, aber das kann ich nicht machen. Ich muss doch noch ganz bis nach Arnhem. Wahrscheinlich muss ich die ganze Nacht durchmarschieren, und da mache ich mich lieber gleich auf den Weg.«

»Ja, wenn das so ist«, sagte der Bauer.

Anton ging in Richtung Hauptstraße zurück. Der Bauer sah ihm nach, bis er in der Ferne verschwunden war.

Sofieke war gerade dabei, zusammen mit Grietje aus Holzbauklötzen ein wunderbares Schloss zu bauen, als der Bauer hereinkam. »Ich will euch nicht stören«, sagte er, »aber es gibt etwas, was wir besprechen müssen. Sofieke, könntest du einen Augenblick mit in die Küche kommen?«

Das klang ernst. »Warte hier, ich bin gleich wieder da«, sagte Sofieke.

Grietje nickte. Sie war gerade dabei, das Dach für das Schloss zu vollenden. Das erforderte ihre äußerste Konzentration.

»Es gibt ein Problem«, sagte der Bauer. »Als ich von der Weide zurückgekommen bin, da stand draußen ein Mann, vielleicht 50 Meter von hier. Ich bin mir sicher, er hat unser Haus beobachtet.«

Sofieke erschrak. »Polizei?«

»Keine Polizei, wahrscheinlich nicht. Wenn das ein Polizist wäre, dann wäre er direkt hereingekommen und hätte gesagt, was er wollte. Aber dieser Mann hat eine ziemlich unglaubwürdige Geschichte erzählt, warum er hier mitten in der Einsamkeit herumsteht, und mit ins Haus kommen wollte er auf keinen Fall.«

»Was hat das zu bedeuten?«, fragte Sofieke.

Die Bäuerin sagte: »Das kann eigentlich nur eines bedeuten: Der Mann kennt dich, und du kennst ihn. Er ist sicher kein Freund, wahrscheinlich ein Feind.«

Anton, dachte Sofieke. Das konnte nur Anton gewesen sein. Er war ihr gefolgt. Sie hatte sich sicher gefühlt, hatte sich nicht nach irgendwelchen Verfolgern umgesehen. Aber warum auch? Und warum sollte Anton sie beschatten? »Wie sah der Mann aus?«, fragte sie.

Der Bauer zuckte mit den Achseln. »Durchschnittlich, würde ich sagen. So groß wie ich ungefähr. Kein Bart, keine Brille. Städtische Kleidung.«

Das könnte Anton gewesen sein.

»Wer immer das gewesen sein mag, ich glaube nicht, dass er viel gesehen hat«, sagte der Bauer. »Selbst wenn er Grietje gesehen haben sollte, dann bedeutet das nichts. Sie ist eine Verwandte, das ist alles.«

Sofieke wusste nicht, was sie sagen sollte. Sie sah bestürzt von einem zum anderen.

»Sofieke«, sagte die Bäuerin sanft, »ich weiß, wie sehr du Grietje liebhast, aber könntest du vielleicht bitte nicht mehr so oft kommen? Ich fürchte, sonst bringst du das Kind in Gefahr.«

»Ich will niemand in Gefahr bringen.« Sofieke hatte Tränen in den Augen.

»Sofieke, kommst du?«, rief Grietje aus dem Wohnzimmer.

Sofieke machte die Tür auf. Da saß das kleine Mädchen auf dem Fußboden und legte einen letzten Balken auf das Dach des Schlosses. »Ich habe es für uns beide gebaut«, sagte sie. »Für mich und für dich, Sofieke!«

In dem Augenblick machte sie eine unbedachte Bewegung, und das Schloss stürzte in sich zusammen.

Als Sofieke schließlich zu Hause ankam, war sie sich sicher, dass Anton nicht hier war. Aber das war ein Irrtum. Anton lag in seinem Bett und schlief.

Donnerstag, 17. Dezember 1942

Gerhard war wieder voll in das Funkspiel der Spionageabwehr integriert. Die Abwehr unterhielt mehrere Funklinien mit England, über die Giskes und auch Schreieder Nachrichten über angebliche Erfolge der Fallschirmagenten an *SOE Dutch* nach England meldeten – Erfolge der Männer, die alle längst im Gefängnis in Haaren saßen. Über dieses sogenannte England-Spiel wurden von Zeit zu Zeit Waffen, Munition und Sprengstoff für die nicht existierende Untergrundarmee angefordert, die dann nach vorheriger Ankündigung per Fallschirm geliefert wurden. Über diese Funklinien kündigte *SOE Dutch* die Ankunft neuer Agenten an, die dann direkt nach der Landung von einem deutschen Empfangskomitee festgenommen wurden.

Gerhard verschlüsselte die Funksprüche, die Giskes und Schreieder nach England senden wollten. Das Verschlüsseln nach dem Doppelwürfelverfahren erforderte seine äußerste Konzentration. Ein kleiner Fehler, und die Meldung war unlesbar. Er überprüfte jeden Text dreimal, und er war sich sehr sicher, dass er keine Fehler machte.

In den Pausen, wenn keine neuen Funksprüche vorlagen, dachte er über das England-Spiel nach. Er hatte sich noch einmal die Unterlagen über die gefangenen Agenten vorgenommen. Irgendetwas stimmte nicht. Der Triumph der Spionageabwehr war zu vollkommen. Die Ausschaltung der Agenten war so lächerlich einfach gewesen. Es lief alles viel zu glatt. Woran lag das?

Gerhard ordnete zunächst einmal die Unterlagen nach ihrer zeitlichen Reihenfolge. Der erste Agent, der mit dem Fallschirm abgesprungen war, und der noch lebte, war offensichtlich Aart Alblas. Er war im Juli 1941 gekommen, und es hatte über ein Jahr gedauert, bis es der Abwehr gelungen war, ihn festzunehmen. Später waren Taconis und Lauwers gefolgt; sie waren im März 1942 verhaftet worden. Und hier nun war etwas passiert, was es davor entweder nicht gegeben hatte oder was nicht aufgefallen war. Gerhard notierte:

1. Die beiden Agenten waren mit extrem schlecht gefälschten Ausweisen ausgestattet (Löwen guckten in die falsche Richtung).
2. Sie hatten Geld mitbekommen, das in den Niederlanden nicht mehr gültig war.
3. Sie waren mit identischer Kleidung losgeschickt worden, in die zum Teil englische Markennamen eingenäht waren.
4. Ihr (angeblich überprüftes) Funkgerät funktionierte nicht.
5. Den Agenten wurde eingeredet, der Sender könne nicht eingepeilt werden.

6. Sie wurden ausdrücklich darauf hingewiesen, was im Fall einer Gefangennahme zu tun wäre: Sie sollten gute Miene zum bösen Spiel machen und so tun, als ob sie mit den Deutschen kooperierten. Es gäbe ja noch den *Security Check*.

Das schien vernünftig. Aber als Lauwers gefangen war und weisungsgemäß mithalf, den Sender zurückzuspielen, was geschah dann?

1. Der falsche *Security Check* wurde ignoriert.
2. Und als Gerhard in einen von Lauwers' Funksprüchen *caugh-t* eingebaut hatte, wurde das ebenfalls ignoriert.

Gerhard schüttelte den Kopf. So viele Zufälle konnte es nicht geben. Oder doch? Natürlich hatten sich die Engländer gefreut, dass es ihnen gelungen war, die Agenten erfolgreich abzusetzen und die Verbindung zu ihnen herzustellen. Aber Lauwers und Taconis waren nicht die ersten Agenten gewesen, die erfolgreich abgesetzt worden waren. Insofern war kaum anzunehmen, dass der fehlende *Security Check* im Überschwang der Begeisterung übersehen worden war. Außerdem war Lauwers ja erst festgenommen worden, als er ein paar Dutzend Funksprüche mit korrektem *Security Check* nach England durchgegeben hatte. Fazit: Der falsche *Security Check* hätte auf jeden Fall bemerkt werden müssen.

Waren diese ungewöhnlichen Umstände allein bei Taconis und Lauwers aufgetreten? Nein, waren sie nicht.

Lauwers hatte im Laufe der zahlreichen Gespräche mit Giskes und Schreieder mehr preisgegeben als seine Kollegen. Das lag zum einen an der geschickten Vernehmungstechnik von Schreieder und seinen Mitarbeitern, die über weite Strecken größere Ähnlichkeit mit einer zwanglosen Unterhaltung hatte als mit einem scharfen polizeilichen Verhör. Das lag möglicherweise aber auch daran, dass die beiden Agenten die Anweisung bekommen hatten, mit dem Feind zu kooperieren. Und – das durfte man auch nicht vergessen – sicher spielte eine Rolle, dass Lauwers nach und nach den Eindruck gewonnen hatte, dass er das Opfer eines ungeheuerlichen Verrats geworden sei.

Auch Aart Alblas war mit einem schlecht funktionierenden Funkgerät ausgerüstet worden, und auch ihm hatte man erzählt, dass der Funkverkehr abhörsicher sei. Das war natürlich nicht der Fall. Jedes Kind wusste, dass man Sender einpeilen konnte. Jedenfalls jedes Kind, das wie Gerhard einen Ingenieur zum Vater hatte. Aart Alblas' Vater war dagegen Kaufmann. Er stammte aus einer sehr christlich eingestellten Familie. Wer an Gott glaubte, glaubte womöglich auch andere unwahrscheinliche Dinge. Sein Glaube an die Sicherheit seines Senders hatte ihn bereits früh in Gefahr gebracht. Nur mit großem Glück war er zunächst entkommen.

Die später festgenommenen Agenten hatten die ungewöhnlichen Umstände ihrer Ausbildung und Ausrüstung zum Teil bestätigt. Je länger Gerhard darüber nachdachte, desto stärker gewann er den Eindruck, dass die Engländer alles unternommen hatten, um ihre Fallschirmagenten so früh wie möglich dem Feind in die Hände zu spielen. Warum? Nun, das lag auf der Hand. Wenn die gefangenen Agenten den Funkverkehr mit der Zentrale unter deutscher Regie fortsetzten, ergaben sich hervorragende Möglichkeiten, den Deutschen Falschinformationen unterzujubeln – vorausgesetzt natürlich, dass die Deutschen sich täuschen ließen.

Selbstverständlich wussten die Engländer von Anfang an, dass ihre deutschen Gegenspieler ebenfalls gewiefte Geheimdienstler waren, die naturgemäß daran zweifeln würden, dass das Zurückspielen der Sender so reibungslos funktionierte. Also musste man sie überzeugen, dass das der Fall war. Man musste sie auf eine Weise überzeugen, die gar keinen Zweifel daran aufkommen ließ, dass die Engländer auf das Spiel hereingefallen waren. Deshalb wurden Lieferungen von Waffen und Munition und Sprengstoff auf den Weg geschickt. Selbst neuartige Funksprechgeräte, die die Deutschen noch gar nicht kannten, wurden ihnen zugespielt. Und um das Maß voll zu machen, wurden ihnen obendrein noch dutzendweise weitere Agenten in die Arme getrieben. Die große Zahl der Fallschirmagenten wurde offiziell damit begründet, dass diese für den Aufbau der Untergrundarmee für den sogenannten *Plan voor Holland* erforderlich waren.

›Das ist Unsinn‹, dachte Gerhard. »Das kann einfach nicht sein.«

Gerhard nutzte einen ruhigen Moment dazu, Christmann die entscheidende Frage zu stellen: »Der *Plan voor*

Holland«, sagte er, »woher hat Major Giskes eigentlich seine Informationen?«

»Er hat Jambroes vernommen«, erwiderte der Agent leichthin.

Gerhard hatte inzwischen lange genug mit Richard zusammengearbeitet. Er wusste, dass dies nicht die ganze Wahrheit sein konnte. Er sagte:

»Giskes hat also den Jambroes verhört, und der hat ihm in aller Freundschaft verraten, was es mit dem Plan Holland auf sich hat?«

Christmann schüttelte den Kopf. »Nein.«

»Das heißt, er hat diese Dinge zugegeben, nachdem Schreieder und seine Schergen ihn in die Mangel genommen haben, und dann hat er keinen Sinn mehr darin gesehen, gegenüber Giskes irgendetwas zu verheimlichen«, mutmaßte Gerhard.

»Nein. Jambroes hat gar nichts gesagt. Er ist einer der unkooperativsten Gefangenen, die wir überhaupt haben. Er hat dem Giskes nicht einmal verraten, wie er heißt. Gar nichts. Insofern war er keine schlechte Wahl als Kommandeur der geplanten holländischen Untergrundarmee.«

»Verstehe ich das richtig? Er hat auch bei Schreieder unter der Folter geschwiegen?«

»Du hast noch immer falsche Vorstellungen davon, zu was Joseph Schreieder fähig ist. Er ist zwar bei der SS, aber er würde niemals einen Gefangenen foltern. Er würde auch nicht zulassen, dass seine Untergebenen das tun. Er arbeitet mit List, auch mit Drohungen und Lügen, wenn er anders nicht weiterkommt. Aber er ist nicht gewalttätig.«

»Richard, spann mich nicht auf die Folter. Wie hat Schreieder es geschafft, diese Informationen zu bekommen?«

»Ja, das ist eine interessante Frage. Wie hat er es geschafft? Und so schnell? Normalerweise dauert es ein bis zwei Tage, bis unsere Gefangenen irgendetwas erzählen, das für uns von Bedeutung ist. Aber hier hatte Schreieder die Informationen sofort. Giskes hat nicht weiter nachgefragt. Wahrscheinlich hat er auch gar nicht weiter nachgedacht. Er war damit zufrieden, dass er den *Plan voor Holland* in allen Einzelheiten kannte, und ob der Gefangene nun zusätzlich noch irgendwelche Auskünfte gab oder nicht, das war unbedeutend. Ich war damit nicht zufrieden. Ich habe eine Weile nachgedacht, und schließlich habe ich Schreieder direkt gefragt.«

»Und?«

»In einem der Behälter, die die Engländer in der Nacht abgeworfen haben, als wir Jambroes festgenommen haben, steckte der komplette *Plan voor Holland* in schriftlicher Form.«

»Eine unglaubliche Dummheit!« Gerhard konnte es nicht fassen.

»Ja«, bestätigte Richard. »Eine unglaubliche Dummheit. Oder ein raffinierter Trick. – Du kennst doch die Engländer, Gerhard. Was glaubst du?«

Gerhard schüttelte den Kopf. Er hatte geglaubt, die Engländer zu kennen, aber inzwischen begriff er, dass zumindest der englische Geheimdienst nach Regeln arbeitete, die ihm völlig widersinnig vorkamen. »Ich weiß nicht, was ich glauben soll«, musste er zugeben. »Man könnte denken, dass die Gegenseite uns diese Unterlagen geradezu zugespielt hat. Das würde natürlich bedeuten, dass sie uns auch den General Jambroes zugespielt hat. Jambroes und all die anderen, die inzwischen ebenfalls mit dem Fallschirm abgesprungen sind. Hältst du das für möglich? Warum sollten sie das tun?«

»Um uns abzulenken« sagte Richard. »Die Entscheidung in diesem Krieg fällt an der Ostfront. Die Engländer haben so getan, als ob sie zusammen mit den Amerikanern noch in diesem Jahr hier im Westen eine zweite Front aufmachen wollten. In diesem Zusammenhang steht der *Plan voor Holland*. Die darin vorgeschlagenen Maßnahmen machen nur Sinn, wenn eine Landung der Amerikaner und der Engländer irgendwo in Frankreich oder Belgien oder gar in den Niederlanden unmittelbar bevorstünde. Das hat selbst so ein Schafskopf wie Rauter begriffen. Er hat Himmler entsprechend informiert, und nur einen Tag später hat Adolf Hitler, dieser nach eigener Einschätzung ›größte Feldherr aller Zeiten‹, entschieden, dass die SS-Divisionen *Leibstandarte Adolf Hitler* und *Das Reich* von der Ostfront abgezogen und in den Westen verlegt werden. Zusätzlich wurden neu aufgestellte Wehrmachtseinheiten in den südwestlichen Teil der Niederlande verlegt.«

»Woher weißt du das?«, fragte Gerhard erstaunt.

Richard zuckte mit den Achseln. »Ich kenne ein paar Leute in Berlin, das ist alles.«

Gerhard schwieg. Wenn das stimmte, was Richard Christmann behauptete, dann hatten auch all die anderen Ungereimtheiten, die Gerhard im Zusammenhang mit der Entsendung der Agenten aufgefallen waren, denselben

Grund. Diese Männer waren mit voller Absicht der Gestapo in die Hände gespielt worden. Und er selbst auch.

Plötzlich machte auch ein Funkspruch Sinn, den er bisher nicht kannte, und den er erst beim Durchblättern der Unterlagen gefunden hatte. Er stammte vom November 1942 und war an den *Ordedienst* gerichtet worden, nicht an die SOE-Agenten. Die Nachricht war als Klartext gesendet worden:

An den Kommandeur des Ordediensts. Alliierte Landungen an der holländischen Küste in Kürze zu erwarten. Die gelandeten Truppen werden den Feind angreifen. Zivilbevölkerung und Mitglieder des Ordedienst sollen auf keinen Fall eingreifen. Weitere Anweisungen folgen.

Es hatte keine derartige Landung gegeben, und es waren auch keine weiteren Anweisungen erfolgt. Unmittelbar vor diesem mysteriösen Funkspruch hatte die Rote Armee ihren Gegenangriff bei Stalingrad begonnen. Weder Giskes noch Schreieder hatten geglaubt, dass die Engländer und Amerikaner ausgerechnet im Winter an der niederländischen Küste landen würden, aber was Adolf Hitler geglaubt haben mochte, wussten sie natürlich nicht.

Endlich hatte Sofieke die Gelegenheit, ihrer alten Wohnung einen Besuch abzustatten. Der Witwe ter Laak ging es gut, und auch der Katze ging es gut, obwohl es Sofieke so schien, als ob er sie vorwurfsvoll ansah. Das Wichtigste aber war die Post. Ein Brief mit unbekanntem Absender, aber Sofieke wusste sofort, dass er von Gerhard kam. Kaum hatte sie ihre Wohnungstür hinter sich zugemacht, riss sie den Umschlag auf.

Ja, Gerhard hatte ihren Brief bekommen, und er hatte auch sofort geantwortet. Fast zwei Wochen hatte es gedauert, bis sie jetzt die Antwort zu Gesicht bekommen hatte. Es war schon ein Ärgernis, dass sie nicht miteinander telefonieren oder wenigstens sich gegenseitig direkt schreiben konnten. Verdammte Geheimniskrämerei. Verdammter Krieg.

Gerhard schrieb:

Es ist schön, dass es Dir gut geht, und ich freue mich, dass Du gute Nachrichten von Jaap bekommen hast. Hoffentlich ist wirklich alles so gut, wie er sagt ...

Er glaubt es nicht, dachte Sofieke. Er glaubt es nicht, dass Jaap noch am Leben ist. Eigentlich konnte sie es auch kaum glauben, aber De Wilde hatte sie überzeugt. Fast.

Freitag, 18. Dezember 1942

Anton van der Waals stand vor einer schweren Aufgabe. Schreieder hatte ihn wiederholt gedrängt, endlich Kontakt aufzunehmen, aber er hatte sich Zeit gelassen. Er hatte viele Tage damit zugebracht, das Haus in der Topasstraat zu beobachten – aus sicherer Entfernung natürlich. Leider ohne greifbares Ergebnis. Fest stand lediglich, dass Koos Vorrink hier nicht ein- und ausging, den hätte er erkannt.

Es war ein grauer Tag mit leichtem Nieselregen, als Sofieke und er sich schließlich auf den Weg machten. Auf dem Namensschild an der Tür stand Alex und Sara Wins. Ein Ehepaar also. Anton überprüfte noch einmal die Hausnummer. Ja, dies war das richtige Haus. Er läutete. Eine Frau öffnete die Tür.

Anton zog den Hut. »Frau Wins?«

»Ja bitte?«

»Wohnt hier Sander Rewochem?«

Die Frau war misstrauisch, Anton kam ihr verdächtig vor, und wenn nicht das junge Mädchen bei ihm gewesen wäre, hätte sie sofort die Tür zugeschlagen. *Sander Rewochem* – woher kannte der Mann diesen Namen? Das war ein hebräisches Pseudonym, das ihr Mann einst als Journalist benutzt hatte. Es gab nur ganz wenige Menschen, die davon wussten, und zu denen gehörte der – ebenfalls jüdische – Freund Meyer Sluyser, der vor dem Krieg zusammen mit Levinus van Looi für die sozialdemokratische Zeitung *Het Volk* gearbeitet hatte, und der nun in London aktiv war, unter anderem für *Radio Oranje*. Kam der Mann also aus London? Sara Wins blieb misstrauisch. Sie und ihr Mann machten ängstliche Zeiten durch. Sie waren Juden. Sie wussten, dass es höchste Zeit war, unterzutauchen.

»Sander Rewochem? Wer soll das sein?«

Darauf wusste Anton keine Antwort.

»Sagen Sie einfach, was Sie wollen«, sagte Frau Wins reserviert.

Anton spielte seine zweite Karte aus: »Kennen Sie Venus?«

»Venus?« Die Frau begriff sofort, dass der unbekannte Besucher auf ihren Freund Levinus van Looi anspielte, den jüdischen Journalisten, den seine Freunde *Finus* nannten. Aber weil der Besucher den Namen verkehrt aussprach, hielt sie sich weiterhin bedeckt. »Ich kenne mich nicht so gut aus bei den alten Griechen«, sagte sie.

Anton van der Waals sah, dass er in eine Sackgasse geraten war. Aber er hatte noch einen letzten Trumpf. Er zog das Foto aus der Tasche. »Kennen Sie dieses Mädchen?«

Ja, natürlich kannte sie das Mädchen. Das war Marijke, das Töchterchen von Meyer Sluyser. Das Mädchen war gewachsen, seit sie es zuletzt gesehen hatte. Das Foto war also eindeutig in England aufgenommen. Aber hieß das, dass dieser Mann vertrauenswürdig war? »Das ist die Tochter von Meyer Sluyser«, sagte sie zögernd.

Das hatte geklappt, aber nun hatte Anton das nächste Problem. Wer war Meyer Sluyser? Er kannte den Mann nicht. »Nun, genau von dem komme ich«, behauptete er. »Ich komme von der anderen Seite.«

Die Frau sah ihn zweifelnd an. Konnte das stimmen? Das mit der ›Venus‹ stimmte nicht, aber das Foto war echt. »Kommen Sie morgen um dieselbe Zeit wieder«, sagte sie. »Ich will inzwischen versuchen, ob ich mit ›Venus‹ in Kontakt treten kann.«

Als sie ihrem Mann später von ihrem geheimnisvollen Besucher erzählte, war auch dieser äußerst skeptisch. Ausgerechnet heute hatte dieser Kerl bei ihnen auftauchen müssen! Einen Tag später, und sie wären in Sicherheit gewesen. Untergetaucht, bei Freunden versteckt, wo sie niemand finden würde. Und jetzt dies! Zumindest bedeutete es eine Verzögerung, ein zusätzliches Risiko. War es das wert?

Alex beschloss, ihren Freund, den Haarlemer Herausgeber Karel van Staal, um Rat zu fragen, von dem er wusste, dass er im Untergrund mit dem Journalisten Levinus van Looi zusammenarbeitete. Sara fand das eine gute Idee.

Van Staal reagierte enthusiastisch. »Das ist ja ganz hervorragend!«, rief er. »Wenn er wirklich aus London kommt, dann ist das genau der Mann, den wir brauchen. Ich werde morgen Mittag bei euch im Haus auf ihn warten. Stellt mal eine Tasse Tee hin und seht zu, dass ihr weg seid. Dann bin ich wenigstens der einzige, der mitgenommen wird, wenn sich herausstellt, dass der Mann doch nur ein Spitzel ist.«

Sonnabend, 19. Dezember 1942

Anton und Sofieke waren pünktlich. Van Staal hörte, was er hören wollte. Der nächste Schritt konnte gewagt werden. Am späten Nachittag saßen sie zusammen mit Levinus van Looi in einem Café in Amsterdam. Anton machte zumindest in Bezug auf seine Kleidung einen seriösen Eindruck. Er trug einen modischen hellgrauen Anzug, dazu eine blaue Krawatte. Van Looi kam in einer Strickjacke, die aussah, als habe er sie schon sehr lange. Anton versicherte, er sei von der Exilregierung geschickt worden, um den Kontakt zwischen dem niederländischen Widerstand und London herzustellen. Van Looi blieb misstrauisch. Die Legitimation De Wildes erschien ihm mehr als fragwürdig. Ein anderer Agent aus London hatte sich schon vor zehn Monaten mit genau diesem Foto bei ihm ausgewiesen. Es schien ihm höchst sonderbar, dass der Geheimdienst zweimal dasselbe Erkennungszeichen benutzte.

»Von wem haben Sie eigentlich den Auftrag bekommen, mich zu kontaktieren?«, fragte er.

»Von Captain Blunt«, antwortete Anton. Schreieder hatte mögliche Fragen und Antworten vorher mit ihm durchgeübt.

»Und wo sind Sie zum Agenten ausgebildet worden?«

»Das darf ich nicht sagen«, erwiderte Anton weisungsgemäß. Er wusste sehr wohl, dass die Ausbildung der SOE-Agenten im Wesentlichen in Beaulieu erfolgte.

Die Antwort war in Ordnung. Dasselbe hatte damals auch der andere Agent gesagt. »Und worin bestand diese Ausbildung?«

Anton erzählte ihm, was er von der Ausbildung wusste. Auch das stimmte mit den Angaben seines Vorgängers überein. Dennoch blieb Van Looi skeptisch. Er stellte weitere Fragen.

De Wilde war so konzentriert wie selten. Er flocht in seine Erzählungen Namen von Leuten ein, die zum englischen Geheimdienst gehörten. Er erwähnte Dinge, die eigentlich nur ein Agent aus London wissen konnte. Selbstverständlich beruhte sein Wissen allein auf Informationen, die Schreieder aus den Verhören der festgenommenen Fallschirmagenten gewonnen hatte.

Van Looi nahm sich eine Zigarre und schnitt die Spitze mit dem Messer ab. Anton erkannte das Messer. Er zögerte nicht. »Das Messer ist eigentlich nicht für diesen Zweck gedacht«, sagte er. »Es dient dazu, um die Seile eines Fallschirms durchzuschneiden.«

Das stimmte. Van Looi hatte das Messer von dem Agenten bekommen, der damals vergeblich versucht hatte, ihn zur Fahrt nach England zu bewegen. Es war also möglich, dass dieser Mann die Wahrheit sprach.

Anton beschloss, in die Offensive zu gehen. Er sagte, er habe Funker mit in die Niederlande gebracht.

Funker! Das war das Zauberwort. Das war unglaublich. Der Kontakt mit London, den sie seit so langer Zeit mit allen möglichen Mitteln gesucht hatten, fiel ihnen nun geradezu in den Schoß. Andererseits: man konnte nicht vorsichtig genug sein.

»Wenn Sie aus England kommen, dann kennen Sie doch sicher das Lied von der Siegfriedlinie«, sagte Van Looi.

»Ja, natürlich!«, antwortete Anton, ohne zu zögern.

»Können Sie uns das vorsingen?«

»Vorsingen? – Ich bin vollkommen unmusikalisch.«

Tatsächlich? Das klang verdächtig.

Sofieke sprang ein. Sie konnte nur den Refrain:

We're going to hang out the washing on the Siegfried Line.
If the Siegfried Line's still there.

Das war jedenfalls etwas. Am Nachbartisch klatschte jemand laut Beifall.

Karel van Staal hatte die meiste Zeit zugehört. »Was Sie uns erzählen, das klingt ganz nett«, fasste er am Ende des Gesprächs zusammen. »Aber das reicht uns noch nicht aus. Wenn Sie wirklich aus London kommen, dann sind Sie doch sicher imstande, sich durch *Radio Oranje* legitimieren zu lassen.«

»Ja, natürlich«, behauptete Van der Waals. »Sagen Sie mir einfach, was gesendet werden soll.«

»Was wollen wir nehmen?« Van Staal sah seinn Freund Van Looi an.

»Wir machen es so schwierig wie möglich«, erwiderte Van Looi. »Ich habe voriges Jahr über Portugal zwei Briefe nach London geschickt. Ich weiß, dass sie angekommen sind. *Radio Oranje* soll sagen, mit welchem Namen der zweite Brief unterzeichnet ist.«

Das war in der Tat eine knifflige Aufgabe. Die Antwort konnte nur jemand wissen, der den Brief wirklich gesehen hatte. Van Loois zweiter Brief, der an Meyer Sluyser gerichtet war, war nicht mit einem, sondern mit zwei Namen unterschrieben: *Koert* und *Fia*. Das waren die Decknamen von Koos Vorrink und Levinus van Looi.

Anton de Wilde versprach, dass er seinen Funker sofort ans Werk setzen würde, und er riet Van Looi und Van Staal, in den nächsten Tagen gut auf die Sendungen von *Radio Oranje* zu achten.

Mittwoch, 23. Dezember 1942

»Er hat angebissen!«, frohlockte Schreieder. Aber das war natürlich nur ein erster Schritt. Wie würde London reagieren? Würde man drüben tatsächlich wissen, was der zweite Brief von Levinus van Looi gewesen war?

Heinrichs hatte Bedenken. »An wen ist denn dieser Brief überhaupt gerichtet?«, fragte der Funkpeiler.

Das wusste Anton nicht.

»Herrgottnochmal, warum haben Sie denn nicht nachgefragt?«, schnauzte Schreieder ihn an.

Anton zuckte mit den Schultern. »Mehr hat Van Looi nicht sagen wollen.«

»Na schön. Offensichtlich geht er davon aus, dass diese Informationen ausreichen. Immerhin hat er ja ein starkes Interesse daran, dass er die Bestätigung aus London bekommt.«

Die Funker der OrPo sendeten die Anfrage über die Verbindung eines der gefangenen Agenten. Vier Tage später enthielten die täglichen kryptischen Mitteilungen von *Radio Oranje* unter anderem den Satz: »Hier ist ein Bericht für Koert und Fia. Habt Vertrauen.«

Van Staal und Van Looi atmeten erleichtert auf. Das galt erst recht für Joseph Schreieder und Van der Waals.

Dass dies die gewünschte Bestätigung war, erfuhren sie allerdings erst, nachdem Anton bei Van Staal nachgefragt hatte. Sie hatten mit ebenso großer Spannung dem Radio gelauscht, da sie nicht wussten, wie Van Loois Briefe unterzeichnet gewesen waren.

Van der Waals begab sich zu dem abgesprochenen Treffpunkt, einem Café in Haarlem. Jetzt schenkte der kleine Levinus van Looi ihm sein volles Vertrauen, nannte ihm seinen wahren Namen und gab zu, dass er mit Koos Vorrink zusammenarbeitete. Er schlug vor, dass Anton sich sobald wie möglich mit Vorrink treffen sollte.

Schreieder hatte indessen alle SD-Außenstellen in den Niederlanden anweisen lassen, dass in den nächsten Wochen auf keinen Fall irgendwelche Ermittlungen in Richtung Vorrink und *Nationaal Comité* vorgenommen werden durften. Das Spiel hatte begonnen.

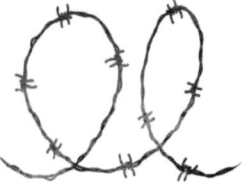

Donnerstag, 24. Dezember 1942

Heiligabend. Für Gerhard gab es eine besondere Weihnachtsüberraschung. Seine Schwester hatte sich per Post gemeldet. Für Gerhard war dies ein wunderbares Weihnachtsgeschenk. Seine Familie hatte ihn nicht vollständig verstoßen. Seine Familie hatte ihn nicht vergessen. In der Mittagspause ging er nach draußen. Haus Beukenstein, seine neue Dienststelle, stand in einem großen Park. In einem entlegenen Winkel riss Gerhard den Brief auf. Seine Schwester schrieb:

Lieber Gerhard,
Es tut mir leid, was passiert ist, und ich habe versucht, mit Vater zu reden und ihn umzustimmen – leider vergeblich. Du kennst ihn ja. Wenn er einmal eine Meinung gefasst hat, dann ist er nur sehr schwer wieder davon abzubringen. Aber Mutter und ich arbeiten daran. Es kann doch nicht sein, dass der Krieg, dieser wahnsinnige Krieg, einen Keil zwischen uns treibt!
Hier in Hamburg merken wir die meiste Zeit nicht viel vom Krieg. Es gibt oft Fliegeralarm, aber meistens passiert nichts. Im Juli haben die Engländer zweimal Luftangriffe

*geflogen, und Papa hat sich wieder einmal aufgeregt, dass
Du, wie er sagt, den Feind unterstützt. Es hat Tote gegeben,
und ein paar Häuser sind zerstört worden, sonst ist nicht
besonders viel passiert.*

*Papa glaubt, dass der Krieg jetzt bald vorbei ist. Wir haben
Russland besiegt, sagt er. Leningrad ist eingeschlossen,
Stalingrad zerstört und sicher werden wir im nächsten
Frühjahr Moskau erobern. Und wenn Moskau fällt, dann
muss Stalin Frieden machen.*

*Ich kann hier nicht weg, aber vielleicht hast Du ja irgend-
wann Urlaub, und dann kommst Du einfach zu uns nach
Hamburg, und alles wird wieder gut. Wir denken jeden
Tag an Dich. Mama sagt, Du sollst gut auf Dich aufpassen. Wir haben Dich lieb. Alle, auch Papa, auch wenn er
manchmal so grob ist. Er meint es nur gut.*

Sei ganz, ganz herzlich gegrüßt von uns allen.

Deine Ilse

Gerhard seufzte. Am liebsten wäre er sofort nach Hamburg gefahren, aber das war unmöglich. Er würde zur
Zeit keinen Urlaub bekommen. Er musste froh sein, dass
er überhaupt noch am Leben war, und dass Giskes ihn
wieder eingestellt hatte, gerade so, als wäre gar nichts
geschehen. Selbst Schreieder hatte zurückgegrüßt, als er
ihm auf dem Weg zur Dienststelle begegnet war. Und Sofieke und Sara waren in Sicherheit, das hatte ihm Richard
Christmann bestätigt. Was wollte er mehr?

Montag, 28. Dezember 1942

Van der Waals traf Vorrink zum ersten Mal in der Haarlemer Wohnung von Karel van Staal. Der SDAP-Vorsitzende war ein imposanter Mann von 51 Jahren mit einem blonden Haarschopf, Liebhaber großer Gesten, eine landesweit bekannte Figur. Anton erkannte ihn sofort, obwohl er sich mit einem Schnurrbart und einem karierten Hut getarnt hatte. »Endlich!«, sagte Vorrink statt der üblichen Begrüßungsfloskeln. »Endlich jemand, der uns in Kontakt mit London bringt!«

»Ich freue mich, wenn ich Ihnen zu Diensten sein kann«, erwiderte Van der Waals. Er begriff sofort, dass er gewonnen hatte. Der Sozialdemokrat vertraute ihm.

Anton erschien ihm als der Retter in der Not, der den lang erwarteten Kontakt mit London zustande bringen konnte, und Vorrink und Van Looi brauchten den Kontakt dringend. Nur so konnten sie die Ergebnisse ihrer Spionagearbeit zeitnah nach England übermitteln.

Van der Waals sonnte sich in dem Erfolg. Dabei konnte der Gegensatz zwischen Koos Vorrink und dem angeblichen Fallschirmagenten kaum größer sein. Vorrink war nicht nur 20 Jahre älter als er, sondern auch ein erfolgreicher Politiker und voller Ideale, während Van der Waals nur ein mäßig begabter Schwindler war, der nichts als seinen eigenen Vorteil im Auge hatte. Vorrink war ein leidenschaftlicher Sozialist, der mitreißende Reden halten konnte über die angestrebte neue Weltordnung, soziale Gleichheit, Frieden für alle.

Seine rechte Hand, der 45jährige Levinus van Looi hatte sich in den dreißiger Jahren als Berliner Korrespondent der Zeitung *Het Volk* derartig abfällig über den Siegeszug der Nazis ausgelassen, dass er aus Deutschland ausgewiesen worden war. Danach war er heimlich in die deutsche Hauptstadt zurückgekehrt, um Kontakt zu den deutschen Sozialdemokraten zu halten und aktuelle Berichte in die Niederlande zu schmuggeln. Im Mai 1940 war seine Amsterdamer Adresse eine der ersten, die durch den SD heimgesucht wurde. Aber die Deutschen kamen zu spät. Van Looi war rechtzeitig untergetaucht. Seitdem korrespondierte er auf dem Umweg über das neutrale Portugal mit seinem *Het Volk*-Kollegen Meyer Sluyser in London.

Und jetzt? Giskes und Schreieder war es gelungen, den Engländern den Eindruck zu vermitteln, dass der *Plan voor Holland* umgesetzt wurde. Aber je länger diese Täuschung andauerte, desto tückischer wurde die Angelegenheit. Jambroes hatte mit der Leitung des *Ordedienst* Kontakt aufnehmen sollen. Das war nicht möglich, da nicht nur Jambroes selbst, sondern inzwischen auch fast die gesamte Führung des *Ordedienst* verhaftet worden war.

Giskes überlegte sich, was er tun würde, wenn er Jambroes wäre. Was hätte der Mann getan, wäre er nicht unmittelbar nach der Landung festgenommen worden? Er hätte sich an die Anweisungen aus London gehalten und Kontakt zum OD gesucht. Dabei hätte er wahrscheinlich von den zahlreichen Verhaftungen in den OD-Kreisen erfahren. Daraufhin hätte Jambroes vernünftigerweise von Kontakten mit dem OD abgesehen.

Also ließ Giskes nach London melden, dass dieser Auftrag unmöglich auszuführen sei. Die Spitze des *Ordedienst* sei demoralisiert und mit deutschen Spionen und niederländischen Landesverrätern durchsetzt. Wenn man mit der Organisation Kontakt aufnahm, dann geriet der *Plan voor Holland* in Gefahr. Der falsche General schlug daher vor, außerhalb des *Ordedienst* nach geeigneten Führungspersönlichkeiten für die Untergrundarmee zu suchen. Das würde den Aufbau der Armee verzögern, aber es gab keine andere Wahl.

London stimmte zu.

»Das *Nationaal Comité*«, empfahl Schreieder. »Die Führungspersönlichkeit, die er braucht, findet er im *Nationaal Comité*.«

JANUAR 1943

Dienstag, 12. Januar 1943

Vorrink hatte eine Botschaft an die Königin entworfen. Der Text enthielt eine ausführliche Auseinandersetzung mit der politischen Situation in den Niederlanden, dem Widerstand, den deutschen Maßregeln, den Schwierigkeiten beim Kontakt mit London und noch vieles mehr. Vorrink, der als erfahrener Redner gewohnt war, viele wohlklingende Worte zu gebrauchen, hielt ein Plädoyer für den aktiven Widerstand gegen die Judenverfolgung. Er störte sich enorm an dem seiner Meinung nach viel zu braven und vagen Geschwätz von *Radio Oranje*. Die Juden wurden isoliert, erniedrigt und abtransportiert; es musste etwas *getan* werden. Den sozialistischen Vorsitzenden ekelte das Mitläufertum der niederländischen Mehrheit an. Sie lieferten Juden und Untergrundkämpfer an den Feind aus. Dasselbe galt für den Jüdischen Rat. Zum Schluss drang er darauf, den Deutschen über das Radio ein Ultimatum zu stellen: Wenn die Juden nicht in Ruhe gelassen würden, würde zu einem bestimmten Zeitpunkt eine bestimmte deutsche Stadt in Schutt und Asche gelegt.

Sofieke war begeistert, als sie diesen Vorschlag hörte. »Endlich wird etwas getan!«, rief sie.

Van Looi war skeptisch. »Das würde nur weitere Repressalien nach sich ziehen.«

»Die Juden werden umgebracht«, erwiderte Sofieke hitzig.

»Tatsächlich?« Van Looi glaubte es nicht.

»Doch, das stimmt.« Sofieke wusste dies von Gerhard, aber das durfte sie nicht sagen. »Und schlimmer als der Tod können doch selbst die schlimmsten Repressalien nicht sein!«

Van Looi schüttelte den Kopf. Sofieke registrierte, dass an seiner Strickjacke ein Knopf fehlte.

Koos Vorrink fuhr sich mit der Hand durch den blonden Haarschopf. »Gut«, sagte er. »Dieses Vorgehen birgt gewisse Risiken, aber eine gebildete Nation kann doch dieses ungeheure Unrecht nicht ignorieren!«

Aber es gab noch ganz andere Bedenken. Der Text umfasste viele Seiten und würde Stunden an Sendezeit kosten. Eine Botschaft von 40 Worten wurde bereits als zu lang angesehen. Länger als eine Viertelstunde zu senden, galt als Selbstmord. Die Grüne Polizei hätte genügend Zeit, den Sender einzupeilen.

Vorrink liess sich dadurch nicht beeindrucken. Er war ein selbstbewusster und standhafter Mann. »Wir müssen es riskieren. Das sind wir unseren jüdischen Mitbürgern schuldig!«

De Wilde musste eingreifen. »Das ist viel zu gefährlich. Ich weiß, wovon ich rede. Ich bin Geheimagent, ich habe die Spezialausbildung in England mitgemacht, und ich kann Ihnen versichern: So geht das nicht.« Er blätterte den Text durch. »Wir machen etwas anderes«, schlug er vor. »Wir teilen den Text in zwölf Sendungen auf. Das könnte gerade noch so durchgehen, ohne dass wir es den Deutschen allzu leicht machen, unseren Sender einzupeilen.«

Allerdings durfte der Sender nach den Vorschriften aus London lediglich einmal alle drei Tage für kurze Zeit auf Sendung gehen. Das bedeutete, dass es Wochen dauern würde, bis Vorrinks Anklagen und Ratschläge in Gänze London erreichten.

Montag, 25. Januar 1943

Auch Levinus van Looi riet immer wieder zur Vorsicht. So hatte er dafür gesorgt, dass Anton de Wilde bisher nur mit Van Staal und Vorrink in Kontakt gekommen war. Aber schließlich entschied Koos Vorrink: »Allmählich ist es an der Zeit, dass ich den Agenten De Wilde mit unserem Freund Jacob van Tijen bekanntmache.«

»Sehr gern.« De Wilde war äußerst interessiert daran, weitere wichtige Personen aus dem Umfeld des *Nationaal Comité* kennenzulernen.

Jacob van Tijen war ein ehemaliger Direktor der Fokker Flugzeugwerke. Seit dem Kriegsausbruch arbeitete er nur noch für den Widerstand.

Das erste Treffen mit De Wilde verlief chaotisch. Es gab eine allgemeine politische Diskussion, in der Anton den sozialistischen Ideen von Vorrink und Van Looi nur ziemlich abenteuerliche und unzusammenhängende Behauptungen gegenüberstellen konnte. Die einzigen Dinge, die für ihn sprachen, waren ein großer englischer Revolver im Schulterhalfter und eine *Stengun* in der Aktentasche. Auf die Frage von Van Tijen, ob er keine Angst habe, mit diesen Waffen in der Stadt angehalten zu werden, worauf immerhin die Todesstrafe stand, antwortete De Wilde: »Ich behaupte einfach, das sind Teile einer Pumpe, die ich erfunden habe.«

Jacob van Tijen schüttelte den Kopf.

Nicht weniger seltsam war Antons Vorschlag an den Fokker-Direktor, gemeinsam mit ihm einen Verräter namens Pasdeloup zu ermorden. Er habe den Plan schon vollständig ausgearbeitet, sagte Anton. Eines Abends sollten sie bei Pasdeloup läuten, und wenn er die Tür aufmachte, würden sie ihn mit der *Stengun* durchsieben. Van Tijen dankte höflich für die Ehre: »Physische Gewalt lehne ich ab.«

Sofieke sah, dass Anton trotz seines wunderlichen Auftretens inzwischen vollständig akzeptiert wurde. Selbst als er behauptete, dass er ein Neffe des Ministerpräsidenten Gerbrandy sei, weckte das keinen Argwohn, wenn auch etwas Unglauben. In der Illegalität liefen eine ganze Menge seltsamer Käuze herum.

Viele Fakten sprachen für Anton: Er verteilte englische Schokolade, englischen Tee und englische Regenjacken, englische Munition, englische Revolver und *Stenguns*, englische Zigaretten – lauter Dinge, die zweifelsfrei direkt aus England kamen. Er verfügte über Güter, von denen gewöhnliche Sterbliche nur träumen konnten. Und zu allem Überfluss sendete *Radio Oranje* von Zeit zu Zeit legitimierende Schlüsselsätze. Dies alles, zusammen mit der vertrauenserweckenden Weise, auf die ›Anton de Wilde‹ sich legitimiert hatte, sprach sehr zu seinen Gunsten. Wenn De Wilde kein englischer Agent war, dann gab es überhaupt keine englischen Agenten.

Lediglich Sofieke blieb misstrauisch. Von Jaap gab es keine Neuigkeiten. De Wilde behauptete, er habe im Augenblick für Ausflüge nach Vught keine Zeit. Er war häufig unterwegs, um sich um den Aufbau der Untergrundarmee zu kümmern. Eines Abends, als er nicht da war und Direktor Van Tijen wieder einmal Spionagematerial gebracht hatte, stellte Sofieke ihm die Frage, die sie schon längst hatte stellen wollen: »Herr Van Tijen, Sie haben doch sicher studiert?«

Van Tijen war überrascht. »Ja, natürlich. An der Hochschule in Delft. Warum fragen Sie?«

»Unser Freund Anton de Wilde hat auch in Delft studiert«, sagte Sofieke.

»So? – Na ja, Delft ist eine große Universität, und da ist es ziemlich unwahrscheinlich, dass man sich über den Weg läuft. Besonders wenn man nicht in derselben Altersgruppe ist. Was hat er denn eigentlich studiert?«

»Elektrotechnik.«

»Das ist eine ganz andere Richtung. Da werden wir uns sicher nicht begegnet sein. Vor der Schließung der Technischen Universität durch die Deutschen 1940 waren wir schon über 3000 Studenten. – Aber, lassen Sie mich nachdenken, Elektrotechnik sagen Sie? Dann hat er wahrscheinlich bei Hallo studiert. Professor Herman Sybrand Hallo. Eine Kapazität von internationalem Format. Ein faszinierender Mann!«

»Ich werde ihn danach fragen«, versprach Sofieke.

FEBRUAR 1943

Freitag, 5. Februar 1943

Anton de Wildes Aktivitäten wuchsen jetzt zu ungeahnten Dimensionen an. Schließlich wurden ihm sogar die Deckadressen von Van Looi (in Amsterdam) und Vorrink (in Vught) mitgeteilt, die für so gut wie jeden anderen Menschen geheim bleiben mussten. »Die Invasion wird in Kürze erwartet«, behauptete De Wilde. Koos Vorrink solle im ganzen Land umherreisen, um Bekannte dazu zu bewegen, dass sie ihre Keller für die Lagerung von Waffen und Munition bereitstellten.

»Wann kommt die Invasion?«, fragte Sofieke.

»Bald«, versicherte Anton. »Mehr weiß ich auch nicht«, fügte er entschuldigend hinzu.

Während er sich alle paar Tage mit Vorrink und Van Looi und ihren Freunden zu Gesprächen traf und zwischendurch seine Informationen an Joseph Schreieder weiterleitete, lernte er verschiedene interessante Menschen kennen. So kam Anton auf dem Umweg über den Fokker-Direktor Van Tijen und seine Bekannten in Kontakt mit dem radikalen Kommunisten Dr. Gerrit Kastein.

Gerhard erhielt überrachend Post von Dorli, der 14jährigen Tochter des Reichskommissars. Gerhard hatte seit den dramatischen Ereignissen der letzten Monate und dem großen Streit mit Arthur Seyß-Inquart keinen Kontakt mehr zur Familie seines Nennonkels gehabt. Aber nun schrieb Dorli, dass er kommen sollte. Die Teiche im Park von Clingendael seien zugefroren, und man könne wunderbar Schlittschuhlaufen. Aber allein machte es Dorli keinen Spaß, und die anderen hatten entweder keine Zeit oder keine Lust, mitzumachen. Gerhard beschloss schließlich, hinzugehen.

Dorli begrüßte ihn bei der Wache am Tor. »Schön, dass du gekommen bist!«

»Ich kann nicht lange bleiben«, sagte Gerhard. »Wir haben im Augenblick jede Menge zu tun, und als Funker werde ich ständig gebraucht.«

»Oh, du bist inzwischen Funker?«, sagte Dorli. Das war bewundernd gemeint.

Gerhard behauptete, das sei nichts Besonderes, das könne jeder lernen.

Arthur Seyß-Inquart hatte inzwischen bemerkt, dass Gerhard gekommen war. Er ging zu ihm hin, um ihn zu begrüßen. Gerhard versuchte zu erkennen, ob der freundliche Händedruck und die schönen Worte ehrlich gemeint waren, aber alles wirkte ganz natürlich.

»Du hättest ruhig früher kommen können«, sagte der Reichskommissar. »Wir haben einen neuen Tennisplatz. Aber es gibt viel zu wenig Gelegenheit, darauf zu spielen. – Du kannst doch Tennis, oder?«

»Ein bisschen«, gab Gerhard zu.

»Jetzt geht es natürlich nicht, jetzt ist alles verschneit. – Hast du Deine Schlittschuhe mitgebracht?«

Gerhard nickte. Er hatte sich Schlittschuhe geliehen. Er war kein begnadeter Schlittschuhläufer, aber auf dem spiegelblanken Eis, das Seyß-Inquart hatte vom Schnee befreien lassen, lief es sich großartig, zumal sie nur zu zweit auf der weiten Fläche waren. Nach einer Weile kam auch Gertrud Seyß-Inquart zu ihnen nach draußen, und ein junger Soldat brachte ein Tablett mit heißem Tee. Gerhard beobachtete den Mann verstohlen. Er war nicht älter als er selber, und wahrscheinlich war er froh darüber, diesen Posten hier in Clingendael bekommen zu haben. Aber es war der Posten eines uniformierten Butlers, und damit wäre Gerhard nicht zufrieden gewesen.

Arthur Seyß-Inquart schraubte sich seine Schlittschuhe unter die Stiefel und ging auch auf das Eis. Gerhard hatte seinen Tee noch nicht ausgetrunken. Er stand allein mit Gertrud. Frau Seyß-Inquart sagte plötzlich: »Ihr habt euch neulich gestritten, nicht wahr?«

»Ja«, bestätigte Gerhard.

»Es ging um die Juden, oder?«, bohrte sie nach.

»Ja, es ging um die Juden.« Gerhard spürte, dass er rot wurde. Gertrud war eine liebenswürdige Frau, und er wollte sich nicht mit ihr streiten.

Sie sagte: »Ich mag die Juden nicht. Das gebe ich ganz ehrlich zu. Und ich finde es auch richtig, dass man sie nicht mehr an die Universitäten lässt, und dass sie keine Nichtjuden heiraten sollen, diese Dinge. Aber alles andere, dieser Judenstern und dieser Abtransport der Leute in den Osten, das geht zu weit. Und in Wien habe ich neulich gehört, dass in Buchenwald – heißt das so? – dass in Buchenwald schlimme Dinge passieren. Soetwas hat auch Arthur nicht gewollt. Niemals.«

»Ich habe nichts gegen Juden«, bekannte Gerhard.

»Das sieht jeder verschieden«, lenkte Gertrud ein. »Wahrscheinlich kennt jeder von uns Juden, die wirklich nette Leute sind. Einmal kam eine unserer Bekannten zu uns. Sie war ganz aufgeregt, weil eine liebe Freundin deportiert werden sollte. Ich habe Arthur davon erzählt, und er hat gleich Rauter angerufen und verlangt, dass die Frau sofort freigelassen wird.«

»Und ist sie freigelassen worden?«, wollte Gerhard wissen.

»Ja, natürlich. – Das heißt, ich habe das nicht überprüft, aber wenn mein Mann soetwas anordnet, dann muss das geschehen. Schließlich ist er als Reichskommissar soetwas wie das Staatsoberhaupt.«

Arthur Seyß-Inquart kam zurück vom Eis.

»Ist es dir nicht zu kalt hier draußen?«, fragte er seine Frau.

Die schüttelte den Kopf. »Hier ist jedenfalls Leben! Drinnen im Haus ist es nicht zum Aushalten. Den ganzen Tag diese traurige Musik aus dem Radio ...«

»Das ist ja nur für ein paar Tage«, sagte Arthur leichthin.

»Traurige Musik?«, fragte Gerhard. Er hatte keinen deutschen Sender gehört in letzter Zeit, und die Musik, die London brachte, war keineswegs traurig.

»Es ist wegen Stalingrad«, sagte Gertrud. »Die deutschen Truppen haben kapituliert.«

»Wie du das sagst«, spottete ihr Mann. »Mit solch einem dramatischen Unterton! – Ja, es ist eine Niederlage, aber was bedeutet das schon? Man kann nicht immer und überall nur gewinnen. Jetzt im Winter, da können wir unsere technische Überlegenheit nicht so richtig zur Geltung bringen. Aber im Frühjahr, wenn der Schnee geschmolzen ist, dann geht es wieder voran.«

Sein Gesicht erschien Gerhard undurchdringlich. Seine Selbstsicherheit – war die nur aufgesetzt? Oder verstand Onkel Arthur so wenig von militärischen Dingen, dass er annahm, der Verlust einer ganzen Armee sei so etwas wie eine Bagatelle?

Schließlich wurde es Dorlis Eltern zu kalt draußen, und am Ende waren Dorli und Gerhard nur noch allein auf dem Eis.

»Jetzt bist du keine Prinzessin mehr, jetzt bist du eine Schneekönigin«, sagte Gerhard unüberlegt. Er hatte dabei nicht an das Märchen von Hans Christian Andersen gedacht.

Dorli bremste abrupt und sah ihm in die Augen. »Ja, so ist es. Wir haben hier ein Schloss voller leerer, kalter Säle. Ein Schloss aus Eis. Genau wie das Schloss der Schneekönigin im Märchen. Papa ist sparsam. Die Räume, die wir nicht wirklich brauchen, die werden nicht geheizt. Das ganze Haus ist elend kalt. Und ich weiß nicht, ob wir inzwischen nicht auch alle Herzen aus Eis bekommen haben.«

»Du hast kein Herz aus Eis.«

»Bist du dir da so sicher?«

»Du nicht«, behauptete Gerhard fest.

»Es ist so dunkel hier«, sagte Dorli schließlich. »So kalt und dunkel. – Und Papa hat angeordnet, dass alle Unterlagen, die nicht unbedingt gebraucht werden, vernichtet werden sollen.«

»Das hat er dir erzählt?«

»Ich habe ihn zur Rede gestellt. Ich wollte einfach wissen, warum unsere Leute all diese Papiere verbrennen. Und da hat er es mir gesagt.«

»Was hat er dir gesagt?«

»Dass sie nicht in die falschen Hände fallen dürfen. – Gerhard, Papa glaubt nicht mehr, dass wir den Krieg gewinnen. Es wird schrecklich für uns werden. Ganz, ganz schrecklich.«

Bevor Gerhard darauf reagieren konnte, rief Gertrud: »Arthur, bist du da draußen? Habt ihr Arthur gesehen?« Es klang aufgeregt.

»Nein, hier ist er nicht«, rief Dorli. »Er muss im Haus sein. Was ist denn passiert?«

»Er muss sofort ins Amt kommen. Ein General ist niedergeschossen worden.«

»Ein deutscher General?«, wollte Gerhard wissen.

»Nein, irgendein Niederländer. Er heißt Siebert oder Siefert oder so ähnlich. Den Namen habe ich nicht richtig verstanden. – Arthur, kommst du mal bitte?«

Anton de Wilde stürmte noch ungestümer als sonst zur Tür herein. Er war völlig außer Atem. »Heute haben wir zugeschlagen«, rief er triumphierend. »Wir haben General Seyffardt erledigt.«

»Wir haben von dem Anschlag gehört«, erwiderte Vorrink reserviert. Es war ganz offensichtlich, dass er diese Tat nicht mit De Wilde in Verbindung gebracht hatte. »Es sollen Studenten gewesen sein«, fügte er hinzu.

De Wilde schüttelte den Kopf. »Wir waren das. Zusammen mit einem Kameraden bin ich am Freitagabend zur Wohnung von Seyffardt in Den Haag gegangen. Es war schon dunkel. Wir waren davon ausgegangen, dass der General allein zu Hause sei, denn seine Frau war ja vor kurzem gestorben. Und so war es dann auch. Ich habe geläutet. Jemand hat die Tür aufgemacht. Weil ich im Dunkeln nicht genau sehen konnte, wer das war, habe ich gefragt: ›Sind Sie der General Seyffardt?‹ – ›Ja‹, hat er gesagt. Dann hat mein Kamerad den Revolver gezogen und geschossen. Zweimal. Er hat ihn in den Bauch getroffen. Der General ist noch ins Haus geflüchtet. Wir haben ihn nicht verfolgt. Das war nicht nötig. Mir war sofort klar, dass die Schüsse tödlich waren. Er hat dann nach allem, was wir inzwischen gehört haben, noch versucht, Hilfe herbeizutelefonieren. Aber er hat wohl keine Verbindung gekriegt. Jedenfalls ist er schließlich wieder nach draußen gewankt und vor seinem Haus tot zusammengebrochen. Und da ist er dann später gefunden worden, aber da waren wir natürlich längst weg.«

Sofieke war entsetzt über diesen kaltblütigen Mord. Sie starrte Anton mit weit aufgerissenen Augen an. Auch Vorrink sagte eine Weile gar nichts.

»Das klingt natürlich brutal«, gab De Wilde zu, jetzt plötzlich ernüchtert. »Ich war ja auch eigentlich dagegen. Ich hatte vorgeschlagen, den Mann zu entführen. Aber mein Partner wollte nicht. Und er war der Anführer bei dieser Aktion. Er hat gesagt: Das ist die einzige Sprache, die die Besatzer verstehen.«

»Der General Seyffardt war allerdings kein Besatzer«, gab Vorrink zu bedenken.

»Nein, aber ein Kollaborateur. Generalleutnant Seyffardt war der ehemalige Stabschef des niederländischen Heeres, und Mussert hat ihn zum Leiter der *Vrijwilligers Legioen Nederland* berufen. Das heißt, er war soetwas wie der Verteidigungsminister des Herrn Mussert.«

»Mussert ist kein Regierungschef«, widersprach Vorrink. »Folglich gibt es auch kein Kabinett Mussert und keinen Verteidigungsminister. Mussert ist lediglich der Vorsitzende der niederländischen Nazi-Partei, des NSB. Er wäre wohl gern Regierungschef, aber ich kann mir beim besten Willen nicht vorstellen, dass der Reichskommissar Seyß-Inquart ihn auf diesen Posten beruft. Mussert ist zwar ein willfähriger Untertan der Deutschen, aber für irgendein Regierungsamt fehlt ihm das Format, und das wissen die Deutschen.«

»Die Kollaboration ist der Untergang unseres Volkes«, behauptete De Wilde. »Der Krieg, den die Deutschen entfesselt haben, ist ein totaler Krieg. Und hier liegt der Kern der Frage nach dem Sinn von Widerstand. Der deutsche Aggressor hat das Ziel, das gesamte Leben in den besetzten Gebieten an seine nationalsozialistische Ideologie anzupassen. Und damit steht die Existenz unseres gesamten Volkes auf dem Spiel.«

Vorrink starrte De Wilde an. Dies waren sinngemäß die Worte, die er selbst wenige Monate nach dem deutschen

Einmarsch gebraucht hatte, und mit denen er seinen eigenen Gang in den Widerstand begründet hatte. Schreieder hatte Anton einige Texte des Sozialdemokraten zu lesen gegeben.

De Wilde wertete das Schweigen als Zustimmung. Er sagte: »Es wird nicht bei diesem einen Anschlag bleiben. Ich habe mich vorhin mit meinen Freunden aus dem Widerstand getroffen und das weitere Vorgehen abgestimmt. Das nächste Attentat ist bereits beschlossene Sache.«

»Das halte ich für falsch«, sagte Vorrink.

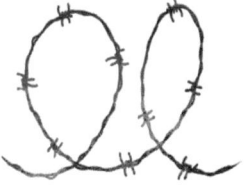

Sonnabend, 6. Februar 1943

Ernst May, der Codespezialist, war gerade bei Schreieder im Büro, als Anton anrief. »Ich habe ihn getroffen«, rief er. »Herr Hauptsturmführer, ich habe den Mann getroffen ...«

»Was für einen Mann?«, unterbrach ihn Schreieder.

»Den Mörder natürlich. Den Mann, der auf General Seyffardt geschossen hat.«

»Sind Sie sich sicher, oder ist das nur irgendeien Trittbrettfahrer?«, wollte Schreieder wissen.

»Es ist wahr«, rief Anton. »Es ist absolut wahr!« Er schien vollständig erschüttert. Er hatte große Mühe, zu wiederholen, was der Unbekannte ihm erzählt hatte.

Schreieder blieb gelassen. »Name und Anschrift«, verlangte er.

»Den Namen!« Anton lachte. Natürlich hatte der Mann seinen Namen nicht genannt. Ein Bekannter aus dem Untergrund hatte das Treffen organisiert. Anton hatte nicht gewusst, dass er mit einem Mörder verabredet war. In allen Einzelheiten hatte der Mann den Anschlag auf den General Seyffardt beschrieben, und Anton war sich absolut sicher, wenn der Mann auch nur den geringsten

Zweifel an seiner Gesinnung gehabt hätte, hätte er ihn sofort über den Haufen geschossen.

»Das nächste Mal heften Sie sich an die Fersen dieses Mannes ...«

Anton widersprach. »Nein, das tue ich nicht. Das ist mir zu gefährlich.«

Ernst May, der sonst wenig Sympathie für Anton empfand, fragte: »Wäre es nicht das einfachste, diesen Unbekannten bei seinem nächsten Treffen mit Anton festzunehmen?«

Schreieder hielt nichts davon. »Das nützt nicht viel, wenn wir nur diesen einen Mann festnehmen. Ich will die ganze Organisation haben, nicht nur einen einzelnen Attentäter.«

Anton murmelte irgendetwas ins Telefon.

»Was sagen Sie?«, fragte Schreieder.

»Ich sagte: Sie wissen nicht, wovon Sie reden! Das nächste Attentat ist schon geplant, und zwar für morgen. Der Mann hat gesagt, dass er dafür aber eine Pistole braucht. Und ich sollte ihm meine Waffe leihen ...«

»Und wie haben Sie reagiert?«, wollte Schreieder wissen.

»Ich habe ihm meine Waffe gegeben.«

Einen Moment lang war Schreieder sprachlos, dann brüllte er in den Hörer: »Ja, sind Sie denn wahnsinnig?«

Es war ganz offensichtlich, dass Anton sich unbehaglich fühlte. Er sagte: »Herr Hauptsturmführer, ich wusste nicht, was ich tun sollte. Wenn ich ihm die Waffe nicht gegeben hätte, dann hätte ich mich doch nur verdächtig gemacht. Und ich habe mir gedacht, dass es nicht viel ausmacht, denn wenn der Mann den General Seyffardt erschossen hat, dann ist doch klar, dass er sowieso Schusswaffen hat. Und wenn er meine Pistole benutzt, dann – dann können Sie jedenfalls ganz leicht feststellen, dass der Schuss aus meiner Pistole gekommen ist.«

So ein Unsinn! Ernst May schüttelte den Kopf.

Schreieder sagte: »Dafür müssen wir Ihre Pistole erst einmal haben.«

»Ich bekomme sie ja wieder!«

»Wann?«, fragte Schreieder.

»Übermorgen.«

»Übermorgen«, wiederholte Schreieder. Übermorgen war es natürlich zu spät.

Sonntag, 7. Februar 1943

Schreieder hatte sofort Dr. Harster informiert. Gemeinsam mit seinem Vorgesetzten war er wieder und wieder alle Möglichkeiten durchgegangen, die er hatte. Das waren nicht viele. Es war unmöglich, das unbekannte Opfer zu warnen. Es war unmöglich, den Anschlag zu verhindern. Der Kriminalrat wusste ja nicht einmal, wo er stattfinden sollte.

Seit dem frühen Nachmittag ging Schreieder unruhig in seinem Zimmer auf und ab. Nichts geschah. Er ließ sich von Else Geigerseder einen starken Kaffee nach dem anderen brauen, und inzwischen zitterten seine Finger vor Aufregung. Um 17:40 Uhr ging die Sonne unter – jedenfalls stand das so im Kalender. In Wirklichkeit war die Sonne nicht zu sehen. Es war ein grauer, regnerischer Tag, und die Dunkelheit hatte deutlich früher eingesetzt. Jetzt passiert es, dachte Schreieder. Aber nichts geschah.

Schreieder ließ das Einsatzkommando, das er zusammengestellt hatte, zu sich ins Büro kommen. Der SS-Hauptsturmführer war noch nie so nervös gewesen. Es war völlig offen, was geschehen würde. Seyffardt war eine unbedeutende Figur, aber was wäre, wenn das Opfer diesmal einer der deutschen Besatzer war? General Christiansen zum Beispiel? Oder Hanns Albin Rauter? Oder womöglich gar der Reichskommissar?

Arthur Seyß-Inquart hatte seine Sekretärin nach Hause geschickt. Er saß in seinem Arbeitszimmer am Binnenhof und wartete ab. Er hielt es für unwahrscheinlich, dass er selbst Ziel eines Angriffes werden könnte. Er glaubte, dass »seine« Niederländer zwar nicht unbedingt mit allen Maßnahmen einverstanden waren, die er im Laufe seiner Amtstätigkeit ergriffen hatte, aber das war bei einer Person in seiner Position nicht anders zu erwarten. In der Tat war es von Zeit zu Zeit nötig gewesen, Dinge zu tun, die er selbst lieber nicht getan hätte, aber er sah sich in der Pflicht gegenüber dem Führer und Reichskanzler Adolf Hitler. Er nahm an, dass die meisten Menschen für all das, was er getan hatte, Verständnis hätten, und er hielt es für völlig unwahrscheinlich, dass irgendjemand ihn so hassen könnte, dass er ihm nach dem Leben trachtete.

Natürlich hatte er vorgesorgt. Sein Amtssitz war selbstverständlich bewacht, und er selbst hatte eine geladene Pistole in der Schreibtischschublade, mit der er sich notfalls verteidigen könnte. Wichtiger war ihm die Sicherheit seiner Familie. Er hatte bereits zweimal in Clingendael angerufen, um sicher zu gehen, dass Frau und Tochter zu Hause waren, und dass die Wachen draußen im Park auf der Hut waren. Es gab keine besonderen Vorkommnisse, alles war ruhig.

Der Anschlag auf General Seyffardt hatte ihn überrascht. Es konnte keine Rede davon sein, dass Mussert, der Führer der niederländischen Nationalsozialisten, etwa demnächst mit der Bildung einer Regierung beauftragt werden würde. Es gab zwar seit langem Gerüchte, dass Mussert Ministerpräsident werden wollte, und auch bezüglich der einzelnen Ministerposten wurde spekuliert, aber das war blanker Unsinn. Seyß-Inquart hatte in dieser Hinsicht bei seinem letzten Besuch beim Führer eine klare Antwort bekommen. Alles blieb so, wie es war.

Alles war ruhig, nicht nur zu Hause, sondern auch hier, mitten in Den Haag. Die Niederlande waren eine Oase des Friedens, und so sollte es auch bleiben.

Das Telefon klingelte. Schreieder hob den Hörer ab. »Was gibt's?«

Aber der Anrufer war nur Dr. Harster, der sich erkundigte, ob es irgendwelche Neuigkeiten gäbe. Nein, es gab keine Neuigkeiten.

Inzwischen war 19:00 Uhr durch. Ernst May hatte das Gefühl, dass allmählich die Anspannung der Anwesenden nachließ. Wenn bis jetzt nichts geschehen war, dann würde wahrscheinlich überhaupt nichts passieren. Das Attentat war verschoben oder aufgehoben. Vielleicht war der Täter auch verhaftet worden. Vielleicht war er mit seiner Waffe in irgendeine Kontrolle geraten, und die Polizei hatte ihn festgenommen. Vielleicht.

Da schrillte das Telefon erneut. Diesmal war es ganz offensichtlich nicht Dr. Harster. »Ja«, sagte Schreieder, »ja, ich verstehe.« Dann legte er den Hörer auf. »Es ist passiert«, sagte er.

Der Mörder war mit der Straßenbahn von Den Haag nach Voorschoten gefahren. In dem Eckhaus Leidseweg 198a wohnte Hermannus Reydon. Er war genau wie Seyffardt ein Mitglied des sogenannten Schattenkabinetts, das Mussert zusammengestellt hatte, und von dem er sich vorstellte, dass es Arthur Seyß-Inquart beratend zur Seite stehen sollte. Sein Sachgebiet war Volksaufklärung und Kunst. Der Weg von der Straßenbahnhaltestelle bis zur Wohnung des Mannes war nicht weit. Der Mörder läutete. Die Tür öffnete sich, aber es war nicht der »Minister«, der an die Tür kam, sondern seine Frau.

»Entschuldigen Sie«, sagte der Mörder höflich, »könnte ich bitte Ihren Mann sprechen? Ich würde ihn gern einmal in einer politischen Angelegenheit um Rat fragen.«

Die Frau hegte keinerlei Argwohn. »Nein, mein Mann ist noch nicht zu Hause«, sagte sie. »Aber er muss gleich kommen. Kommen Sie doch herein!«

So hatte der Mörder sich das nicht vorgestellt. »Ich hoffe, ich mache Ihnen nicht zu viele Umstände«, sagte er.

»Nein, natürlich nicht. Kommen Sie doch mit ins Wohnzimmer!« Wilhelmina Reydon-Steenhart ging voraus. Der Mörder folgte ihr.

Die Frau musste weg, genau wie ihr Mann. Sie war eine Zeugin. Und so freundlich sie sich auch gab, sie war die Frau eines Kollaborateurs. Der Mörder entsicherte die Pistole. Aber er konnte sie nicht gut hier im Hausflur erschießen. Er folgte ihr in das Wohnzimmer.

»Nehmen Sie doch Platz!« Frau Reydon deutete auf das Sofa.

Der Mörder wollte sich nicht setzen, aber was blieb ihm anderes übrig? »Danke«, sagte er. Das Sofa war viel zu weich. Er sank in das Polster. Unmöglich, in dieser Position die Waffe zu ziehen.

Frau Reydon sah ihn forschend an. »Sie sind noch nicht hier bei uns gewesen, oder?«

»Nein, bisher noch nicht.« Er wusste nicht, was er sagen sollte.

»Soll ich uns einen Tee machen?«, fragte die Frau.

»Das wäre nett.« Der Mörder zwang sich zu einem Lächeln.

»Einen Moment bitte!« Sie wollte in die Küche gehen.

Der Mörder sprang auf, zog seine Waffe und schoss Wilhelmina Reydon in den Rücken. Sie stürzte vornüber. Mit wenigen Schritten war er bei ihr. Sie rührte sich nicht. Er kniete nieder, fühlte ihren Puls. Es gab keinen Puls mehr. Frau Reydon war tot.

Der Mörder richtete sich auf. Das war erstaunlich glatt gegangen. Kein Schrei, kein verzweifeltes Sichaufbäumen, gar nichts. Die Frau war ohne Widerstand gestorben und ohne ein Geräusch. Nur der Schuss war entsetzlich laut gewesen. Eine Weile stand der Mörder ganz still und lauschte. Nichts regte sich. Er ging ins Wohnzimmer und sah durch die Gardine nach draußen. Er wusste, dass in dem Haus gegenüber deutsche Soldaten einquartiert waren. Aber offenbar hatte niemand den Schuss gehört. Alles war gut gegangen.

Aber das war nur das Vorspiel gewesen. Die eigentliche Aktion kam noch. Der Mörder ließ Frau Reydon liegen, wo sie war und ging in den Hausflur. Sollte er das Licht anlassen oder ausschalten? Anlassen. Er wollte sehen, was er tat.

Hermannus Reydon kam nicht. Reydon war ein überzeugter Nationalsozialist, hatte die Demokratie als volksfremd und im Widerspruch zum germanischen Wesen bezeichnet. Und jetzt im Schattenkabinett der niederländischen Nazis bekleidete er schließlich eine Position, die der eines Ministers entsprach. Er war zumindest formal das niederländische Gegenstück zu Dr. Goebbels, wenngleich er auch nicht dessen Format hatte. Im Gegensatz zu dem greisen General Seyffardt war Reydon ein vergleichsweise junger Mann. Er war 46 Jahre alt. Wenn es zu einem Handgemenge käme, könnte er mehr Widerstand leisten als der General.

Wo blieb Reydon? Seine Frau hatte behauptet, er müsse gleich kommen. Wahrscheinlich war er noch auf irgendeiner Besprechung mit anderen Nazis. Das konnte sich hinziehen. Nach dem Attentat auf General Seyffardt gab es sicher eine ganze Menge zu besprechen. Alle Nazis hatten Angst, trauten sich nicht mehr, allein auf die Straße zu gehen. Und was war, wenn Reydon nun nicht alleine kam? Wenn er einen seiner Freunde mitbrachte oder gar mehrere Freunde? Neun Schuss hatte er noch, aber der Mörder machte sich keine Illusionen, damit könnte er höchstens zwei, drei Gegner außer Gefecht setzen. Und er musste davon ausgehen, dass die hochrangigen Nazi-Politiker inzwischen ebenfalls bewaffnet waren.

War das eben ein Geräusch? Er lauschte. Nichts. Oder etwa doch? War Frau Reydon am Ende doch nicht tot? Hatte sie nur ihr Bewusstsein verloren und war jetzt wieder zu sich gekommen und telefonierte womöglich schon mit der Polizei? Er hastete zurück ins Wohnzimmer. Die Frau lag noch genauso da wie vorher. Er stieß sie mit dem Fuß an. Keine Reaktion. Die Frau war tot.

Der Mörder ging in die Küche. Wie die meisten Häuser hier in Holland hatte auch dieses einen Hinterausgang zum Garten. Daran hatte er nicht gedacht. Wenn der Minister mit dem Fahrrad kam, dann würde er durch den Garten kommen. Der Mörder sah aus dem Fenster. Nein, Reydon war nicht mit dem Fahrrad unterwegs. Die beiden Räder von Herrn und Frau Reydon lehnten an der Wand des Schuppens.

In diesem Augenblick gab es ein Geräusch an der Haustür. Ein Schlüsselbund klirrte. Der Mörder hastete zurück in den Flur. Die Tür wurde aufgeschlossen, ein Mann kam herein, und eine Sekunde lang starte er seinem Mörder direkt in die Augen. »Nein!«, murmelte er. Der Mörder schoss. Reydon brach zusammen.

Nichts wie weg! Der Mörder rannte. Da war die Haltestelle. Er sprang auf eine anfahrende Straßenbahn und fuhr aufatmend davon in Richtung Innenstadt.

Freitag, 12. Februar 1943

Am 12. Januar wurde der erste lange Funkspruch, den Anton an Schreieder übergeben hatte, nach London weitergeleitet. Schreieder hatte dem eigentlichen Text noch eine Nachricht des Funkers hinzugefügt, der sich über die Länge des Textes beschwerte.

Die Antwort aus London ließ nicht lange auf sich warten:

Wir haben bereits früher darauf hingewiesen, dass der Funker dafür verantwortlich ist, was er tatsächlich sendet. Er wird gebeten, den Verfasser dieses Textes taktvoll darauf hinzuweisen, dass lange Botschaften allgemeiner Natur über Dinge, die hier bereits bekannt sind, nicht gesendet werden sollten.

Das vorgeschlagene Ultimatum wurde abgelehnt. Aus Furcht vor Repressalien müsse davon abgesehen werden, die Deutschen auf diese Weise unter Druck zu setzen.

»Feiglinge!«, rief Sofieke aufgebracht.

Levinus van Looi runzelte die Stirn. »Sie sind vorsichtig«, sagte er. »Das ist alles.«

Auch Joseph Schreieder und Hanns Albin Rauter, der höhere SS- und Polizeiführer in den Niederlanden, besprachen die Antwort aus London. Sie gewannen den Eindruck, dass man sich da drüben sehr viel mehr für die Einhaltung der Sendezeiten interessierte als für die Judenverfolgung. »Diese Botschaft sollte man in der niederländischen Presse publizieren«, sagte Rauter zynisch.

Für Vorrink war die Antwort eine gewaltige Enttäuschung. Er ließ sich aber nicht entmutigen. Er fuhr fort, die wichtigsten Informationen an De Wilde weiterzuleiten, obwohl es inzwischen Stimmen gab, die zur Vorsicht mahnten. Jan Schouten, der Vorsitzende der christdemokratischen *Anti-Revolutionaire Partij* warnte ihn vor De Wilde. Vorrink schlug alle Warnungen in den Wind. Er erläuterte ihm, auf welche Weise er über *Radio Oranje* die Bestätigung erhalten hatte, dass De Wilde vertrauenswürdig war.

Schouten schüttelte den Kopf. Er sagte: »Sei mir nicht böse, Koos, ich halte das für keinen Beweis. Aber ich kenne den Mann ja nicht persönlich. Du kannst sicher am besten beurteilen, ob er vertrauenswürdig ist oder nicht.«

Vorrink gab Anton de Wilde schließlich eine Übersicht über die vielen Verbindungen, die er mit anderen Spionage- und Sabotagegruppen unterhielt. Das genügte Anton noch nicht. Es fehlten die Namen. Er machte einen neuen Vorstoß in diese Richtung. »London legt großen Wert darauf, die Namen der Mitglieder des *Nationaal Comité* zu erfahren«, behauptete er.

Vorrink schüttelte den Kopf.

Der V-Mann gab nicht auf. Er sagte: »Das *Nationaal Comité* stellt in den Augen der Königin sehr viel mehr dar als ein Hilfsorgan einer zukünftigen Übergangsregierung. Sie sieht darin die rechtmäßige Vertretung des gesamten niederländischen Volkes!«

Das war natürlich Blödsinn, aber Sofieke sah, dass dem Sozialisten diese Aussage gefiel. Die Namen rückte er trotzdem nicht heraus. De Wilde war schlau genug, ihn nicht weiter zu drängen. Er hatte Zeit.

»Heute wirst du etwas ganz Besonderes zu sehen bekommen«, sagte De Wilde.

»Tatsächlich?« Sofieke war nur mäßig interessiert. Sie hatte in zunehmendem Maße den Eindruck, dass der Mann sie wie ein kleines Mädchen behandelte, und das missfiel ihr.

»Eine Agentenlandung.« Ganz offensichtlich rechnete Anton mit einer enthusiastischen Reaktion, aber die kam nicht.

»Wo?«, fragte Sofieke. Das war alles.

»In der Nähe von Steenwijk.«

Sofieke wusste nicht genau, wo Steenwijk lag. Irgendwo im Norden musste das sein. Das würde eine lange Fahrt werden. »Wann fahren wir los?«

»Jetzt«, sagte De Wilde. Offensichtlich wollte er unter Beweis stellen, dass auch er sich außerordentlich kurz fassen konnte. Aber Sofieke wusste, das würde nicht lange vorhalten. Anton war ein Mensch, der außerordentlich gern redete. Am liebsten über sich selbst.

Es war bitter kalt in dieser Nacht. Sofieke hatte sich warm angezogen, aber das half nicht viel. Der alte Opel, den De Wilde besorgt hatte, hatte natürlich keine Heizung. Hinzu kam, dass sich aus irgendeinem Grunde das Fenster auf der Beifahrerseite nicht ganz schließen ließ, sodass Sofieke kalter Wind ins Gesicht blies. De Wilde fuhr so schnell, wie er es mit den abgedunkelten Scheinwerfern verantworten mochte. Sofieke, die selbst nicht Auto fahren konnte, und die auch wenig Gelegenheit gehabt hatte, von irgendjemand irgendwohin im Auto mitgenommen zu werden, wusste nicht, ob es vernünftig war, so schnell zu fahren oder nicht. Sie redete sich ein, dass Anton ein guter Fahrer sei.

Mehr Angst hatte Sofieke vor den Deutschen. De Wilde hatte zwar versichert, dass er die nötigen Papiere besaß, um mit ihr zusammen trotz Fahrverbot und nächtlicher Ausgangssperre quer durch die Niederlande zu fahren, aber Sofieke war sich nicht sicher, ob das auch stimmte. Das schlechte Wetter begünstigte ihr Vorhaben. Es gab keine Polizeikontrolle. Es wehte ein heftiger Wind, und wenn sie durch offenes Gelände fuhren, dann spürte Sofieke, wie der Sturm das kleine Fahrzeug packte und drohte, es von der Straße zu drücken.

Schließlich verließen sie die Straße und fuhren auf Feldwegen durch offenes Heideland. Der Opel war für ein solch holpriges Gelände nicht gebaut, aber trotz der zahlreichen Pfützen und Schlaglöcher erreichten sie ihr Ziel. Der Wagen hielt an, das Geräusch des Motors erstarb.

»Hier ist es«, sagte Anton.

Sie stiegen aus. Es war nicht so dunkel, wie Sofieke befürchtet hatte. Offenbar war Vollmond. Der Mond zeigte sich nicht, aber durch die hohe Wolkendecke drang doch so viel Licht, dass man sich im Gelände orientieren konnte. Das Land um sie herum war flach. Es gab keine Bäume und natürlich auch keine Häuser oder Telegrafenleitungen. Sofieke begriff, dass dies hier ein idealer Landeplatz für einen Fallschirmspringer sein musste.

»Viertel vor Zwölf«, bemerkte de Wilde. »Es ist noch zu früh.«

Sofieke sah sich um. In dieser Einöde schien es nichts zu geben, an dem man sich orientieren konnte. Vom Flugzeug aus konnte das nicht anders sein. »Woran erkennt der Pilot, dass er am richtigen Ort ist?«, fragte sie.

»Wir geben ihm ein Zeichen.«

»Was für ein ...« Sofieke unterbrach sich, denn in diesem Augenblick wurde deutlich, was mit dem Zeichen gemeint war. Vor ihnen leuchtete plötzlich ein rotes Licht auf, das klar und deutlich zu erkennen war. Und wenn man genau hinsah, dann konnte man in einiger Entfernung noch zwei weitere gleichartige Lichter sehen.

»Komm mit!« Anton fasste sie an der Hand, und gemeinsam liefen sie in Richtung der Lichter. »Wo seid ihr?«, rief Anton im Laufen. »Marten, Leo, wo seid ihr?«

Sofieke hatte ein ungutes Gefühl. Die Lichter waren zu hell, und de Wilde war zu laut. Wenn jemand durch irgendeinen dummen Zufall ausgerechnet in dieser Nacht hier unterwegs war, dann konnte er gar nicht übersehen, dass hier eine Agentenlandung per Fallschirm vorbereitet wurde.

»Was machst du für einen Krach!«, beschwerte sich jemand schräg vor ihnen. Sofieke registrierte erleichtert, dass es kein Deutscher war, sondern ein Holländer. Offenbar wurden sie erwartet.

Sofieke sah den Mann erst, als sie ziemlich dicht an ihn herangekommen war. Er hatte ganz stillgestanden. »Hallo, Marten!« sagte ihr Begleiter. »Darf ich dir Sofieke vorstellen? Sofieke ist eine unserer Agentinnen.«

»Angenehm«, brummte Marten. Sein Händedruck fiel kräftig aus. Wahrscheinlich war der Mann Handwerker. Oder vielleicht Polizist? – Nein, das war zu unwahrscheinlich.

Marten sagte: »Ich habe ja gewusst, dass heute Nacht eine Frau kommen sollte. Aber ich hatte nicht gedacht, dass sie zu Fuß kommt.«

Das sollte ein Scherz sein, aber Sofieke lachte nicht.

»Der Agent ist eine Frau?«, fragte De Wilde.

»Ja. Der Fallschirmagent, den wir erwarten, ist eine Frau. Deckname Felix. Außerdem sollen noch Container abgeworfen werden. Waffen und Sprengstoff.«

»Die brauchen wir dringend!«, versicherte de Wilde.

»Aber ob der Flieger kommt, das ist noch die Frage«, brummte Marten. »Zu viel Wind.«

Ja, es war sehr windig. »Wahrscheinlich versuchen sie es trotzdem«, vermutete Anton. »Wenn sie es jetzt nicht machen, dann geht es erst wieder in einem Monat. Sie brauchen den Vollmond. Wer mit dem Fallschirm abspringt, der muss sehen können, wo er landet.«

»Sind wir hier eigentlich sicher?«, fragte Sofieke.

»Absolut.« Anton erläuterte, dass rund um das markierte Landegebiet etwa zwei Dutzend Widerstandskämpfer in Stellung gegangen waren, die dafür sorgen würden, dass niemand dieses heimliche Treffen störte. Zu sehen und zu hören war niemand.

»Er kommt!«, sagte Marten plötzlich.

Ja, tatsächlich, jetzt vernahm auch Sofieke das leise Geräusch eines herannahenden Flugzeugs. Und dann sah sie es. Als die Maschine nahe genug war, schaltete der Pilot die Lichter ein. Er brauste über sie hinweg, wendete, und im nächsten Moment hingen sieben Fallschirme am Himmel. Sofieke blickte dem Flugzeug nach, das rasch an Höhe gewann und in den Wolken verschwand.

»Da drüben, das muss sie sein! Das ist Felix!«

Einer der Fallschirme schwebte langsamer zu Boden als die anderen. Die Container waren viel schwerer als die Agentin, die vom Wind weit aus dem Zielgebiet getragen wurde. Marten rannte los, De Wilde und Sofieke folgten ihm, so schnell sie konnten. Sie sahen, wie die Frau sich bei der Landung abrollte, aber dann schlug der Wind noch einmal zu und schleifte sie ein Stück weit durch das Heidekraut. Von der anderen Seite kam noch ein Mann gerannt; wahrscheinlich war das dieser Leo, von dem vorhin die Rede gewesen war.

Sofieke rannte schneller als alle anderen. Sie war als erste bei der Agentin, die sich inzwischen von ihrem Fallschirm befreit hatte. Sie schüttelte ihr die Hand. »Willkommen in Holland!«

»Danke! – Es ist schön, wieder zu Hause zu sein!«

»Herzlich willkommen!«, rief auch Marten. Er klopfte ihr auf die Schulter. »Schön, dass du da bist, Felix! Wie lange bist du in England gewesen? Erinnerst du dich überhaupt noch an unser Holland?«

»Natürlich erinnere ich mich!« Felix lachte. »Ende August bin ich in England angekommen. – Ja, das war eine lange Zeit. Fast ein halbes Jahr.«

Marten war in Eile. »Felix, wir sollten uns hier nicht allzu lange aufhalten. Die anderen Mitglieder unseres Empfangskomitees sind jetzt dabei, die Container zu bergen, und dich bringen wir am besten gleich zu deinem Quartier. Dann bist du in Sicherheit.«

»Halt«, rief Leo, »eine Sache sollten wir gleich an dieser Stelle klären: die Frage deiner Kontaktadresse. An wen sollst du dich wenden?«

Es war ganz offensichtlich, dass Felix mit dieser Frage nicht gerechnet hatte. »Das ist geheim«, sagte sie.

Marten schüttelte den Kopf. »Das geht nicht. Wir müssen die Adresse überprüfen.«

»Überprüfen?«

»Ja, natürlich. Die Leute in London haben ja keine Ahnung wie die Lage hier ist. Die Deutschen sind tief in den Widerstand eingedrungen, und in vielen Wohnungen, die vor wenigen Monaten noch sicher waren, wartet jetzt die Gestapo darauf, dass irgendjemand von uns an der Tür klingelt.«

Felix zögerte. Schließlich sagte sie: »Ich soll mich bei bei Bally in Den Haag melden.«

»In dem Schuhgeschäft?«

»Ja, bei Koos Smit.«

»Den kenne ich«, behauptete Marten. »Das ist wahrscheinlich in Ordnung.«

»Jetzt wird es Zeit, dass wir aus der Kälte herauskommen«, meldete sich Leo zu Wort. »Komm mit, unser Auto steht da drüben!«

»Wir fahren auch nach Hause«, sagte Anton. Offenbar hatte er sich genau gemerkt, wo er seinen Wagen abgestellt hatte. Sofieke warf noch einen Blick zurück und sah, wie die Agentin Felix mit ihren Begleitern im Dunkel verschwand, während andere Helfer eifrig dabei waren, die Container zu entladen.

Sie liefen durch das Heidekraut. Plötzlich blieb Sofieke stehen. »Was war das?«

»Was?« Auch De Wilde blieb stehen.

»Hat da nicht jemand geschrien?«

Sie lauschten einen Moment, aber jetzt war alles ruhig. »Komm«, sagte de Wilde schließlich, »es wird Zeit, dass wir von hier verschwinden.«

Ja, es wurde wirklich Zeit. Der Regen war heftiger geworden, und Sofieke stellte fest, dass ihre Schuhe nicht wasserdicht waren.

Sonnabend, 13. Februar 1943

An diesem Sonnabend gab es in Den Haag ein Festessen, an dem auch Marten Slagter und Leo Poos von der Sicherheitspolizei teilnahmen. Es wurde viel getrunken, und die beiden holländischen Polizisten begannen schließlich, mit den enormen Erfolgen der SiPo zu prahlen. Dutzende von Geheimagenten, die von England herübergeschickt worden seien, hätten sie inzwischen gefangengenommen, mit Waffen und allem, was dazugehörte, und das ginge noch immer so weiter.

»Die dummen Engländer haben einfach nichts davon gemerkt! Letzte Nacht waren wir wieder draußen und haben eine neue Lieferung abgeholt!«

Niemand ahnte, dass einer der Anwesenden vor dem Krieg für den niederländischen Geheimdienst gearbeitet hatte und jetzt im Widerstand war. Er wusste über Umwege Vorrink zu erreichen und ihm einen Bericht vom Verlauf dieses Essens zuzusenden. Vorrink glaubte nichts von dem, was ihm der Mann erzählte, aber er versprach dennoch, alles nach England weiterzuleiten. Er wandte sich umgehend an De Wilde, und der sagte zu, den Bericht sofort nach London zu schicken.

Aus London erfolgte keine Reaktion. Das wertete Vorrink als eine Bestätigung seiner Skepsis. Dass De Wilde den Bericht womöglich gar nicht weitergeleitet haben könnte, kam ihm nicht in den Sinn.

Van Tijen, der ehemalige Fokker-Direktor, wurde inzwischen auch in den Aufbau der Untergrundorganisation eingespannt. »Sie kennen sich so gut aus in Zeeland«, sagte Anton. Das stimmte nur bedingt. Van Tijen hatte sich einmal in der Provinz umgesehen, um zu erkunden, ob er von dort aus nach England flüchten könnte. Er hatte diesen Plan als zu riskant verworfen. Anton sagte: »Wie wäre es, wenn Sie da jetzt hingingen, um mal nachzusehen, ob Ihre Freunde nicht vielleicht geeignete Keller haben, in denen man Waffen und Munition lagern könnte.«

Das schien Van Tijen eine dumme Idee. »Es gibt nicht viele Keller in Zeeland«, sagte er ausweichend. »Das Grundwasser steht zu hoch.« In Wirklichkeit fand er, dass das Anlegen von Munitionsdepots eine Angelegenheit war, um die sich das Militär kümmern müsste. Zivilisten sollten sich da nicht einmischen. Aber auch der ehemalige Fokker-Direktor ließ sich am Ende vom allgemeinen Schwung mitreißen und tat, was von ihm verlangt wurde. Er machte eine Rundreise und fand tatsächlich einige Bekannte, die bereit waren, entsprechende Räumlichkeiten zur Verfügung zu stellen.

Sonntag, 14. Februar 1943

Wieder gab es eine der üblichen Besprechungen im Haus von Van Looi. De Wilde war selbstverständlich dabei, und es wurde spät. Vorrink hatte wie immer sehr viel und sehr lange über Politik gesprochen. Der Sozialdemokrat konnte stundenlang darüber reden, was getan werden sollte, wenn der Krieg vorbei war. Es war schon nach der Sperrstunde, als De Wilde schließlich aufbrechen wollte. »Komm mit, Sofieke«, sagte er. »Es ist Zeit, dass wir gehen.«

Sofieke erhob sich zögernd. Sie wusste zwar, dass ihr Partner über hervorragende Papiere verfügte, aber dennoch schien es ihr jedes Mal wie eine Herausforderung des Schicksals, wenn sie sich unnötig in Gefahr begaben.

Van Looi bemerkt ihr Zögern. »Wollen Sie nicht lieber hierbleiben, Frau Blett?«, fragte er. »Sie sehen sehr müde aus.«

Sofieke war sehr müde, aber dennoch schwankte sie einen Augenblick, ob sie nicht mit De Wilde gehen sollte. Der warf ihr einen Blick zu, und es schien Sofieke, als wolle er abschätzen, was für die Sache des Widerstandes am besten sei. Schließlich sagte er: »Wahrscheinlich ist es wirklich besser, wenn du hierbleibst. Ich muss morgen früh raus. Ich treffe mich mit unserem Verbindungsmann in Den Helder. Wir müssen absprechen, wohin die Waffen für Noord-Holland geliefert werden sollen. Die üblichen Plätze in der Veluwe oder gar in Drente sind zu weit weg. Aber das Marschland ist zu dicht besiedelt, und an der Küste sitzen sowieso die Deutschen.«

»Dann bleibe ich hier«, entschied Sofieke.

»Das ist gut«, sagte Van Looi.

Als Anton ihr zum Abschied die Hand gab, sah er ihr noch einmal tief in die Augen, so als ob er sicherstellen wollte, dass sie keinen Unsinn machte. Sie hielt seinem Blick stand. Wenn hier jemand Unsinn machte, dann war er das für gewöhnlich. Aber bis jetzt war alles gut gegangen.

De Wilde machte sich auf den Weg. Van Loois Tochter Nelly sah ihm nach, bis er die Tür hinter sich geschlossen hatte. Es war ganz offensichtlich, dass der unerschrockene Widerstandskämpfer sie beeindruckt hatte. Und hatte sie ihn auch beeindruckt? Sofieke war sich nicht sicher. Fest stand, dass sie sich heute sorgfältiger geschminkt hatte als sonst. Aber das musste nichts heißen; sie war siebzehn Jahre alt.

»Wenn es Ihnen recht ist, könnten wir vielleicht noch eine Tasse Kaffee zusammen trinken«, schlug Van Looi überraschend vor.

»Danke, für mich nicht!«, wehrte Nelly ab. Aber Sofieke war sowieso klar, dass diese Einladung nicht für seine Tochter gedacht gewesen war.

»Ich hätte gegen eine Tasse Kaffee nichts einzuwenden«, sagte Vorrink.

»Ich auch nicht«, bestätigte Sofieke rasch.

Als seine Frau den Kaffee gebracht hatte, zögerte Levinus van Looi einen Moment, nahm dann einen kleinen Schluck, schloss die Augen, so als könne er nur auf diese Weise den guten Geschmack des Kaffees voll würdigen. Auch Sofieke probierte den Kaffee. Sie registrierte, dass es echter Kaffee war, den wahrscheinlich De Wilde besorgt hatte.

Als sie wieder aufblickte, sah Levinus van Looi ihr direkt ins Gesicht. »An der Küste sitzen sowieso die Deutschen«, sagte er.

Ja, das stimmte. Das hatte De Wilde vorhin gesagt. Sofieke war irritiert. Sie wusste nicht, worauf ihr Gastgeber hinauswollte. »Ja«, sagte sie.

»Hätte er nicht eigentlich sagen müssen: An der Küste sitzen sowieso die Moffen?«

»Ich weiß nicht.« Was sollte diese Frage? Sie selbst bezeichnete die Deutschen auch nicht als Moffen. Obwohl sie natürlich früher … Sie hatte bisher nicht darüber nachgedacht, aber möglicherweise war es so, dass sie die Deutschen erst als Deutsche bezeichnete, seit sie Gerhard kennengelernt hatte. »Was sagen Sie denn selber?«

»Ich benutze diesen Ausdruck nicht«, gab Van Looi zu. »Das hat etwas damit zu tun, dass wir – also mein Freund Vorrink und ich – anders erzogen sind. Wir gehören sozusagen zur geistigen Oberschicht der Niederlande. – Das klingt jetzt natürlich etwas arrogant«, fügte er entschuldigend hinzu, »aber so ist es nun einmal. De Wilde kommt dagegen eindeutig aus einfacheren Verhältnissen. Und wenn er im Widerstand ist, dann würde ich eigentlich erwarten …«

»Er kommt aus England«, warf Sofieke rasch ein, »und in England redet niemand von Moffen.«

»Wir sollten diesen Punkt nicht überbetonen«, griff Koos Vorrink ein. »Aber er ist uns aufgefallen. Und es gibt noch andere Punkte, die uns aufgefallen sind und über die wir gern mit Ihnen sprechen würden.«

»Wäre es nicht sinnvoller, wenn Sie meinen Partner direkt darauf ansprechen würden?«, fragte Sofieke.

»Das werden wir tun. Aber zunächst einmal würden wir gern Ihre Meinung hören. Wie lange kennen Sie Anton schon?«

»Erst seit wenigen Monaten«, musste Sofieke zugeben. »Aber das ist natürlich kein Wunder. Und dass ich aktiv am Widerstand gegen die Deutschen teilnehme, dazu ist es erst gekommen, als mein Bruder verhaftet worden ist.«

Vorrink nickte.

Sofieke war rot geworden. Sie schalt sich dafür, dass sie ihren Bruder erwähnt hatte, aber nicht ihre Mutter. Ihre Mutter war auch verhaftet worden. Wahrscheinlich war sie inzwischen tot.

Levinus van Looi sagte: »Bitte verstehen Sie, dass wir all diese Fragen stellen. Wer im Untergrund lebt, der muss sehr vorsichtig sein. Und wer noch dazu aktiv Widerstand leistet, für den geht es tagaus, tagein um Leben und Tod.«

»Das gilt für mich ebenso wie für Sie«, erwiderte Sofieke knapp. »Ich bin schon einmal verhaftet worden«, fügte sie hinzu, »und ich kann es nur als einen glücklichen Zufall bezeichnen, dass ich nicht im Gefängnis gelandet bin.«

Vorrink zog die Augenbrauen hoch. »Das müssen Sie uns bitte näher erläutern«, sagte er.

Schlagartig wurde Sofieke bewusst, dass das, was sie als Beleg für ihre Untergrundtätigkeit angeführt hatte, sie im Gegenteil geradezu verdächtig machte. Wer verhaftet worden war und dann wieder freikam, der war möglicherweise von der Gestapo umgedreht worden und arbeitete jetzt als Spitzel für die Deutschen.

Sofieke schilderte, wie sie im November 1942 in eine Polizeikontrolle geraten war, und wie der Polizist sofort erkannt hatte, dass der Ausweis, den ihr Bruder ihr besorgt hatte, ungültig war. Es war ein echter Ausweis gewesen, aber die Daten, die darin standen, waren frei erfunden. In Wirklichkeit hieß sie nicht einmal Sofieke, aber das sagte sie nicht. War Vorrink mit dieser Darstellung zufrieden? Es schien so. Jedenfalls fragte er nicht weiter nach.

»Und De Wilde, dieser sogenannte ›Agent Anton‹, der kommt direkt aus England?«

»Ich weiß nicht, wann er aus England gekommen ist. Darüber haben wir nicht gesprochen. Es muss aber schon vor längerer Zeit gewesen sein, denn so ein Netzwerk von Untergrundkämpfern, das lässt sich ja nicht von heute auf morgen aufbauen. Jedenfalls steht er über Funk in Verbindung mit der Exilregierung in London ...«

»Das ist noch so ein Punkt, der uns aufgefallen ist«, hakte Levinus van Looi nach. »Seine guten Beziehungen zu England. Anton de Wilde hat uns gegenüber behauptet, dass er ein Neffe von Professor Gerbrandy sei. Vom Ministerpräsidenten der Exilregierung. Was wissen Sie darüber?«

»Nichts.« Sie war sich ziemlich sicher, dass das reine Aufschneiderei war. Sollte sie das erwähnen? Oder besser nicht?

»Und wie sind Sie mit Anton de Wilde zusammengekommen?«

Das klang wie eine ganz harmlose Frage, aber das war der alles entscheidende Punkt. Wenn sie jetzt ihre eigene Vorgeschichte erzählte, wäre alles verloren. Auf keinen Fall durfte sie Gerhard erwähnen. Es würde ihr niemals gelingen, diese beiden misstrauischen Menschen davon zu überzeugen, dass die Deutschen keine Ahnung davon hatten, was sie hier trieb. Dabei war das die reine Wahrheit. Stattdessen behauptete sie: »Mein Bruder Jaap hat mit De Wilde zusammengearbeitet.«

»Aber er ist verhaftet worden«, gab Vorrink zu bedenken.

»Nicht durch Verrat«, sagte Sofieke rasch. »Er war an dem Überfall auf das *Bevolkingsregister* beteiligt. Dabei ist er geschnappt worden.«

»Verhaftet und verurteilt?«

Sofieke schüttelte den Kopf. »Sie haben ihn ins Konzentrationslager gesteckt«, sagte sie. »Ohne Verhandlung.« Das jedenfalls stimmte.

»Noch Kaffee?«, fragte Van Looi.

»Ja, gern.«

Der Journalist schenkte ihr nach. Der Knopf in seiner Jacke fehlte noch immer.

Vorrink fragte: »Sie kennen Anton de Wilde also über Ihren Bruder? War er denn auch an dem Überfall auf das *Bevolkingsregister* beteiligt?«

Ja oder nein? Was war die beste Antwort? »Über Namen ist nie gesprochen worden«, sagte sie.

»Sehr vernünftig. – Und Sie selbst? Haben Sie mit Anton de Wilde irgendwelche Aktionen durchgeführt, außer dass Sie gemeinsam zu uns Kontakt aufgenommen haben?«

Levinus van Looi schüttelte den Kopf. »Jetzt bist du zu misstrauisch, Koos«, sagte er. »Diese junge Frau hat doch selbst gesagt, dass sie den Agenten Anton erst seit wenigen Wochen kennt. Da kann sie doch noch gar nicht an irgendwelchen größeren Aktionen teilgenommen haben!«

»Ich weiß bis heute nicht, wo er eigentlich wohnt«, gestand Sofieke. »Abgesehen von unserer gemeinsamen konspirativen Wohnung, meine ich.«

»Das weiß ich zufällig«, erwiderte Levinus. »Er hat es mir gesagt. Den Haag, Statenlaan 51.«

»Die einzige größere Aktion, bei der ich mit dabei war«, sagte Sofieke, »das war eine Waffenlieferung per Fallschirm. Draußen auf der Heide bei Steenwijk ist das gewesen. Sechs Container mit Waffen und Munition haben die Engländer geliefert – und eine Agentin.«

»Eine Agentin?« Vorrink zog die Augenbrauen hoch. »Davon hat Anton de Wilde nichts gesagt. Wann ist das gewesen?«

»Vor zwei Tagen. In der Nacht vom 12. auf den 13. Februar.« Warum hatte De Wilde das nicht erwähnt? Hätte das geheim bleiben sollen?

»Diese Agentin würde ich gern kennenlernen«, bemerkte Van Looi leichthin. Es klang so liebenswürdig, aber es lag auf der Hand, dass der kleine Journalist skeptisch war.

Sie glauben mir nicht, dachte Sofieke. Ganz gleich, was ich sage, Van Looi und Vorrink glauben mir nicht. Dabei war alles wahr, was sie gesagt hatte. Fast alles.

»Noch Kaffee?«, fragte Van Looi.

Sofieke schüttelte den Kopf. »Nein, danke, ich glaube, jetzt wird es allmählich auch für mich Zeit, ins Bett zu gehen.«

»Schlafen Sie gut!«, sagte Koos Vorrink.

Sofieke wusste, dass sie nicht gut schlafen würde. Sie hatte versagt. Und hinzukam, dass plötzlich eine neue Frage aufgetaucht war. Warum war Anton de Wilde mit ihr nach Steenwijk gefahren? De Wilde hatte zwar die Männer gekannt, die die Waffen und den Sprengstoff in Empfang genommen und sich um die Agentin gekümmert hatten, aber er hatte ganz offensichtlich keine Funktion bei diesem nächtlichen Treffen auf der Heide gehabt. Vielleicht war er hingefahren, um sich zu überzeugen, dass alles geklappt hatte. Das war immerhin möglich, oder? Aber warum hatte er sie zu diesem Treffen mitgenommen? Aus purer Angabe? – Ja, das musste es sein. De Wilde hatte vor ihr damit glänzen wollen, wie wichtig er war. Der große Widerstandskämpfer! Dabei war er so unendlich leichtsinnig.

»Was hältst du davon?«, fragte Koos Vorrink, nachdem Sofieke gegangen war.

»Ich weiß es nicht«, gab der Journalist zu. »Ich bin mir ziemlich sicher, dass die junge Frau ehrlich ist. Und ich bin mir ziemlich sicher, dass Anton de Wilde nicht ehrlich ist. Aber Ehrlichkeit ist natürlich nicht unbedingt die höchste Tugend, wenn man im Widerstand aktiv ist.«

»Er hat die Waffen, und er hat den Kaffee«, gab der Sozialdemokrat zu bedenken.

»Der Kaffee ist echt. Daran besteht kein Zweifel. Aber alles andere erscheint mir dubios. Und die Waffen, von denen er spricht, habe ich bisher noch nicht gesehen.«

»Die muss er uns zeigen.«

»Aber das reicht nicht aus, Koos! Wir können nicht feststellen, ob diese Waffen wirklich aus England kommen, oder ob die Deutschen sie einfach 1940 nach der Flucht der Engländer am Strand von Dünkirchen eingesammelt haben.«

»Er muss beweisen, dass er mit England Kontakt hat. Er muss beweisen, dass England das hört, was er nach drüben funkt. Und ich weiß auch schon, auf welche Weise er das beweisen kann.«

»Oder auch nicht«, brummte Van Looi.

De Wilde fuhr nicht zu einer Besprechung mit seinem Verbindungsmann in Den Helder. Einen solchen Verbindungsmann gab es gar nicht. Er wusste inzwischen, dass die Fallschirmagentin »Felix« in Wirklichkeit Trix Terwindt hieß. Bei ihrer Festnahme hatte sie angegeben, dass sie mit einem gewissen Koos Smit Kontakt aufnehmen sollte, dem Inhaber des Bally-Schuhgeschäfts in Den Haag.

Es bereitete Anton keine große Mühe, den Mann aufzuspüren.

»Ich bringe Grüße von Trix Terwindt«, sagte er.

»Von Trix? Oh, das ist ja wunderbar! Ist sie hier?«

Anton nickte. »Aber das sollten wir nicht hier im Schuhgeschäft besprechen.«

Wenig später saßen sie sich im Café Riche gegenüber, in der Nähe des Binnenhofs. De Wilde, der sich ›Ingenieur Anton de Wilde‹ nannte, erweckte den Eindruck eines etwas seltsamen, blassen Mannes mit unruhigen Augen, aber er gewann das vollständige Vertrauen seines Gesprächspartners. Dem routinierten V-Mann bereitete es keine Schwierigkeiten, seinen Gesprächspartner hinter das Licht zu führen. Er sprach von seinen Verbindungen nach London, und der Schuhhändler gewann die Überzeugung, dass dieser Mann auf jeden Fall ein echter Agent war, der direkt von drüben kam.

Der 35-jährige Smit erzählte De Wilde alles, was er wusste: Wie er und seine Freunde schon seit Monaten damit beschäftigt waren, Stadtpläne anzufertigen, auf denen Kasernen, Flugplätze und Fabriken eingetragen waren.

»Großartig«, sagte Anton. »Das ist genau, was wir brauchen. Jetzt müssen wir nur noch einen Weg finden, wie wir das alles nach England bringen. Ich hoffe, Sie haben die Unterlagen sicher verwahrt?«

»Ja, natürlich. Hinter dem Regal in meinem Arbeitszimmer gibt es eine kleine Nische in der Wand ...«

De Wilde nickte. »Zigarette?«, fragte er.

»Ja, gern.« Der Schuhhändler registrierte, dass Anton englische Zigaretten hatte.

Sie gingen wieder nach draußen, über den Plein. Vor dem Eingang zum Binnenhof, am Hofweg, sagte De Wilde, dass er mal eben telefonieren müsse. Alles lief nach Plan. Schreieders Festnahmekommando kam herbeigeeilt, und bevor der arglose Schuhverkäufer wusste, wie ihm geschah, wurde er festgenommen und abgeführt. Schreieder war zufrieden. Aber dies war natürlich nur ein unbedeutendes Zwischenspiel.

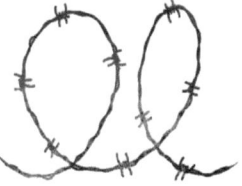

Mittwoch, 17. Februar 1943

Sofieke hatte nach wie vor Zweifel an Anton de Wilde. Sicher, er hatte ihr die Mitteilung gebracht, dass Jaap noch am Leben war, aber eine mögliche Begegnung mit ihm hatte er kategorisch abgelehnt. »Zu gefährlich«, hatte er gesagt.

Seine Behauptung, an der Technischen Hochschule in Delft Elektrotechnik studiert zu haben, hatte er nicht belegen können. Im Gegenteil. Er kannte Professor Hallo nicht – einen Mann, den selbst Van Tijen kannte, und der hatte ein ganz anderes Fach studiert.

Sofieke beschloss, einer seiner anderen Behauptungen auf den Grund zu gehen. Professor Gerbrandy konnte sie in London natürlich nicht erreichen. Aber sicher hatte der Professor Verwandte, die in den Niederlanden geblieben waren. Leute, die wussten, ob er einen Neffen hatte oder nicht. Einen Neffen, der Anton de Wilde hieß.

Sofieke hatte Van Looi gefragt, und der hatte ihr erzählt, dass Pieter Sjoerds Gerbrandy Professor an der *Vrije Universiteit Amsterdam* gewesen war. Kam er also aus Amsterdam? Das wusste Van Looi nicht. Aber in der *Openbare Bibliotheek Amsterdam* gab es sicher ein

Adressbuch, und aus diesem Adressbuch würde sie alle Anschriften der Gerbrandys aus Amsterdam herausschreiben, und irgendjemand würde ihr sicher Auskunft geben können.

An diesem Tag durchsuchte die SiPo die Wohnung eines soeben verhafteten Kommunisten. Aus seinem Notizbuch ergab sich, dass der Mann am 19. Februar 1943 morgens um 10:00 Uhr in einem Café in Delft einen gewissen Doktor Kastein treffen sollte. Wer war dieser Kastein? Jemand, der die Kommunisten unterstützte. Mehr wusste die SiPo nicht über ihn. Ein Mann mit Beziehungen zum Untergrund, das war alles.

Donnerstag, 18. Februar 1943

Den Abend verbrachte Gerrit Kastein bei einem Freund in Den Haag. Bis spät in die Nacht diskutierten sie über die politische und militärische Lage. Dr. Kastein war entmutigt. Seine Versuche, zu einer Zusammenarbeit mit den Sozialdemokraten zu gelangen, waren gescheitert. Er hatte um ein Gespräch mit Vorrink gebeten, Vorrink hatte abgelehnt. Er kam nicht darüber hinweg, dass die Kommunisten zu Beginn des Krieges mit den Nazis gemeinsame Sache gemacht hatten. Deutschland und die Sowjetunion hatten zusammen Polen überfallen. Die Lage hatte sich geändert, aber das Misstrauen war geblieben. Die Kommunisten standen allein.

Es herrschte eine gedrückte Stimmung. Gerrit Kastein sprach vom Tod. »Wir werden alle umkommen.«

Miep Blaauw sagte: »Sag nicht soetwas, Gerrit. Du lebst und bist gesund, und so soll es auch bleiben.«

Kastein schüttelte den Kopf. »Es sind wieder Leute verhaftet worden«, sagte er. »Die deutsche Polizei kommt uns allmählich auf die Spur.«

»Keiner von unseren Leuten wird reden«, versicherte Miep.

»Das ist eine Illusion«, erwiderte Kastein. »Wenn die Nazis dich zu fassen kriegen, dann bringen sie dich zum Reden. Sie schaffen das. Ich hoffe, dass ich in solchem Fall imstande bin, mir rechtzeitig das Leben zu nehmen. Aber bevor das passiert, nehme ich auf jeden Fall einen von ihnen mit. Mindestens einen.«

Miep sah ihn erschrocken an. Seine Entschlossenheit ängstigte sie. »Sei vorsichtig, bitte«, sagte sie.

»Natürlich bin ich vorsichtig«, erwiderte Kastein.

Freitag, 19. Februar 1943

Gerrit Kastein fuhr mit dem Zug nach Delft. Er glaubte, er sei für alle Eventualitäten gerüstet. Er hatte drei Pistolen bei sich.

Unterdessen machten sich die Mitarbeiter des Sicherheitsdienstes bereit. Gegen 9:45 Uhr trafen sie im Café De Kroon ein. Die drei SD-Männer verteilten sich im Raum. Sie setzten sich so, dass man sie von draußen nicht sehen konnte. Sie waren die einzigen Besucher. Die Bedienung war damit beschäftigt, den Raum sauber zu machen. Einige Stühle standen noch auf den Tischen. Einer der Polizisten zog die Gardinen vor, sodass man von draußen nicht in den Raum hineinsehen konnte. Der Eigentümer fragte, was das solle.

»Das ist besser!«, antwortete der Polizist.

Dem Wirt war klar, dass seine unerwünschten Gäste Polizisten waren. Rauswerfen konnte er sie nicht. Er musste ihre Anwesenheit hinnehmen. Die junge Frau, die den Fußboden schrubbte, warf den Männern böse Blicke zu, aber es half nichts; dagegen waren sie unempfindlich.

Pünktlich um 10:00 Uhr betrat Kastein das Café. Die drei Deutschen sprangen auf. Kastein wurde festgenommen.

Sie durchsuchten ihn, entwaffneten ihn und fesselten ihn. Als sie ihn auf die Straße führten, leistete Kastein heftigen Widerstand, um möglichst viel Aufmerksamkeit zu erregen. Die SD-Männer brachten ihn zum Auto. Kastein hatte anscheinend seinen Widerstand aufgegeben. Niemand sagte ein einziges Wort. Der Arzt wirkte jetzt völlig gelassen. Zwei Pistolen hatten die Polizisten ihm abgenommen. Die dritte hatten sie nicht gefunden.

Auf der Fahrt nach Den Haag, zur Zentrale der SiPo, fand einer der Polizisten in Kasteins Tasche ein Stück Papier. Darauf stand für diesen Tag eine weitere Verabredung mit einem gewissen »Luc« um 11:30 Uhr, ebenfalls im »De Kroon«. Die Polizisten fuhren mit Kastein zurück nach Delft, um dort auch noch »Luc« festzunehmen.

Der Wagen wurde wieder in der Seitenstraße geparkt. Als Kastein ausstieg, zog er plötzlich mit gefesselten Händen eine Pistole. Er schoss sofort und traf einen der Beamten, dann rannte er davon. Die beiden anderen Polizisten verfolgten ihn. Sie hatten ihn rasch eingeholt. Er drehte sich um, richtete die Pistole dem ersten Mann auf die Brust und drückte ab. Die Waffe versagte. Kastein wurde entwaffnet und zum Wagen zurückgebracht. Er registrierte mit Befriedigung, dass die ganze Aktion ein solches Aufsehen erregt hatte, dass die Polizisten keinen Sinn mehr darin sahen, im Café auf »Luc« zu warten.

Die Anwohner hatten inzwischen die Polizei alarmiert. Keiner konnte genau beschreiben, was passiert war. Davon, dass jemand niedergeschossen worden war, zeugte ein großer Blutfleck auf dem Bürgersteig. Immerhin hatte einer das Kennzeichen des Autos notiert: HZ 4571. Die Polizei stellte fest, dass dieser Wagen zum Büro des SD gehörte.

Der Polizist wurde in ein Krankenhaus gebracht. Kastein hätte es sicher gefreut zu erfahren, dass er Ernst Knorr angeschossen hatte, einen der übelsten Folterknechte der Gestapo. Kastein wurde im Hauptquartier der SiPo im Binnenhof Nr. 7 in Den Haag verhört. Im zweiten Stock saßen bereits vier Männer, die auf ihn warteten. Die Vernehmung nahm allerdings einen anderen Verlauf, als die SD-Männer erwartet hatten. Der redegewandte Kastein riss die Gesprächsführung an sich und verwickelte die Beamten in eine politische Diskussion. Die Polizisten reagierten gelassen. Sie hatten keine besondere Eile. Kastein registrierte zufrieden, dass zwei der Männer das Zimmer verließen, um mal eben einen Kaffee zu trinken. Als der dritte aufstand, um zur Toilette zu gehen, nutzte Kastein seine Chance. Er schlug den verbleibenden SD-Mann nieder, trat mit dem Fuß das Fenster ein und stürzte sich in die Tiefe. Er schlug mit dem Kopf auf und war sofort tot.

Sonnabend, 20. Februar 1943

Vorrink hatte inzwischen erfahren, dass seine Botschaften nicht direkt an die niederländische Exilregierung gingen, sondern an SOE, eine militärische Dienstelle, gefunkt wurden. Das gefiel ihm nicht. Er verlangte, dass De Wilde ihm einen eigenen Sender besorgen sollte, damit der SDAP-Führer direkt mit Wilhelmina kommunizieren könne. Dies sorgte im Büro des Sicherheitsdienstes für einige Kopfschmerzen. Dieser eigene Sender würde möglicherweise das gesamte England-Spiel in Gefahr bringen.

»Was jetzt?«, fragte Schreieder.

»Die Lösung ist ganz einfach«, sagte Giskes zögernd. »Er bekommt seinen Sender. Aber der sendet nicht nach London, sondern direkt an den Funküberwachungsdienst der Grünen Polizei. Und die gibt dann an London weiter, was wir für richtig halten.«

Das wurde akzeptiert, aber obwohl Giskes den Vorschlag selbst gemacht hatte, fühlte er sich nicht wohl dabei. Es war ein weiterer Schritt weg von der eigentlichen Spionageabwehr und hin zur Bekämpfung des Widerstandes in den Niederlanden, und dafür war das England-Spiel eigentlich nicht gedacht gewesen. Diese

Entwicklung führte allmählich dazu, dass Schreieder mehr und mehr die Fäden in der Hand hielt.

Die Antwort an Vorrink lautete schließlich, er könne seinen Sender bekommen. Der stammte aus den im Rahmen des England-Spiels erbeuteten Beständen. Aber einen Funker müsse er selber stellen.

Natürlich hatte Koos Vorrink keinen Funker. Van Tijen wusste Rat: »Ich kenne da jemanden, der in Frage käme. Wolters heißt der.«

Anton brachte den Apparat mit in die Amsterdamer Wohnung von Levinus van Looi.

Van Looi war auch sonst überaus aktiv. Er verschaffte Anton de Wilde eine Fülle von militärischem Spionagematerial, unter anderem das vollständige Codesystem der deutschen Nachtjäger, die Position von drei Radarstationen und Lagepläne von Rüstungsfabriken. Alles war penibel auf Katasterkarten eingezeichnet, sodass es einfach sein würde, die angegebenen Objekte zu bombardieren.

Jetzt war es Vorrink, dem Bedenken kamen. Dies ging weit über das hinaus, was er selbst bisher geliefert hatte. Er sagte: »Mein lieber Levinus, dir ist klar, dass dieses Material auf jeden Fall ausreicht, um dich wegen Feindbegünstigung an den Galgen zu bringen?«

Van Looi nickte. Im Augenblick war es ohnehin nicht möglich, das Material nach London zu schaffen. Aber De Wilde wollte sich darum kümmern, dass Van Tijen eine

Reisemöglichkeit bekam. Sein Fachwissen als ehemaliger Direktor der Fokker-Flugzeugwerke wäre in England von unschätzbarem Wert.

Das Spiel mit Vorrink und Van Looi entwickelte sich nicht nur zum größten, sondern auch zum längsten und am intensivsten durchgeführten Auftrag von Anton de Wilde. Wieder und wieder kam er zu Besuch bei der Familie Van Looi. Der angebliche Ingenieur mit seiner heldenhaften Geschichte als Widerstandskämpfer war inzwischen vertraut mit den häuslichen Gewohnheiten. Wenn er hereinkam, warf er seinen Revolver mit einer lässigen Bewegung auf die Kommode im Flur, als sei er der Herr des Hauses. Und als jemand unverhofft läutete, musste die 18-jährige Nelly die Tür öffnen, während Van Looi und De Wilde ihr von der Treppe aus Feuerschutz gaben, die Revolver im Anschlag. Es war aber nur der Postbote.

Als ein echter Freund des Hauses blieb De Wilde selbstverständlich oft zum Essen. Er redete über alles Mögliche. Er wusste viel über die Kriegsführung und über den Widerstand und sprach gern darüber. Seine – angebliche – Erfindung des Motors ohne Kurbelwelle kam regelmäßig zur Sprache. Während er eine Prinzipskizze anfertigte, erzählte er nebenbei, dass diese Erfindung den Engländern und Amerikanern endlich das Übergewicht über die deutschen Flieger verschaffen würde, und jeder war beeindruckt. Seine

Motorzeichnungen bewiesen, dass er wusste, wovon er sprach. Die technische Seite konnte allerdings keiner der Anwesenden beurteilen.

Während Nelly anfangs wenig Interesse an den politischen Gesprächen mit dem Agenten gezeigt hatte, nahm sie jetzt regelmäßig an den gemeinsamen Mahlzeiten teil. Van Looi hatte Nelly gelegentlich als Kurier eingesetzt. Sie kam sich wichtig vor, aber es war offensichtlich, dass ihr Vater sie nicht ganz für voll nahm. Bei Anton war das anders. Für ihn war sie nicht nur ein kleines, dummes Mädchen, und er wurde nicht müde, ihr all die Zusammenhänge zu erklären, die sie bisher noch nicht durchschaut hatte. Der kühne Erfinder schenkte ihr schließlich einen Verlobungsring.

Nellys Mutter war nicht begeistert davon.

Ihr Mann beruhigte sie: »Das hat nicht viel zu bedeuten«, sagte er. »Eine jugendliche Torheit, mehr nicht.«

»Hoffentlich.«

Sie konnte natürlich nicht wissen, dass Anton de Wilde damit wahrscheinlich der einzige Niederländer war, der gleichzeitig mit der Tochter eines Widerstandskämpfers und der Sekretärin eines SS-Offiziers verlobt war.

Sofieke war mit ihren Erkundigungen nicht viel weitergekommen. Sie hatte das Adressbuch eingesehen, und sie hatte festgestellt, dass es in Amsterdam sechs Einwohner mit dem Namen Gerbrandy gab. Eine der angegebenen Adressen hatte sie aufgesucht, aber da war niemand zu

Hause gewesen. Die Nachforschungen nahmen sehr viel Zeit in Anspruch, und die hatte sie nicht. Sie fragte sich, ob sie die Gerbrandys einfach anschreiben sollte. Aber würden die Empänger solcher Briefe wirklich auf ihre Frage antworten?

Sofieke hatte sich die neueste Ausgabe von *Het Rijk der Vrouw* gekauft. In einer der wenigen ruhigen Stunden zog sie sich mit der Zeitschrift in ihr Zimmer zurück. Das »Reich der Frau« präsentierte vor allem die neueste Mode. Sofieke hätte gern etwas Hübsches für Sara geschneidert, aber sie war sich nicht sicher, wie groß das Kind jetzt war. Sie würde beim nächsten Mal ein Maßband mitnehmen. Beim nächsten Mal. Sofieke wusste, dass sie nicht nach Driebergen fahren sollte, aber irgendwann würde sie es trotzdem riskieren. Ihr Herz klopfte, wenn sie nur daran dachte.

Sie blätterte weiter. Wie wäre es mit einem Kleid für sie selber? Wenn die Witwe ter Laak ihr die Nähmaschine lieh, könnte sie sich etwas Hübsches nähen. *Kleider für die Jugend*. Ja, schlank wie sie war, würde Sofieke in jedes der gezeigten Modelle passen. Vielleicht Nummer 25, das mit der großen Schleife? *Man benötigt 3,25 m Stoff von 90 cm Breite.* Das war nicht allzu viel. *Schnittmuster aller gezeigten Modelle sind in den Größen 38 bis einschließlich 46 für das Alter von 14 bis 18 Jahren erhältlich.* Ja, vielleicht würde sie sich den Schnittmusterbogen besorgen. Sie stellte sich vor, wie sie an der Nähmaschine saß und nähte. Ein schöner Gedanke. Aber vielleicht doch nur ein Traum.

Was gab es noch? Ein Rezept für kalte Kirschsuppe. Ah, ja, die brauchte man für das Sonntagsmahl. Vorweg die Suppe, dann Rindfleisch mit grünen Erbsen und Kartoffeln, und zum Nachtisch Karamellpudding. Hm. Der Pudding würde wegfallen. Die Kirschsuppe auch. Sofieke hatte keine eingemachten Kirschen. Und das Rindfleisch? Konnte sie sich das noch leisten? Sie überprüfte ihre Marken. Ja, das ginge noch. Aber das wäre schon ein Luxus. Später, wenn Frieden war, würde sie all diese Dinge kochen. Für Gerhard und für Sara und für all die anderen Kinder, die sie haben würden. Wenn nur erst einmal Frieden war.

Donnerstag, 25. Februar 1943

Schreieder stand kurz vor dem Ziel. Jetzt ging es nur noch darum, die Festnahme der Vorrink-Gruppe geschickt vorzubereiten. Es kam darauf an, dass es in London nicht allzu viel Aufsehen erregte, wenn es in Holland plötzlich zu solch einer Welle von Festnahmen kam. Immerhin würden sowohl die führenden Politiker aus dem *Nationaal Comité* als auch die aktiven Widerstandskämpfer aus der direkten Umgebung von Vorrink, unter anderem die Familie Van Looi, innerhalb weniger Tage festgenommen werden. Und bis jetzt hatte er stets optimistische Berichte nach London geschickt. Eine plötzliche Katastrophe würde zwangsläufig Verdacht erregen.

Der Zufall wollte es, dass ein Kriminalrat vom Referat *Allgemeiner Widerstand* beabsichtigte, eine Anzahl wichtiger Mitglieder aus dem *Ordedienst* festzunehmen. Das war die Gelegenheit! Schreieder ließ über eine der Funklinien aus dem England-Spiel telegrafieren, dass Vorrink in Gefahr sei. Er stünde in zu engem Kontakt mit dem *Ordedienst,* und eventuelle Festnahmen im Bereich dieser Organisation könnten leicht Folgen haben für den Leiter des *Nationaal Comité.* Mitte März schlug

Schreieders SD-Kollege zu; die Warnung an London hatte sich offenbar bewahrheitet. Nun würde London mit Sicherheit davon ausgehen, dass die Festnahme von Vorrink und seinen Leuten mit seinen Kontakten zum *Ordedienst* zusammenhing.

Richard Christmann suchte Giskes auf. »Ich wollte mit dir noch einmal über unsere Fluchtroute über die Pyrenäen reden«, sagte er. Schreieder hatte ihn gedrängt: Gerhard musste weg, und zwar so schnell wie möglich. Die Lage wurde allmählich kritisch. Anton hatte bei seinen Gesprächen mit Vorrink und Van Looi zu viele Dinge erzählt, von denen Gerhard wusste, dass sie nicht stimmen konnten. Wenn Sofieke mit ihm in Kontakt trat, bestand die Gefahr, dass der Schwindel aufflog.

Giskes hatte seine Meinung geändert. »Das schaffen wir nicht«, sagte er. »Ja, ich weiß, darüber haben wir vor ein paar Wochen geredet, aber das ist unrealistisch. Wir können keine eigene Fluchtroute nach Spanien aufbauen.«

»Das ist auch nicht nötig. Wir klinken uns in eine existierende Organisation ein. Ich kenne da einen gewissen George Levin in Lyon ...«

»Die Einzelheiten will ich gar nicht wissen«, sagte Giskes. »Haben wir denn einen Piloten, den wir nach Spanien bringen können?«

Christmann nickte. Der Mann hieß John Kennard Hurst. Er war der einzige Überlebende eines bei Eerde abgeschossenen Bombers. Da er schwer verletzt war, konnte er unmöglich sofort in Richtung Spanien in Marsch gesetzt werden. Das gab Richard die Möglichkeit, die Flucht dieses Mannes in aller Ruhe vorzubereiten.

»Kann Gerhard eigentlich Französisch?«, fragte Giskes.

»Er hat in der Schule ein paar Jahre Französisch gehabt.«

»Ich bitte dich!«

»Nein, das reicht natürlich nicht aus. Ich muss mit ihm zusammen nach Paris fahren.«

Giskes hob die Augenbrauen. Er wusste, dass Richard Christmann eine besondere Beziehung zu Paris hatte. Er pflegte nicht nur Kontakte zu diversen Schwarzhändlern und zu dem berüchtigten Zuhälter »Gegène laTerreur«, sondern er war obendrein Miteigentümer zweier Striptease-Lokale in bester Lage. Dass er mit einer Französin verheiratet war, wussten die wenigsten.

»Rein dienstlich«, behauptete Richard Christmann.

Giskes wusste, dass das gelogen war. Aber das war egal. Er fragte: »Wann kann es losgehen?«

»Ein paar Wochen dauert es noch, bis der Mann wieder soweit hergestellt ist, dass er den Weg über die Pyrenäen schafft.«

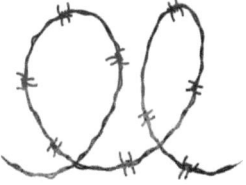

Sonntag, 28. Februar 1943

»Herr Direktor«, sagte De Wilde. »Ich habe gute Nachrichten für Sie. England hat endlich zugestimmt. Wir waren uns zunächst uneinig darüber, welchen Weg Sie am besten benutzen sollten. Ich hatte für den Landweg plädiert, über Belgien, Frankreich und dann über die Pyrenäen nach Spanien. Das ist ein sehr sicherer Weg, aber er dauert auch sehr lange.«

»Ich muss so schnell wie möglich nach England«, warf Van Tijen ein. »Vielleicht per Schiff? Es müsste doch möglich sein, irgendeinen Fischer aufzutreiben ...«

De Wilde schüttelte den Kopf. »Zu gefährlich. Seitdem die Deutschen angefangen haben, ihren Atlantikwall auszubauen, sind die Kontrollen einfach zu stark geworden. Früher haben die Engländer manchmal Leute mit Schnellbooten abgeholt, aber das geht heute auch nicht mehr. Nein, London wird Sie mit einem Flugzeug abholen.«

»Mit einem Flugzeug?« Im Geiste überschlug der Direktor die verschiedenen Möglichkeiten.

»Ja, mit einem Wasserflugzeug«, erläuterte de Wilde. »Es gibt ja viel Wasser hier in den Niederlanden. Das Flugzeug soll in der Abenddämmerung auf dem

IJsselmeer landen. In der Nähe von Hoorn. Das ist die Ecke, die sich am besten gegen unliebsame Überraschungen absichern lässt.«

Van Tijen nickte. Hoorn lag auf einer Halbinsel, dem Hoornse Hop, die weit in das IJsselmeer hineinragte. Es lag auf der Hand, dass man hier relativ wenige Leute brauchte, um alle Zuwege unter Kontrolle zu halten.

»Die Engländer haben noch einmal betont, wie wichtig es ist, dass Sie wohlbehalten drüben ankommen. Selbstverständlich wird die ganze Aktion durch Jagdflugzeuge der Royal Air Force gesichert. Der Platz, an dem das Wasserflugzeug Sie aufnehmen soll, wird durch geheime Signale mit ultraviolettem Licht gekennzeichnet, die niemand außer dem englischen Piloten sehen kann.«

»Das klingt gut.« Van Tijen war beeindruckt.

»Bis der Flug stattfinden kann, haben wir noch ungefähr eine Woche Zeit. Dann ist Neumond, das wollen wir ausnutzen. Ich schlage vor, dass Sie in der verbleibenden Zeit so viele geheime Berichte einsammeln, wie Sie bekommen können. Die können Sie dann direkt mit nach England nehmen. Das ist auf jeden Fall wesentlich besser, als den ganzen Kram per Funk durchzugeben oder, wenn es sich um längere Berichte oder Landkarten handelt, alles auf dem Umweg über das neutrale Ausland per Post nach England zu schicken.«

»Ich werde mein Möglichstes tun«, versprach Van Tijen. Er zögerte einen Moment, dann sagte er: »Da ist noch eine Sache, die mir am Herzen liegt. Wir müssen etwas unternehmen, um die geheimen Unterlagen zu schützen. Ja, ich weiß, es ist alles bestens vorbereitet. Aber wenn nun doch etwas schiefgeht, und wenn ich wirklich verhaftet werden sollte, dann muss das belastende Material vernichtet werden. Ich möchte eine Bombe in meinem Koffer haben, die ich auf Knopfdruck zünden kann.«

»Es wird nichts schiefgehen«, versprach De Wilde. »Aber Sie haben Recht, wir müssen auf Nummer sicher gehen. Ich werde Ihnen die entsprechende Bombe in den Koffer einbauen. Ich bin ja schließlich Ingenieur, ich kann das. Eine Sprenghandgranate. Die lässt sich leicht mechanisch zünden, und die wird ganz sicher alle Papiere zerfetzen. – Sie allerdings auch.«

MÄRZ 1943

Montag, 1. März 1943

Major Giskes hatte Schreieder in sein Zimmer gebeten. »Wir haben ein neues Problem«, sagte er. Vor ihm auf dem Schreibtisch lagen die entschlüsselten Texte der letzten Funksprüche aus England. SOE hatte über drei der noch existierenden Funklinien inhaltlich identische Aufträge geschickt.

Der Hauptsturmführer nahm die Zettel zur Hand und studierte sie sorgfältig. »Damit habe ich gerechnet«, sagte er. In allen drei Funksprüchen wurden die Empfänger aufgefordert, Attentate auf führende Mitglieder der NSB oder andere wichtige Kollaborateure vorzubereiten. Eine Liste der in Frage kommenden Personen sollte nachgereicht werden.

»Wie reagieren wir?«, fragte Giskes.

»Hinhaltend«, erwiderte Schreieder.

»Ja, natürlich, aber das bringt uns doch im besten Fall einen Zeitgewinn von wenigen Tagen.«

»Jeder Zeitgewinn ist wichtig«, sagte Schreieder. Es wäre sehr unglücklich, London ausgerechnet jetzt zu brüskieren, wo die Aktion gegen das *Nationaal Comité* noch nicht abgeschlossen war. »Ich schlage vor, dass wir auf jede dieser Anfragen etwas unterschiedlich antworten. In zwei Fällen können wir die Durchführung ablehnen, weil wir planmäßige Meuchelmorde nicht mit unserem Gewissen vereinbaren können oder weil wir befürchten, einen maßlosen Gegenterror auszulösen, was ja tatsächlich der Fall wäre. Aber über einen der Sender müssen wir Zustimmung signalisieren, sonst werden wir unglaubwürdig. Über diese Funklinie schreiben wir sinngemäß: ›Auftrag wahrscheinlich durchführbar. Zeitpunkt der Durchführung ist abhängig davon, um wen es sich handelt. Schickt Namensliste, damit wir die Vorbereitung einleiten können.‹ Das klingt einerseits sehr konkret, gibt uns andererseits aber genügend Spiel, um die endgültige Entscheidung um einige Wochen oder Monate hinauszuzögern.«

»Dieser verdammte Kastein!«, brummte Giskes. »Wenn der nicht mit seinen kommunistischen Studenten angefangen hätte, hochrangige NSB-Mitglieder zu liquidieren, dann wäre uns das jetzt erspart geblieben!«

»Da bin ich mir nicht so sicher«, erwiderte Schreieder. Irgendwann hätten die Engländer sowieso diesen Plan wieder aufgegriffen. Sie hatten ja nicht ohne Grund Pistolen mit Schalldämpfern geliefert. Und nun zeigte sich, dass diese Spezialwaffen genau für die Teams abgeworfen worden waren, die jetzt die Mordaufträge bekommen hatten.

Sonnabend, 6. März 1943

Die Präzisierung der Mordaufträge ließ nicht lange auf sich warten. Knapp eine Woche später hatte Giskes die Liste der Todeskandidaten in den Händen. Sie lautete:

Rost van Tonningen,
Präsident der *Nederlandsche Bank*
Cornelis van Geelkerken,
Generalinspektor der *Nederlandsche Landwacht*
Ernst Voorhoeve,
Propagandaleiter der NSB
Carolus Huygen,
Generalsekretär der NSB
Hendrik Woudenberg,
Führer der niederländischen Arbeitsfront
De Jager,
Distriktsleiter der NSB der Provinz Drente
Henk Feldmeijer,
Gründer der germanischen SS
Arie Zondervan,
Chef der Wehrabteilung der NSB

»Eine hübsche Auswahl«, stellte Schreieder fest. »Interessant übrigens, wer auf der Liste fehlt!«

Ja, das war Giskes auch sofort aufgefallen. »Mussert, der Leiter der NSB. Den halten sie offenbar für so unbedeutend, dass er keinen Schuss Pulver wert ist.«

»Er ist keinen Schuss Pulver wert«, bestätigte Schreieder.

An diesem Tag, vier Tage vor der geplanten Abreise, bekam Van Tijen überraschend Besuch durch *Jonkheer* Pieter Six, den neuen Stabschef des *Ordedienst.* Der Offizier kam direkt zur Sache: »Ich habe gehört, dass Sie demnächst eine größere Reise unternehmen werden.«

Van Tijen nickte. Inzwischen wussten viel zu viele Leute, dass er sich auf den Abflug nach England vorbereitete. Das behagte ihm nicht. Natürlich mussten die verschiedenen Widerstandsgruppen miteinander kommunizieren und ihre Aktionen aufeinander abstimmen, aber dabei sollte doch ein Mindestmaß an Geheimhaltung gewahrt werden.

»Wahrscheinlich haben Sie schon sehr viele Unterlagen bekommen, die Sie nach drüben mitnehmen sollen.«

Ja, das stimmte. Die Berichte für die Regierung in London behandelten unter anderem die Judenverfolgung, deutsche Flakstellungen und Radarstationen sowie Pläne der Limburger Schleusen, die als geeignete Ziele für eine Bombardierung angesehen wurden. Hinzu kamen Lagepläne von Fabriken, Berichte über die politische Situation in den Niederlanden, illegale Zeitungen und ein langes Schreiben von Vorrink an die Königin.

»Das habe ich mir gedacht«, sagte Six. »Es ist lobenswert, welche Mühe und Gefahr Vorrink auf sich nimmt, um all diese Dinge zu organisieren. Dennoch halte ich es für wichtig, dass die Exilregierung in London nicht nur aus sozialdemokratischer Sicht über die Lage hier in den Niederlanden informiert wird. Auch die militärische Einschätzung der Situation dürfte von Bedeutung sein.«

»Wir haben auch über die militärische Situation gesprochen«, sagte Van Tijen. »Und Koos Vorrink ist lang und breit auf die Lage eingegangen. Sie kennen ihn ja.«

»Ja, ich kenne ihn. Er ist ein Freund vieler Worte. Aber lange Texte sind nicht immer der richtige Weg, um wichtige Informationen zu übermitteln. Deshalb habe ich aus militärischer Sicht die wesentlichsten Punkte zusammengefasst in einem Brief, der direkt an die Königin gehen sollte.«

»Den nehme ich selbstverständlich gern für Sie mit«, sagte Van Tijen.

»Es liegt mir sehr am Herzen, dass dieser Brief unmittelbar zugestellt wird«, erwiderte Pieter Six.

»Sie können sich auf mich verlassen. Die Dinge, die für unsere Königin bestimmt sind, werde ich ihr persönlich aushändigen, und die Mitteilungen, die für die Exilregierung gedacht sind, bekommt Professor Gerbrandy ebenfalls direkt ausgehändigt. Sie wissen ja wahrscheinlich, dass sein Neffe bei uns im Widerstand aktiv ist.«

Pieter Six starrte sein Gegenüber entgeistert an. »Der Neffe von Professor Gerbrandy?«

»Ja. Anton de Wilde. Er ist sehr aktiv und äußerst erfolgreich. Ihm ist es zu verdanken, dass wir eine direkte Funkverbindung mit London bekommen haben, und ohne seine Mithilfe wäre überhaupt nicht daran zu denken gewesen, dass ich jetzt von der Royal Air Force abgeholt werde. – Ist irgendetwas?«

»Vielleicht ist es nur ein Gerücht«, murmelte Six, »aber vielleicht ist es auch wahr: In den Kreisen, zu denen ich Kontakt habe, heißt es, der angebliche Neffe von Professor Gerbrandy sei in Wirklichkeit ein Verräter.«

»Das halte ich für ausgeschlossen«, erwiderte Van Tijen fest. »Der Mann ist über jeden Zweifel erhaben.«

Pieter Six runzelte die Stirn. »Das klingt alles schön und gut«, sagte er, »aber ich würde vorsichtig sein. Wie sieht dieser Mann denn aus?«

Van Tijen beschrieb De Wilde, so gut er konnte.

»Also jedenfalls nicht wie Professor Gerbrandy«, stellte Six fest. Aber das war natürlich auch nicht zu erwarten. Pieter Sjoerds Gerbrandy war 58 Jahre alt, ein kleiner Mann mit auffällig großen Augen, einer Glatze und einem Walrossbart.

Van Tijen dachte bei De Wilde in der Tat in erster Linie an seine Augen. Der Mann hatte Hundeaugen, fand er.

»Ich werde mich erkundigen«, versprach Six. »Ich bitte Sie inständig, lassen Sie sich auf keinerlei Abenteuer ein. Wenn der Mann, vor dem man mich gewarnt hat, so aussieht wie der, den Sie mir beschrieben haben, dann ist äußerste Vorsicht angesagt. Dann sollten Sie auf keinen Fall mit ihm nach England fahren. Dann sollten Sie ihn erschießen.«

»Die Zeit drängt«, gab Van Tijen zu bedenken.

»Sicherheit geht vor.«

»Ja, natürlich.«

»Ich melde mich so schnell wie möglich«, versprach Pieter Six.

Montag, 8. März 1943

Zwei Tage später rief Pieter Six an: Gerbrandy hatte wirklich einen Neffen, und der Schwindler, vor dem er gewarnt worden war, sah anders aus als Anton de Wilde. Van Tijen war dennoch beunruhigt. Noch am selben Tag suchte er De Wilde auf, der bei Van Looi übernachtete. Er hatte eine Pistole in der Tasche, und er war bereit, die Waffe einzusetzen. Als er De Wilde sah, sprach er ihn direkt an:

»Jemand hat mir erzählt, dass der angebliche Neffe von Gerbrandy ein Verräter ist!«

Van Tijen sah, dass De Wilde schlagartig erbleichte. Er griff nach seiner Waffe.

»Woher stammt diese Information?«, fragte Sofieke.

Das wusste Van Tijen nicht.

»Jedenfalls nicht aus England«, stellte Sofieke fest. Niemand hatte eine Telefonverbindung nach England.

Auch De Wilde hatte sich im nächsten Moment wieder gefasst. Er sagte: »Das habe ich befürchtet. Die Deutschen sind hinter unsere Reisepläne gekommen, und jetzt tun sie alles, um die Überfahrt zu verhindern. Sie wollen mich verdächtig machen. Sie verbreiten falsche Angaben über mich.«

Der Fokker-Direktor wusste nicht, was er davon halten sollte. Er blickte von einem zum anderen.

De Wilde war erleichtert. Offenbar wusste niemand, dass der wirkliche Neffe des Premierministers im Dezember 1941 verhaftet worden war und jetzt in Amersfoort im Gefängnis saß.

Frau Van Looi ergriff das Wort. »Was Anton sagt, scheint mir eine vernünftige Erklärung.«

Levinus van Looi pflichtete ihr bei. »Die Deutschen arbeiten mit allen Tricks«, sagte er. »Manchmal weiß man wirklich nicht, was man noch glauben soll. Aber ich denke, unser Freund Anton hat uns in den letzten Monaten sehr eindrucksvoll demonstriert, auf welcher Seite er steht.«

Sofieke fasste sich ein Herz und sagte: »Die Nachricht, dass der Herr Direktor per Wasserflugzeug abgeholt werden soll, die ist über den Sender gekommen, den Anton de Wilde benutzt, um mit London zu korrespondieren. Wie wäre es, wenn Sie diese Nachricht noch einmal über unseren eigenen Funkkontakt mit London bestätigen lassen? Dann wären doch wirklich alle Zweifel ausgeräumt.«

Anton lächelte. »Hast du denn auch Zweifel an meiner Integrität?«, fragte er.

Sofieke schüttelte den Kopf. »Ob ich Zweifel habe oder nicht, darum geht es überhaupt nicht. Es geht darum, dass der Herr Direktor sich ganz sicher sein muss, dass er diese Reise gefahrlos antreten kann.«

De Wilde nickte. »Dann machen wir das so«, sagte er.

Also war Anton de Wilde in Ordnung. Sofieke überlegte. Oder hatte sie einen Fehler gemacht? Nein, hatte sie nicht. Das Funkgerät, über das Vorrink verfügte, stand aus Sicherheitsgründen zwar nicht in seinem eigenen Haus, sondern war in Amsterdam. Wolters, der Funker, war Niederländer. Er hatte seit langer Zeit für den Widerstand gearbeitet, und an seiner Integrität gab es keinen Zweifel. Wenn Wolters die entsprechende Nachricht aus London bekam, konnte Van Tijen ohne Bedenken reisen.

»Ich muss weg«, sagte Anton de Wilde. »Tut mir leid, aber die Pflicht ruft. Ich muss noch ein paar Vorbereitungen treffen, damit das mit dem Flug wirklich klappt.«

»Wollen Sie nicht wenigstens zum Abendbrot ...?«, fragte Frau Van Looi.

De Wilde schüttelte den Kopf. »Bedaure. Die Pflicht ruft.« Er warf die Pistole in die Aktentasche, winkte allen mit einer großartigen Bewegung zum Abschied zu, und schon war er verschwunden.

Anton de Wilde tanzte auf mehreren Hochzeiten zugleich. Inzwischen hatte er zu einer Gruppe von Studenten aus Delft Kontakt aufgenommen, die schon einmal ein Eisenbahngleis und ein deutsches Schiff in die Luft gesprengt hatte. Die Gruppe stand unter der Leitung des Chemiestudenten Willem Pahud de Mortanges. Die Verbindung war hergestellt. Jetzt ging es ans Eingemachte.

»Wie habt ihr das gemacht«, wollte Anton wissen, »eure Sprengstoffanschläge.«

»Mit Nitroglyzerin.«

»Und wo habt ihr das her?«

»Selbst gemacht. Wir sind ja schließlich Chemiker. Nitroglyzerin wird durch die Veresterung der Hydroxyl-Gruppen einer Mischung von wasserfreiem Glyzerin mit Schwefelsäure und Salpetersäure hergestellt. Das können wir im Labor machen.«

Anton runzelte die Stirn. »Nitroglyzerin ist gefährlich«, sagte er. Er war zwar kein Chemiker, aber so viel wusste er immerhin.

»Ja, natürlich. Es kommt schon mal vor, dass es zu früh explodiert. Aber gefährlich oder nicht – wir haben nichts Besseres«, antwortete Pahud.

»Ihr solltet kein Nitroglyzerin verwenden«, bekräftigte Anton. »Das ist glatter Selbstmord, was ihr macht. Ich habe Kontakte zum englischen Geheimdienst, ich kann euch wesentlich besseren Sprengstoff besorgen.«

»Was denn?«

»Trotyl.«

»Trotyl? Was soll das sein?«

»Ihr kennt es wahrscheinlich unter dem Namen Trinitrotoluol oder TNT. Es ist wesentlich sicherer in der Handhabung als Nitroglyzerin. Es ist im Gegensatz zum Nitroglyzerin nicht schockempfindlich und nicht wasserlöslich. Das ist logischerweise von Vorteil, wenn man ein Schiff versenken will. TNT ist extrem sicher in der Handhabung. Es explodiert nicht von selbst, sondern wird durch einen Booster gezündet.«

Pahud war skeptisch. »Damit haben wir noch nie gearbeitet.«

»Es ist ganz einfach«, sagte Anton. »Ich kann es euch zeigen. Wenn ihr wollt, können wir zusammen einen deutschen Minensucher in die Luft sprengen.«

Pahud de Mortanges zögerte.

Anton de Wilde fasste nach. »Ich besorge euch das Zeug. Im Gegensatz zum Nitroglyzerin braucht man es einfach nur außen an den Schiffsrumpf zu heften. Das ist überhaupt kein Problem.«

»Also gut«, sagte Pahud. »Wir haben gerade gehört dass jetzt in Alblasserdam vier Minensucher der Kriegsmarine zur Reparatur liegen. Diese Schiffe würden wir gern in die Luft jagen.«

»Das verstehe ich«, sagte Anton. Er verstand es meisterhaft, sich seinen Gesprächspartnern anzupassen. In den Gesprächen mit Pahud de Mortanges und seinen Freunden, die zehn Jahre jünger waren als er, trat er als ruhiger Routinier auf, der sich gnädigerweise dazu herabließ, ihnen sein Wissen mitzuteilen. Seine Kenntnisse von Chemie und Technik wurden ebensowenig in Zweifel gezogen wie seine guten Absichten.

Anton de Wilde war allerdings diesmal etwas über das Ziel hinausgeschossen. Sehr zum Ärger von Schreieder hatte er mit Pahud abgesprochen, am 9. März gegen 9:00 Uhr abends – unmittelbar vor Einsetzen der Sperrstunde also – einen Minensucher in die Luft zu jagen, mithilfe von Material, das er persönlich bereitstellen würde. Pahud sollte das Zeug in Empfang nehmen und unter seinen Sabotagefreunden verteilen. Schreieder war fassungslos.

»Am 9. März? Das ist morgen!«

»Ja, das ist morgen.«

»Und dann?«, fragte Schreieder. »Dann fliegt der Minensucher in die Luft. Das kann doch nicht unsere Absicht sein, oder?«

»Natürlich nicht. Ich habe mir gedacht, dass Sie Pahud bei dieser Gelegenheit festnehmen«, erwiderte De Wilde.

»Mein lieber Anton«, sagte der Kriminalrat entrüstet, »was soll ich mit dem Anführer, wenn der Rest der Gruppe hinterher fröhlich weitermacht? Ich brauche alle. Die ganze Gruppe!«

Anton zuckte mit den Achseln. Die ganze Gruppe festzunehmen konnte doch nicht wesentlich schwieriger sein, als nur den Pahud zu verhaften.

Schreieder seufzte. Er kam sich inzwischen vor wie ein Schachspieler, der viele Partien gleichzeitig spielte. Nur dass diese Spiele gefährlich waren. »Also gut«, sagte er, »wir machen das folgendermaßen. Sie teilen Pahud mit, dass der Sprengstoff zu viel und zu schwer ist, als dass man ihn zu zweit wegschaffen könnte. Jeder aus der Gruppe muss beim Tragen mithelfen.«

Während Anton erneut mit Pahud in Kontakt trat und ihm die geänderte Lage mitteilte, musste der Kriminaldirektor in aller Eile ein geeignetes Haus für die Verhaftung finden. Die Wahl fiel auf ein Gebäude am Heemraadssingel in Rotterdam, ein leerstehendes altes Herrenhaus mit Marmorfußboden, zahlreichen Zimmern und einer Suite mit Schiebetüren. Im Hinterzimmer ließ er große Mengen englischen Sabotagematerials deponieren. Um zu verhindern, dass De Wilde bei seiner Vorführung einen Fehler machte und womöglich das Haus in die Luft jagte, kriegte er einige Stunden Unterricht im Umgang mit Sprengstoffen durch einen SD-Spezialisten. Die Geschichte durfte auf keinen Fall schiefgehen. Wenn es dem V-Mann nicht gelingen würde, die Studenten in das Haus

zu locken, kämen sie in große Schwierigkeiten. Schreieder erinnerte sich nur zu gut daran, dass Anton dem
Kommunisten Kastein den Revolver geliefert hatte, mit
dem er einen Mord begangen hatte. Wenn er diesmal am
Ende Pahud mit Sprengstoff versorgte, wären die Folgen
noch gravierender.

Dienstag, 9. März 1943

Während sich eine Gruppe von SD-Leuten am Nachmittag im ersten und zweiten Stock des Hauses versteckte, ging Anton de Wilde in das Café, in dem er sich mit Pahud verabredet hatte. Nach einer Stunde kam er zusammen mit dem Studenten zurück. Pahud trug ein Köfferchen bei sich. Der Polizist, der im ersten Stock hinter dem Fenster saß, sah, wie sie die Straße überquerten. Sie kamen nach drinnen, unterhielten sich laut, während sie ihre Jacken auszogen. Dann begaben sie sich in das Hinterzimmer, wo die lebensgefährlichen Explosivstoffe lagerten. Pahud machte große Augen. Schreieder hatte an Magnetminen, Sprengstoffen und Zündern heranschaffen lassen, was die Engländer ihm geliefert hatten. De Wilde schwärmte die ganze Zeit von den Eigenschaften der besorgten Sprengstoffe, und sein Opfer war hellauf begeistert.

Zwei Stunden später verließen sie das Haus wieder. Noch am selben Abend sollte der Anschlag auf die Minensucher ausgeführt werden.

Zwischendurch gab es allerdings eine Sondervorstellung. Anton hatte Sofieke, Nelly und Van Tijen zur Besichtigung eingeladen. Während sich die überraschten

Polizisten im oberen Stockwerk so ruhig wie möglich verhielten, präsentierte Anton zum zweiten Mal die Sprengstoffe, die er besorgt hatte – für den *Plan voor Holland* natürlich.

Ab 19:00 Uhr sollten Pahud und seine Freunde in Gruppen zum Heemraadssingel kommen. Nun berichtete Anton plötzlich dem wartenden Schreieder, dass Pahud nicht damit einverstanden war, dass sie jeweils nur zu zweit kommen sollten. Er bestand darauf, dass sie in Dreiergruppen kamen. Es sei schließlich Eile geboten, denn die Sperrstunde würde ja um 21:00 Uhr beginnen.

»Verdammter Mist!«, schimpfte Schreieder. »Ich habe doch eindeutig gesagt ...«

»Das verstehe ich nicht«, unterbrach ihn Anton. »Warum wollen Sie denn, dass sie zu zweit und nicht zu dritt kommen?«

»Weil der Flur viel zu eng ist, als dass man drei Leute gleichzeitig unschädlich machen kann«, antwortete Schreieder. »Ich will nicht, dass es am Ende noch zu einer Schießerei kommt.« Aber jetzt war es zu spät, noch irgendetwas Grundlegendes zu ändern.

Das erste Opfer, der Chemiestudent, der eine Woche zuvor den Kontakt zwischen De Wilde und Pahud hergestellt hatte, kam allerdings allein. Anton, der sich ihm als ›englischer Agent‹ vorgestellt hatte, hatte ihn aufgefordet so viele illegale Flugblätter mitzubringen, wie er tragen konnte. Anton hatte behauptet, er würde in Kürze nach London fliegen, und er wollte möglichst viele Schriften aus dem Widerstand für die Exilregierung in England mitnehmen.

Der Student war in der Gruppe von Pahud de Mortanges nur eine Randfigur. Er hatte sich an den Sabotage-Aktionen nicht beteiligt. De Wilde hatte ihm eine Waffe angeboten; Der Mann hatte abgelehnt. Die Flugblätter sollten aber ausreichen, ihn vom Kriegsgericht wegen Feindbegünstigung zu mindestens zehn Jahren Gefängnis verurteilen zu lassen. Der Kriminalrat wollte nicht, dass jemand, der so viel wusste, am Ende auf freien Fuß gesetzt wurde. Gut so, dachte Schreieder. Der Rest der Sabotagegruppe würde selbstverständlich zum Tode verurteilt werden.

Der Student kam mit dem Zug aus Delft. Anton holte ihn vom Bahnhof ab. Er öffnete ihm die Haustür und ließ ihn als ersten nach drinnen gehen. Sobald der Student die Tür zur Eingangshalle passiert hatte, gab De Wilde ihm von hinten einen Schubs. Der Mann fiel vornüber – regelrecht in die Arme von Nico Johannsen. Der Student wurde niedergeschlagen, mit Füßen getreten, anschließend auf Waffenbesitz untersucht und mit nach oben genommen. Dann lag er im dritten Stock auf dem Fußboden, an Händen und Füßen gefesselt, einen Knebel im Mund, und musste abwarten, was weiter geschah.

Für Schreieder war dies der einfachste Teil der Aktion. Nun wurde es schwieriger. Jetzt würde gleich die erste Dreiergruppe kommen. Die drei Studenten wurden durch Van der Waals hereingelassen. Einer der jungen Männer war Pahud de Mortanges. Die drei zogen ihre Jacken aus und gingen mit Anton in die Empfangshalle. Alle Schiebetüren waren geschlossen.

De Wilde teilte englische Zigaretten aus. »Wie wäre es mit einer Tasse Tee?«, fragte er.

Die Studenten hatten nichts dagegen. Anton öffnete die Schiebetüren und lief nach hinten. Aber es war nicht De Wilde, der mit dem Tablett und den Teetassen zurückkam, sondern Nico Johannsen – ein Mann, der wenig Worte machte, aber dafür kräftig zuschlug. Er begrüßte die Anwesenden so gut er konnte auf Niederländisch, setzte das Tablett mit den Tassen auf dem Tisch ab und warf sich auf den ihm am nächsten stehenden Studenten. Im selben Moment stürmte der Rest des Festnahmekommandos herein. Es gab einen heftigen Kampf, das Teeservice ging zu Bruch, aber die Studenten waren schnell überwältigt, und wenig später lagen auch sie gefesselt und geknebelt im dritten Stock.

Nun sollte die letzte Gruppe kommen. Aber die letzte Gruppe kam nicht.

Schreieder sah auf die Uhr. »Anton, was ist da los?«

De Wilde zuckte mit den Achseln. »Vielleicht haben sie etwas missverstanden«, sagte er. »Vielleicht warten sie bei der Telefonzelle um die Ecke.«

»Dann sehen Sie gefälligst nach!«

Anton lief los. Schreieder staffierte seine SD-Beamten indessen in aller Eile mit den Jacken und Hüten der Festgenommenen aus. Wenn die anderen wirklich bei der Telefonzelle warteten, würde er sie dort festnehmen lassen. Wichtig war, dass seine Mannschaft so wenig wie möglich auffiel.

Anton kam zurück. Nur ein Student wartete bei der Telefonzelle. Ein anderer war nicht erschienen; sein Vater hatte offenbar Wind von der Geschichte gekriegt und ihn zu Hause behalten. Der dritte Student, Paul Josso, kam mit dem Fahrrad gerade in dem Moment, als auch Schreieders Leute bei der Telefonzelle eintrafen.

»Da sind die beiden!«, rief Anton.

Wieder kam es zu einem Handgemenge, aber diesmal ging einiges schief. Josso bekam einen Schlag mit dem Gummiknüppel ab, aber nicht hart genug. Er schmiss dem SD-Mann sein Fahrrad vor die Brust und rannte davon. Die SD-Leute eilten hinter ihm her. Ein Polizist schoss, aber er traf in dem Durcheinander einen seiner Kollegen. Auch Josso hatte inzwischen seine Pistole gezogen und schoss zurück. Die Polizisten brachen daraufhin die Verfolgung ab. Josso rannte zum Bahnhof. Dort stand ein abfahrbereiter Zug in Richtung Amsterdam; er sprang hinein. Er war erst einmal in Sicherheit. Zwanzig Minuten später war er in seiner Wohnung in Delft. Er goss die noch vorhandenen Flaschen Nitroglyzerin vorsichtig ins Klo, dann weihte er seine Vermieterin ein.

Gegen Mitternacht stand ein Kommando des SD vor der Haustür. Während die Vermieterin langsam und umständlich die Tür öffnete, entwischte Paul Josso durch die Hintertür und durch den Garten.

Schreieder gab sofort den Auftrag, den geflüchteten Studenten aufzuspüren. Als das erledigt war, rief er in Driebergen an und ließ sich mit Richard Christmann verbinden. »Wie weit sind Sie«, fragte er.

»Noch immer nicht bereit«, antwortete Christmann. »Unser Mann kann wieder gehen, aber das reicht natürlich nicht aus, um über die Berge zu kommen ...«

»Es ist mir egal, ob er über die Berge kommt oder nicht«, fiel ihm Schreieder ins Wort. »Gerhard Prange muss weg, das ist die Hauptsache!«

»Ich kümmere mich darum«, versprach Christmann. Er würde Gerhard unter irgendeinem Vorwand nach Paris vorausschicken müssen.

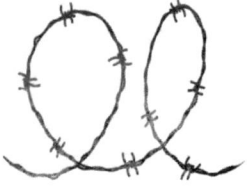

Mittwoch, 10. März 1943

Die Ankunft des Wasserflugzeugs wurde angekündigt. Über das Funkgerät von Wolters kam die Bestätigung, dass alles in Ordnung sei. De Wilde und Van Tijen würden sich am Bahnhof Zaandam treffen und von dort den Zug nach Hoorn nehmen.

Van Tijen war pünktlich. Er hatte den Koffer bei sich, der die vielen Spionageberichte und Briefe enthielt. De Wilde wartete schon auf ihn.

»Alles dabei?«, fragte er.

Van Tijen nickte.

»Ich muss noch mal eben telefonieren«, behauptete De Wilde.

»Wir werden den Zug verpassen!«, sorgte sich Van Tijen.

»Ach, das macht nichts. Wir haben Zeit genug. Wir können auch den nächsten nehmen. – Warten Sie eben hier«, sagte De Wilde und ging fort.

In Erwartung seiner Rückkehr schlenderte Van Tijen vor dem Bahnhof auf und ab. Etwas entfernt stand Schreieder in Zivil. Als er seinen V-Mann entdeckte, zog er den Hut, nicht um den Mann zu begrüßen, sondern um dem

Chauffeur des bereitstehenden SD-Autos ein Zeichen zu geben. Dieser fuhr direkt los und kam mit quietschenden Reifen unmittelbar vor Van Tijen zu stehen.

Eine Falle! Noch bevor die SD-Männer ihn packen konnten, hatte Van Tijen den Auslöser gedrückt – aber nichts geschah. Keine Bombe zerriss den Koffer und die belastenden Papiere. In dem Moment begriff Jacob van Tijen, dass er hereingelegt worden war. Du Narr, dachte er, warum hast du die Warnungen nicht ernst genommen? Schon hatten die Polizisten ihn in ihr Auto verfrachtet.

Der Fokker-Direktor hatte jedoch doppelt vorgesorgt. Ihm war bewusst, dass die Gestapo jeden zum Reden bringen konnte. Ihn nicht. Er würde sich gar nicht erst verhören lassen. Er war bei seiner Festnahme nicht durchsucht worden. Er warf einen raschen Blick auf seinen Nebenmann. Der achtete nur auf den Verkehr. Van Tijen zog seine Pistole und setzte sie sich an den Kopf. Er war zu langsam. Schreieders Mitarbeiter schlug ihm die Waffe aus der Hand, bevor er abdrücken konnte.

»Teufel auch!«, sagte Nico Johannsen.

Aber Van Tijen war noch längst nicht am Ende. Vor dem Verhör im Binnenhof machte er einen zweiten Versuch, diesmal mit einer Giftpille. Johannsen war einen Moment lang unachtsam gewesen. Erst als Van Tijen schluckte, wurde er aufmerksam.

»Was ist das? Was haben Sie da geschluckt?«

Keine Antwort. Aber der zufriedene Gesichtsausdruck seines Gefangenen sprach Bände.

»Einen Arzt!«, rief Johannsen. »Schnell, einen Arzt!«

In der Tat gelang es dem hastig herbeigerufenen Arzt den desillusionierten Fokker-Direktor wieder ins Bewusstsein zurückzuholen.

»Willkommen zurück in der Welt der Lebenden«, sagte Johannsen. »Pech gehabt, mein Lieber! Heute ist übrigens Aschermittwoch. Wussten Sie das?«

Van Tijen wurde hinterher durch zwei junge Männer verhört, die ihm reichlich Zigaretten anboten. Zu seiner Überraschung behandelten sie ihn sehr höflich. Der eine der beiden Polizisten, er hieß Otto Haubrock, sagte: »Sie haben gespielt und das Spiel verloren.« Dem ließ sich nichts hinzufügen. Von einem Verhör im üblichen Sinne konnte eigentlich keine Rede sein: Die Deutschen wussten schon alles. Den Inhalt seines Koffers hatten sie inzwischen untersucht, die Berichte zumindest überflogen. Darüber brauchte nicht mehr diskutiert zu werden. Am Ende war es Van Tijen, der die entscheidende Frage stellte: »Warum haben Sie mich nicht gleich erschossen?« Das angehäufte Beweismaterial musste ihm mehrfach die Todesstrafe einbringen; schon allein die Pistole, die er bei sich gehabt hatte, reichte dafür aus.

Aber das schien alles keine Rolle zu spielen. »Machen Sie sich darüber keine Gedanken«, sagte Haubrock. »Leider müssen wir beim SD auf Menschen wie diesen De Wilde zurückgreifen. So ein V-Mann ist für uns nichts anderes als ein notwendiges ›Instrument‹. Ich bin mein ganzes Leben lang Polizist gewesen«, sagte er, »aber noch nie habe ich ein derartig ekelhaftes Individuum angetroffen. Ich gehe davon aus, dass die Pistole von ihm stammt. Die wird selbstverständlich aus den Prozessakten gestrichen.«

Van Tijen nickte. Ein Punkt für ihn. Die Pistole stammte nicht von Anton, die hatte er sich selbst besorgt. Vielleicht ließen ihn die Deutschen am Ende doch am Leben.

Die Festnahme von Van Tijen war für den SD eine reine Routineangelegenheit gewesen – schon wieder eine Festnahme in kürzester Zeit. Schreieder konnte zufrieden sein.

Anton trank einen Kaffee. »Den habe ich mir jetzt verdient«, sagte er.

Noch nicht, dachte Schreieder. Es gab einen Punkt, der ihn ganz entscheidend störte. De Wilde war in den letzten Tagen bei so vielen Festnahmen beteiligt gewesen, dass er möglicherweise irgendwo Verdacht erregt haben könnte. Das durfte man nicht außer Acht lassen.

Schreieder zückte sein Portemonnaie, entnahm ihm einen Gulden und stellte ihn aufrecht auf die Kante. »Sehen Sie diese Münze?«

Natürlich sah Anton die Münze.

»Sie steht. Aber nur gerade so. Die kleinste Erschütterung, und sie fällt.« Er schlug mit der Hand auf den Tisch, der Gulden fiel um. »Genau wie diese Münze eben steht unser Spiel mit dem *Nationaal Comité* auf der Kippe. Die leichteste Beunruhigung reicht aus, um alles zum Einsturz zu bringen.«

»Herr Hauptsturmführer, ich glaube nicht, dass irgendjemand Verdacht geschöpft hat«, erwiderte Anton.

Schreieder seufzte. »Die Anrede ist Hauptsturmführer. Ohne ›Herr‹. Wie oft soll ich Ihnen das noch sagen?«

»Hauptsturmführer, ich glaube nicht, dass irgendjemand Verdacht geschöpft hat«, setzte Anton erneut an. »Wenn bei der Diskussion im *Nationaal Comité* jemals ein Hauch von Misstrauen auftaucht, dann greift Sofieke ein und findet in aller Unschuld einen Weg, um mich zu entlasten.«

»Das freut mich zu hören, aber das reicht mir nicht. Wir müssen über den Tellerrand hinausgucken. Wir wissen doch, dass es nicht nur die Vorrink-Gruppe gibt, dieses *Nationaal Comité*, sondern zahlreiche andere Grüppchen, die im Widerstand tätig sind. Und wenn auch nur eine davon Verdacht schöpft, dann ist unser schöner Plan erledigt.«

»Ich wüsste nicht, was wir dagegen ...«

»Aber ich weiß es«, unterbrach ihn Schreieder.

Anton de Wilde lud Nelly zu einem Abendspaziergang ein. Sie gingen zum Museumplein. Es war schon spät; das Rijksmuseum lag im Dunkeln. Sie hätten um diese Zeit nicht mehr draußen sein sollen, aber Anton kümmerte sich auch diesmal nicht um die Sperrstunde. Nelly fand es immer aufregend, mit diesem verwegenen Mann unterwegs zu sein, der sich über alle Konventionen und Verbote hinwegsetzte.

»Schade, dass es schon zu ist«, sagte Nelly. Sie deutete auf das Rijksmuseum.

»Ja, da müssen wir ein anderes Mal wiederkommen.« Während Anton mit Nelly in den Park hineinging, sah er sich vorsichtig um, aber er konnte nichts Verdächtiges entdecken.

»Ich bin schon oft da gewesen«, plauderte Nelly drauf-
los, »und jetzt im Sommer soll es eine große neue Aus-
stellung geben. *Niederländer in Europa*. Hast du davon
schon gehört?«

»Ja«, sagte Anton. In Wirklichkeit hatte er keine
Ahnung.

»Papa sagt, es ist sicher nur Propaganda, aber ich
möchte schon sehen, welche Rolle wir in Europa gespielt
haben. Wir sind solch ein kleines Land, und wir haben
so viele Dinge gemacht ...«

Anton unterbrach sie. »Nelly, könntest du mal einen
Augenblick still sein? Ich muss mich konzentrieren.
Weißt du, wir sind nämlich nicht nur zum Vergnügen
hier. Ich bin mit einem Widerstandskämpfer verabredet, einem Kommunisten. Er gehört zu der Gruppe CS-
6, genau wie Gerrit Kastein, der den General Seyffardt
erschossen hat. Und er braucht einen Revolver, um einen
NSB-Funktionär zu erledigen.«

»Oh!«, sagte Nelly.

Auf dem völlig verdunkelten Museumplein mit seinen Stacheldraht-Absperrungen herrschte eine unheim-
liche Atmosphäre. Plötzlich erschienen zwei deutsche
Polizeiwagen.

»Was wird das?«, fragte Nelly erschrocken.

»Das gilt uns!«, rief Anton. »Unser Treffen ist verraten
worden!« Ein Scheinwerfer leuchtete vom Rijksmuseum
her über den Platz, unter den Bäumen blitzten Taschenlam-
pen auf, und sie hörten deutsche Befehle. Ein Hund bellte.

»Hier lang!« Anton wandte sich nach links. So kamen
sie aus dem Licht des Scheinwerfers heraus, aber sie

waren noch keineswegs in Sicherheit. Der Hund hörte nicht mehr auf zu bellen.

»Halt! Stehenbleiben!« Wie aus dem Nichts standen plötzlich zwei Deutsche vor ihnen. Anton de Wilde zog seinen Revolver. Die Deutschen wichen zurück.

»Lauf!«, rief Anton.

Nelly rannte davon, so schnell sie konnte. De Wilde folgte ihr.

»Halt, oder ich schieße!«, brüllte jemand.

Anton hielt nicht an. Pistolenschüsse peitschten durch die Nacht. Nelly schrie, als ob sie getroffen wäre. Der V-Mann nahm seinen Revolver und schoss zurück. Die Polizisten warfen sich zu Boden. Als ein wahrer Held hatte Anton sich inzwischen so sehr in die Situation hineingelebt, dass er beinahe einen von Schreieders SD-Beamten niedergeschossen hätte. Er musste Nelly van Looi in Sicherheit bringen, um jeden Preis. Im Übereifer rannte er dabei gegen ein vorbeifahrendes Auto. Er verletzte sich die Hand, was die ganze Geschichte noch glaubwürdiger machte. Wo war Nelly? Da! Die beiden flüchteten über die Van Baerlestraat in Richtung Concertgebouw, anschließend hielten sie sich bis nach Mitternacht in dem nahe gelegenen Vondelpark versteckt.

Nelly zitterte am ganzen Körper.

»Es ist ja alles gut!«, versicherte Anton. »Hier sind wir in Sicherheit. Hier findet uns niemand.« Aus seiner rechten Hand tropfte Blut auf den Kies des Parkweges, mit der linken Hand hielt er Nelly an sich gedrückt, bis es schließlich an der Zeit war, das Mädchen nach Hause zu bringen.

Als Nelly ihren Eltern berichtete, wie Anton sie aus den Händen der Moffen gerettet hatte, zitterte sie noch immer. »Er ist ein solcher Held!«, schluchzte sie voller Bewunderung. Sie verband ihm liebevoll die verletzte Hand.

»Es war nicht richtig, unser Kind in Gefahr zu bringen!«, empörte sich Frieda van Looi, Nellys Mutter.

Nelly widersprach. »Er hat doch nicht wissen können, dass es gefährlich werden würde! Und er hat gekämpft wie ein Löwe, damit mir nichts passiert.«

»Finus, ich muss mit dir reden!«, sagte Frieda van Looi.

Levinus van Looi wusste schon, was kommen würde.

»Hat das nicht Zeit bis morgen?«, fragte er.

»Ich möchte jetzt mit dir reden«, beharrte seine Frau.

Der kleine Journalist seufzte.

»Es ist unverantwortlich, was du machst«, sagte Frieda. »Es ist schön und gut, dass wir gegen die deutschen Besatzer sind und dass du Texte für die Untergrundpresse schreibst. Das ist verboten, und dafür kommst du ins Gefängnis, wenn du erwischt wirst. Vielleicht sogar ins KZ. Aber was wir jetzt tun, das geht entschieden über das hinaus. Du hast dich Zug um Zug in die Vorbereitung eines Aufstands verwickeln lassen ...«

»Es geht nicht um einen Aufstand. Es geht lediglich darum, dass wir nach der Landung der Alliierten ...«

»Lass mich bitte ausreden. Du hast uns alle in dieses Komplott mit hineingezogen. Wir haben uns diesen

Hasardeur De Wilde ins Haus geholt, und inzwischen führt er sich auf, als ob das hier alles ihm gehörte. Der Mann ist grenzenlos leichtsinnig, Finus. Er läuft in der Sperrstunde durch Amsterdam und hat eine Maschinenpistole in der Aktentasche. Und jetzt verwickelt er unsere Tochter in eine Schießerei mit der Polizei. Das muss aufhören. Sofort.«

»Es geht um die Befreiung unseres Landes ...«

Frieda schüttelte den Kopf. »Es geht um deine Familie, Finus. Um dich, um mich und um Nelly. Vergiss das nicht.«

Donnerstag, 11. März 1943

Der Streich war gelungen. Um die Geschichte noch glaubwürdiger zu machen, lancierte Willy Lages, der Leiter
des Sicherheitsdienstes in Amsterdam, einen Bericht in
alle Zeitungen. So las Koos Vorrink am nächsten Morgen:

Bekanntmachung
10.000 Gulden Belohnung.

*Am Abend des 10.März 1943 wurde in der Nähe des
Rijksmuseums in Amsterdam ein seit langem gesuchter
gefährlicher Straftäter gestellt. In dem folgenden Handgemenge gelang es dem Straftäter zu entkommen. Der
Mann ist wahrscheinlich bei der Schießerei, die auf das
Handgemenge folgte, verwundet worden. Die Bevölkerung
wird dringend um Mithilfe gebeten, den Straftäter aufzuspüren. Für sachdienliche Hinweise, die zur Ergreifung
des Täters führen, zahle ich eine Belohnung von 10.000
Gulden.*
*Die Beschreibung des Straftäters: 1,75 bis 1,80 m groß,
schlanke Figur, schmales Gesicht, stark gebogene Nase,
dunkles Haar, dunkle Augen.*

Angaben nehmen jede deutsche und niederländische Poli-
zeidienstelle entgegen.

LAGES
SS-Sturmbannführer.

Abgesehen von den Augen passte die Beschreibung tatsächlich auf De Wilde.

Im Anschluss an seine Nachrichtensendung meldete *Radio Oranje*: »Nummer Zwölf ist gut angekommen«. Das war der vereinbarte Satz, der gesendet werden sollte, wenn Van Tijen mit heiler Haut England erreicht hatte.

»Er hat es tatsächlich geschafft!«, freute sich Van Looi, und auch Sofieke war glücklich, dass alles so gut ausgegangen war.

Sofieke freute sich auch noch aus einem anderen Grunde. Gerhard hatte endlich auf ihren Brief geantwortet und einem heimlichen Treffen zugestimmt.

Montag, 15. März 1943

Gerhard Prange stand oben auf der Pyramide. Sofieke hatte ihn sofort entdeckt. Die Pyramide war eingezäunt, aber davon hatte Gerhard sich nicht aufhalten lassen. Auch Sofieke stieg über die Barriere. Eine bemooste Treppe führte in die Höhe.

Richard Christmann hatte gesagt, es sei nicht gut, wenn sie sich träfen. Also war es besser, wenn niemand davon erfuhr. Gerhard hatte daher für ihr heimliches Treffen diesen Ort vorgeschlagen. Die alte Pyramide lag weit genug von seiner Dienststelle in Driebergen entfernt, und er konnte sich ziemlich sicher sein, dass weder Schreieder noch Giskes noch sonst jemand ihn hier vermuten würde.

»Irgendwie unheimlich«, sagte Sofieke.

Gerhard nickte. »Vollkommen absurd.«

Die Austerlitz-Pyramide war nach dem Muster der ägyptischen Pyramiden erbaut worden. Allerdings hatten die Franzosen damals keine Steine zur Verfügung gehabt, sondern lediglich Sand und Grassoden. Sie war auch deutlich kleiner ausgefallen als ihre ägyptischen Brüder, ganze 36 m hoch, und weil dem Erbauer, dem

General Auguste de Marmont, das zu wenig war, hatte er auf die Spitze einen 13 m hohen hölzernen Obelisk gesetzt.

Ursprünglich hatte das ungewöhnliche Monument schlicht Mont Marmont geheißen, nach seinem Erbauer. Nach dem Sieg Napoleons bei Austerlitz 1805 wurde der Hügel umbenannt in Austerlitz-Pyramide. Der hölzerne Obelisk hielt keine zwölf Jahre. Er war später durch einen steinernen Aussichtsturm ersetzt worden, aber der war jetzt geschlossen. Regenwasser hatte im Laufe der Jahrzehnte die Hänge zerfurcht, von den ursprünglichen Stufen der Pyramide war nicht viel übriggeblieben, und Buschwerk überwucherte alles.

Gerhard und Sofieke fassten sich an den Händen und gingen gemeinsam um den Turm herum. »Es ist irgendwie tröstlich«, sagte Sofieke, »dass die Werke aller Größenwahnsinnigen nicht für die Ewigkeit gebaut sind, sondern rasch wieder zerfallen.«

»Rasch ja, aber leider nicht rasch genug«, antwortete Gerhard.

Sofieke nickte.

Gerhard sagte: »Ich habe schlechte Nachrichten für uns. Ich muss nach Frankreich.«

»Nach Frankreich? Warum?«

»Wir wollen einen englischen Flieger nach Spanien in Sicherheit bringen. Insofern ist es natürlich auch eine gute Nachricht. Aber die Reise wird mehrere Wochen dauern ...«

Sofieke unterbrach ihn. »Du weißt, dass darauf die Todesstrafe steht?«

»Ja, natürlich. Aber uns wird nichts passieren. Wir benutzen eine bewährte Fluchtlinie.«

»Der Flieger und du?«

»Richard Christmann kommt auch mit.«

Das war keine Beruhigung. »Ich traue ihm nicht«, sagte Sofieke.

»Er ist kein schlechter Kerl«, widersprach Gerhard.

Sofieke sah ihn besorgt an.

»Ich werde schon auf mich aufpassen.«

»Wir brauchen dich, Gerhard, Sara und ich. Ohne dich sind wir verloren.«

»Keine Angst. – Was ist das für eine Geschichte, die du in deinem Brief angedeutet hast?«

»Ich weiß es nicht. – Dieser Mann, mit dem ich zusammenarbeite für den Widerstand, der behauptet, dass er Kontakt zu meinem Bruder hat. Er behauptet, dass Jaap lebt, dass er hier in den Niederlanden ist, in dem neuen KZ in Vught.«

Gerhard schüttelte den Kopf.

»Ja, ich weiß, Gerhard, das scheint unmöglich zu sein, und ich würde es normalerweise nicht glauben, aber dieser Mann weiß einfach Dinge, die er von niemand anderem als von meinem Bruder erfahren haben kann. Er muss Kontakt zu meinem Bruder haben, anders geht das nicht.«

»Es wäre ein Wunder, wenn dein Bruder noch lebt«, sagte Gerhard zögernd.

»Manchmal – manchmal gibt es solche Wunder!« Sofieke sah Gerhard hoffnungsvoll an.

Was sollte er sagen? Dass es zwar Wunder gab, aber dass sie sehr, sehr selten waren?

Auf einmal verlor Sofieke allen Mut. »Ich habe gewusst, dass du es nicht glaubst«, sagte sie. »Ich habe es die ganze Zeit gewusst, und doch habe ich gehofft, dass du etwas anderes sagen würdest. Dass du sagen würdest: Ja, es kann sein. Man darf die Hoffnung nicht aufgeben. Es kann sein, Sofieke!« Sie weinte.

»Man darf die Hoffnung niemals aufgeben«, sagte Gerhard. Er nahm Sofieke in den Arm. Schließlich sagte er: »Aber irgendwie habe ich den Verdacht, dass jemand einfach nur ein Spiel mit dir spielt. Dass dein Agent gar kein Agent ist. Was hast du gesagt, wie er heißt?«

»De Wilde. Anton de Wilde.«

Der Name sagte Gerhard nichts. Aber das bedeutete nicht viel. Die meisten Fallschirmagenten, die inzwischen in Haaren im Gefängnis saßen, hatte er noch nie gesehen.

Sofieke sah, dass er zweifelte. »Gerhard, dieser Mann ist ein Fallschirmagent. Er hat es so viele Male bewiesen, dass es gar keinen Zweifel geben kann. Er steht in Funkkontakt mit London, das ist ganz eindeutig. Er verfügt über Waffen und Sprengstoff, und er hat unglaublich gute Verbindungen zum Widerstand. Das habe ich dir ja noch gar nicht erzählt: Er hat Kontakt zu Koos Vorrink, zum gesamten *Nationaal Comité*, sie treffen sich alle paar Tage und besprechen, wie sie den Widerstand koordinieren wollen.«

»Wenn das alles so ist«, musste Gerhard zugeben, »wenn das alles wirklich wahr ist, dann ist es am Ende vielleicht doch möglich, dass er Jaap kennt und dass er Kontakt zu ihm hat ...«

Sofiekes Augen leuchteten auf.

»... aber bleib bitte auf der Hut, Sofieke.«

»Ja, natürlich.« Einen Augenblick lang überlegte sie, ob sie Gerhard von dem Mann erzählen sollte, der sie bis zu dem Bauernhof verfolgt hatte, in dem Sara untergebracht war. Sie entschied sich dagegen. Sie wollte Gerhards Aussage nicht in Frage stellen. Er hatte gesagt, *dann ist es am Ende vielleicht doch möglich.* Dabei sollte es bleiben.

Freitag, 19. März 1943

Gerhard hatte gewusst, dass er fahren sollte, aber der Befehl zur Abeise kam am Ende doch überraschend plötzlich. Er hatte nur gerade noch Zeit, ein paar Zeilen an Sofieke zu schreiben, dann musste er sich auch schon auf den Weg zum Bahnhof machen.

Die Reise nach Paris verlief ereignislos. Gerhard wurde mehrfach kontrolliert, aber da er auf diesem ersten Stück der Reise seine richtigen Wehrmachts-Papiere einsetzen konnte, brauchte er nichts zu befürchten. Am Nachmittag des 19. März kam er in Paris am *Gare du Nord* an. Noch am Bahnhof tauschte er seine deutschen Papiere gegen den holländischen Pass eines der Fallschirmagenten aus.

Gerhard verließ den Bahnhof und machte sich auf die Suche nach der Rue de La Fayette und dem kleinen Hotel, das Christmann empfohlen hatte. Der Besitzer sei ein gewisser Fleming. Ohne große Schwierigkeiten fand er den Ort und fragte nach einem Zimmer. Der Hotelier sah ihn übel gelaunt an.

»Du bist kein Franzose«, stellte er fest.

»Nein«, erwiderte Gerhard knapp.

Der Mann inspizierte seinen Pass länger als nötig, wie es Gerhard vorkam, und legte ihm anschließend ein Formular vor, das er ausfüllen musste.

»Du bist also Holländer«, sagte er.

Gerhard nickte. Da er nicht wusste, ob der Mann vielleicht Holländisch sprach, hielt er das Gespräch mit ihm so knapp wie möglich.

Ohne ein weiteres Wort führte der Hotelier ihn schließlich eine Reihe enger Treppen hinauf. Gerhard registrierte, dass der Teppich immer dünner und abgetragener wurde, je höher sie kamen. Auch die Farbe an den Wänden sah zunehmend schäbiger aus. Der Eigentümer öffnete schließlich die Tür zu einer Art Bodenkammer, deutete auf das Fenster und auf die Feuerleiter und wünschte ihm eine gute Nacht.

Gerhard überprüfte den Fluchtweg. Ja, man konnte notfalls über die Dächer entkommen. Wahrscheinlich war der Hotelier gar nicht so ruppig, wie er tat. Möglicherweise war er in Wirklichkeit einer dieser mutigen Menschen, die bereit waren, für ihnen völlig fremde Besucher etwas zu riskieren. So weit so gut. Glück gehabt, dachte Gerhard. Aber er hatte das Gefühl, dass er dieses Glück nicht überstrapazieren durfte. Der holländische Pass war gefälscht. Er wusste nicht, ob er gut genug war, um eine amtliche Kontrolle zu überstehen.

Wahrscheinlich war es am sichersten, wenn er sich möglichst wenig nach draußen begab. Er würde im Hotel essen und ansonsten die Tage auf seinem Zimmer verbringen. Ein Buch, dachte er. Dies wäre eine günstige Gelegenheit, ein Buch zu lesen. Aber Gerhard hatte kein

Buch dabei, und außerdem wäre es ziemlich verdächtig, wenn er ein deutsches Buch mit sich herumtrug. Hoffentlich kam Richard Christmann bald.

Vorrink war vollkommen optimistisch. Was sich im März 1943 abspielte, war in seinen Augen der Auftakt zu einer größeren Operation. Der Vorsitzende der Sozialdemokratischen Partei war überzeugt, dass die alliierte Invasion jeden Moment bevorstand. Dieses Thema beherrschte die abendlichen Diskussionen.

»Nun sagen Sie schon«, drängte er De Wilde, »wann landen die Alliierten? Und wo?«

De Wilde zuckte mit den Achseln. »Das kann ich Ihnen nicht sagen.«

»Können Sie nicht oder dürfen Sie nicht?«, bohrte Van Looi nach.

»Beides«, behauptete De Wilde. »Aber eines steht fest: London hat mich gedrängt, dass wir unsere Vorbereitungen noch in diesem Monat abschließen. Was das bedeutet, mag jeder für sich selbst ausrechnen.«

Sofiekes Herz klopfte. Wenn die Amerikaner wirklich kamen und wenn sie womöglich hier in Holland landeten ... Eigentlich ließen die Vorbereitungen, die jetzt getroffen wurden, gar keinen anderen Schluss zu. Sie würden an der Rheinmündung ankommen, rasch in Richtung Ruhrgebiet vorstoßen, und bevor die Deutschen sich überhaupt versahen, wurde das KZ Vught befreit.

Abendelang wurde hinter geschlossenen Gardinen und in gedämpftem Ton diskutiert. Es gab so viel zu bedenken. Vorrink war anfänglich ein Verfechter des passiven Widerstands gewesen, dem Nichtbefolgen deutscher Anweisungen zum Beispiel. Er ließ sich durch De Wilde umstimmen. Jetzt bereiteten sie die aktive Zerstörung der Infrastruktur vor. Die sollte in dem Moment erfolgen, wenn die alliierten Truppen in die Niederlande einrückten. Stoßtrupps aus verlässlichen, militärisch geschulten Männern würden Brücken und Eisenbahnlinien in die Luft sprengen und auf diese Weise den deutschen Nachschub behindern.

Vorrink und seine Mitarbeiter reisten durch das Land und ernannten örtliche Vertrauensleute, meistens Sozialdemokraten, die mit der Bildung solcher Stoßtrupps beauftragt wurden. De Wilde machte von Anfang an deutlich, dass er das vollste Vertrauen in Vorrink und Van Looi hatte; er überließ ihnen den Hauptteil der Arbeit. Der Bürgermeister von Den Helder, der Vorrink gut kannte, versprach zum Beispiel, dass eine Gruppe von 200 altgedienten Marinesoldaten bereitstünde, unter seiner Führung die gewünschten Anschläge auszuführen.

Montag, 29. März 1943

Ende März berichteten Vorrink und Van Looi, dass in jeder Provinz Stoßtrupps bereitstünden. Anton de Wilde war begeistert. Er registrierte die Namen und Anschriften der wichtigsten Teilnehmer. Große Mengen von Waffen und Munition seien unterwegs, sagte er, und die Anzahl der abgesprungenen englischen Agenten nähme von Tag zu Tag zu. Für die Lagerung des Kriegsmaterials hatte er vorsorglich auf der Veluwe ein geheimes Depot anlegen lassen. Nun musste nur noch geklärt werden, wie die Güter von dort über die Provinzen verteilt wurden. Levinus van Looi sollte sich um die Logistik kümmern.

Es wurde Zeit für das abschließende Treffen. Das sollte in Eindhoven stattfinden, weil Vorrink es nicht länger riskierte, die großen Flüsse zu überqueren. An den Brücken gab es immer Kontrollen. Koos Vorrink blieb bis zuletzt ein vorsichtiger Mann. De Wilde bestärkte ihn in dieser Einstellung. Das Treffen wurde auf den 1. April festgesetzt.

APRIL 1943

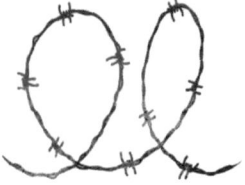

Donnerstag, 1. April 1943

Als Anton morgens früh nach Hause in die Wohnung kam, die er für Sofieke und sich gemietet hatte, brachte er gute Nachrichten mit. »Ich habe deinen Bruder gesehen«, sagte er, »Jaap geht es gut, und er lässt dich herzlich grüßen.«

Das war eine wunderbare Nachricht. »Du hast wirklich wieder mit ihm gesprochen?«

Anton de Wilde nickte. »Die letzten Wochen ging es nicht, weil inzwischen die Einrichtung des Konzentrationslagers ziemlich weit fortgeschritten ist. Das habe ich dir ja erzählt. Aber jetzt habe ich Glück gehabt. Das Lager liegt ja nur etwa zwei Kilometer vom Zentrum von Vught entfernt. In einer Kneipe bin ich mit einem der Aufseher ins Gespräch gekommen. Keiner von den SS-Leuten, sondern ein ganz normaler Niederländer. – Naja, schon ein Nazi, aber jedenfalls jemand, mit dem man reden konnte. Und dem habe ich einfach erzählt, dass ein Freund von mir im Lager sitzt, und dass ich gern einmal mit ihm sprechen würde. Erst hat er gesagt, das geht nicht. Aber nach dem dritten Genever hat er dann eingelenkt und gesagt: Ja, das lässt sich machen.«

»Tatsächlich?« Nach allem, was Sofieke bisher über Konzentrationslager gehört hatte, hatten die Häftlinge überhaupt keinen Kontakt zur Außenwelt, und dass es etwa gar Besuche geben könnte, hielt sie für völlig ausgeschlossen.

»Ja, tatsächlich«, behauptete Anton. »Es ist möglich. Du musst bitte bedenken, dass wir hier nicht in Deutschland sind, sondern in den Niederlanden. Und bei uns wird nichts so heiß gegessen, wie es gekocht wird. Wir Niederländer sind immer bereit, eine menschliche Lösung für alle Probleme zu suchen. Und das gilt auch für unsere Konzentrationslager.«

»Das Personal besteht aus deutschen SS-Leuten«, wandte Sofieke ein.

Anton schüttelte den Kopf. »Nur die Lagerleitung. Für den normalen Betrieb nehmen sie ausgewählte Lagerinsassen. Aber für bestimmte Aufgaben reicht das nicht aus, da sind ganz einfach örtliche Spezialisten erforderlich. Zum Beispiel für die Bekleidung, für die Verpflegung und auch für das Bauwesen. In diesen Bereichen muss man sich ja mit niederländischen Dienststellen und niederländischen Firmen auseinandersetzen, und dafür sind deutsche SS-Leute einfach nicht geeignet. Herumkommandieren, das können sie. Aber mit Herumkommandieren allein löst man keine Probleme.«

Sofieke schüttelte den Kopf.

»Du kannst mir gern glauben«, sagte Anton sanft. »Mein Bekannter ist für die Verpflegung zuständig. Er hat dafür gesorgt, dass ich auf das Gelände durfte. Er hat behauptet, ich sei ein Vertreter der Stork-Margarinefabrik. Und als ich erst einmal drin war, war alles ganz einfach. Er hat deinen Bruder zu sich in die Baracke bestellt, und dann haben wir miteinander geredet. Und wie gesagt: Er lässt dich grüßen.«

»Was hat er sonst noch gesagt?«, wollte Sofieke wissen.

Anton zuckte mit den Achseln. »Es geht ihm nicht schlecht, das kann man nicht sagen, aber man sieht ihm schon an, dass die Verpflegung nicht besonders gut ist. Und jetzt, wo das eigentliche Lager steht, und wo man auf die körperliche Arbeit von Leuten wie Jaap nicht mehr angewiesen ist, da gibt es auch nicht mehr so gutes Essen. Aber er ist nach wie vor guten Mutes, und er hofft, dass er bald aus dem Lager herauskommt.«

Sofieke starrte den Mann an. Sie hatte noch nie gehört, dass jemand, der einmal in einem KZ gesessen hatte, lebend wieder herausgekommen war.

Anton sah sie mit einem spöttischen Lächeln an. »Das glaubst du jetzt nicht, dass das möglich ist, nicht wahr? Aber es ist möglich. Ich habe mit meinem Bekannten darüber gesprochen. Nur ganz allgemein über die Frage, ob irgendjemand möglicherweise aus dem Lager wieder herauskommen könnte, und er hat mich prüfend angesehen. Ich denke, er hat sich gefragt, ob ich vielleicht so eine Art Spitzel wäre. Aber mein offenes, ehrliches Auftreten hat ihn am Ende wohl überzeugt. Jedenfalls hat er gesagt: es gibt nur eine Möglichkeit, aus diesem Lager herauszukommen, und zwar indem man schlicht und ergreifend wegläuft.«

»Das hat dieser Mann gesagt?« Sofieke konnte nicht glauben, was Anton ihr da erzielte. »Du redest immer nur von diesem Mann; hat der Mann auch einen Namen?«

»Ja, natürlich. Max heißt er. Max Steenberghe.« Das war der erste Name, der Anton einfiel. Ein Steenberghe war für kurze Zeit Finanzminister der Exilregierung in London gewesen. Anton nahm an, dass Sofieke dieser Name nicht geläufig war.

Sofieke nickte. Ihr war bewusst, dass die Nennung des Namens bedeutungslos war. Warum war sie so misstrauisch? Wenn es wirklich eine Möglichkeit gab, Jaap aus dem KZ herauszubekommen, dann durfte sie nicht zögern. »Und wie soll das gehen?«, fragte sie.

»Das ist eine heikle Geschichte«, gab Anton zu. »Um ehrlich zu sein: es ist eine Geschichte, die etwas damit zu tun hat, dass die interne Verwaltung von Kamp Vught im Wesentlichen in der Hand der jüdischen Lagerinsassen ist. Und bei Juden – nun ja, ich sage das nicht gern, weil du ja auch Jüdin bist, aber bei Juden lässt sich nun einmal im Allgemeinen alles regeln, wenn man Geld in die Hand nimmt.«

»Ich habe kein Geld«, sagte Sofieke entmutigt.

»Nicht so schnell! Dieses Problem muss ja nicht von heute auf morgen gelöst werden. Es gibt immer Möglichkeiten, irgendwo Geld aufzutreiben, und Max verlangt ja keine Unsummen. 2000 Gulden, mehr nicht.«

»Das ist wirklich nicht viel«, spottete Sofieke. Sie hatte keine 2000 Gulden, und sie kannte auch niemanden, der ihr diesen Betrag leihen könnte. Außer Anton. Anton hatte ihr schon einmal Geld geliehen. Sollte sie ihn bitten, ihr den Betrag vorzustrecken? Oder doch lieber Gerhard? Sie würde Gerhard fragen. Hoffentlich kam er bald von seiner Frankreichreise zurück.

»Es wird sich eine Lösung finden«, versprach Anton.

Sofieke sah ihn scharf an. Sie hatte einen Moment lang den Verdacht, dass er mit einer ähnlichen Forderung wie seinerzeit Richard Christmann kommen würde. Aber er äußerte nichts in dieser Richtung. Wenn dieser Mann nur nicht solch ein Aufschneider und Schwindler wäre!

Anton hatte ihr Schweigen richtig gedeutet. »Du glaubst mir noch immer nicht«, stellte er fest.

Sofieke zuckte mit den Achseln.

»Ich habe nichts anderes erwartet«, behauptete De Wilde. »Das hat Jaap gestern auch gesagt, als ich mit ihm gesprochen habe. Er hat gesagt, meine Schwester ist sehr misstrauisch. Aber ich verrate dir etwas, wodurch du beweisen kannst, dass du wirklich mit mir gesprochen hast: In Sofiekes Wohnung gibt es zwei Bilder. Das eine hängt an der Wand über dem alten Sofa, und es zeigt die königliche Familie. Das andere steht auf der Kommode, und es zeigt unseren Vater. Unseren Vater in Uniform. Das Foto ist 1940 gemacht worden, kurz vor dem Krieg.«

Das war der Beweis. Anton kannte ihr Wohnzimmer nicht. Er war nur einmal in ihrer Wohnung gewesen, und da hatten sie sich in der Küche unterhalten. Er musste wirklich mit Jaap gesprochen haben. »Wann kann ich ihn sehen?«

»Ich denke, in ein bis zwei Wochen sollte das möglich sein.«

»Warum nicht früher?« Jetzt, wo alles so einfach schien, wollte sie so schnell wie möglich zu ihm. Am liebsten sofort.

»Es geht nicht immer«, behauptete Anton. »Es hängt davon ab, wann bestimmte Leute Dienst haben. Aber ich tue, was ich kann.«

Sofieke war enttäuscht.

»Vielleicht solltest du ihm jetzt erst einmal einen Brief schreiben?«, schlug Anton vor.

Einen Brief? Ja, natürlich. »Wann kannst du ihn zustellen?«

»Noch heute«, versprach Anton de Wilde.

»Ist das so in Ordnung?« Sofieke zeigte Anton den Text, den sie entworfen hatte. Sie war sich nicht sicher, was sie schreiben durfte, um nicht gegen irgendwelche Lagerregeln zu verstoßen. Anton las:

Lieber Jaap,
Eben habe ich erfahren, dass es Dir den Umständen entsprechend gut geht. Ich freue mich, dass Du heil und gesund bist, und ich werde alles dafür tun, dass wir uns bald wiedersehen. Es kann ein Weilchen dauern, aber verliere nicht den Mut. Jetzt, wo ich weiß, wo Du bist und wie ich Dich erreichen kann, ist alles möglich.

Deine Sofieke.

Sie hatte einen Moment lang gezögert, aber den Brief schließlich doch mit Sofieke unterzeichnet.

Anton tat so, als ob eine Weile über den Text nachdenken müsste. Schließlich sagte er: »Dieser letzte Satz, den würde ich etwas ändern. So wie das da jetzt steht, könnte man vielleicht glauben, dass eine Flucht vorbereitet werden soll, und diesen Eindruck sollten wir vermeiden. Das gilt eigentlich auch für die anderen Sätze. Da solltest du noch einmal drüber nachdenken.«

Sofieke nickte. Sie schrieb den Brief noch einmal neu.

Lieber Bruder,

Eben habe ich erfahren, dass es Dir den Umständen entsprechend gut geht. Ich freue mich, dass Du heil und gesund bist, und ich hoffe, dass wir uns wiedersehen. Ich weiß, dass es ein Weilchen dauern kann, aber verliere nicht den Mut.

Deine Sofieke.

»Ja, so ist es besser«, sagte Anton.

Sofieke faltete den Brief, steckte ihn in einen Umschlag, klebte ihn zu und gab ihn Anton de Wilde.

»Eigentlich finde ich, dass ich jetzt einen Kuss verdient habe«, sagte Anton leichthin.

Sofieke gab ihm einen Kuss auf die Wange. »Viel Glück«, sagte sie.

Anton lächelte zufrieden. Plötzlich schreckte er hoch. »Wie spät ist es? – Mein Gott, ich muss ja los!«

Als die Haustür hinter ihm zufiel, registrierte Sofieke, dass Anton sein Schlüsselbund vergessen hatte.

Sofieke überlegte kurz, dann eilte sie hinter Anton her. Wenn er sie entdeckte, konnte sie einfach sagen, dass sie ihm die Schlüssel bringen wollte. Aber eigentlich stimmte das nicht. Natürlich war es eine dumme Idee.

Sofieke war inzwischen überzeugt davon, dass Anton de Wilde alles dafür tun würde, ihren Bruder aus dem KZ freizubekommen. Nein, das stimmte nicht. Sie war fast überzeugt, aber nicht ganz. Deshalb folgte sie ihm, nachdem er das Haus verlassen hatte. Da war er. Anton ging mit raschen Schritten in Richtung Hauptbahnhof. Er schien es jetzt plötzlich sehr eilig zu haben. Er lief schräg über die Straße, überquerte den Bahnhofsplatz und ging in das imposante Gebäude des Amsterdamer Hauptbahnhofs hinein. *Amsterdam Centraal.*

Sofieke folgte ihm. Während sie draußen auf der Straße noch befürchtet hatte, dass Anton sich plötzlich umdrehen und sie entdecken würde, war die Gefahr hier im Bahnhof gering. Das Gedränge war einfach zu groß. Sofieke löste eine Bahnsteigkarte. Sie fragte, von welchem Gleis der nächste Zug nach Vught abfuhr.

»Nach Vught? Da fahren Sie am besten über Den Bosch. Gleis 3. Aber haben Sie denn eine Fahrkarte?«

Sofieke nickte und rannte los.

Jetzt hatte sie Anton aus den Augen verloren. Auf dem Bahnsteig standen zahlreiche Reisende. Der Zug war noch nicht da, musste aber in wenigen Minuten einfahren. Sofieke bahnte sich einen Weg durch die Menge. Wo war Anton? Anton de Wilde war nicht auf dem Bahnsteig. Er war auch nicht im Warteraum. Er konnte sich doch nicht in Luft aufgelöst haben!

Sofieke sah sich suchend um, und plötzlich entdeckte sie ihn. Er stand auf dem Nachbarbahnsteig. Was hatte das zu bedeuten? Sofieke lief die Treppe hinunter und die nächste Treppe wieder hinauf. Ja, Anton war noch da. Aber der angekündigte Zug fuhr nicht nach Den Bosch, dieser Zug fuhr nach Eindhoven. Sofieke fragte einen älteren Herrn, der in seiner Zeitung las: »Entschuldigung, wenn ich nach Vught will, kann ich dann diesen Zug nehmen?«

Der Mann sah sie an, als habe sie etwas sehr Dummes gesagt. »Nach Vught? Ja natürlich, das geht. Wenn Sie in Den Bosch umsteigen.«

»Danke.« Also war doch alles in Ordnung. Jetzt könnte sie nach Hause gehen.

Anton wippte nervös mit den Füßen. Der Zug hatte Verspätung, aber jetzt kam er endlich. Bevor Anton einstieg, nahm er etwas aus der Tasche, das aussah wie ein Stück Papier. Er zerriss es, knüllte die Schnipsel zusammen und warf sie in den Papierkorb. Er stieg als letzter ein, und als er die Abteiltür hinter sich schloss, hatte Sofieke einen Moment lang das Gefühl, er habe sie entdeckt. Aber er hatte nur ganz flüchtig in ihre Richtung geguckt, wahrscheinlich ohne sie wahrzunehmen. Und schon fuhr er ab in Richtung Eindhoven.

Was hatte Anton weggeworfen? Eine alte Fahrkarte vielleicht oder eine längst bezahlte Rechnung, die er noch immer mit sich herumtrug. Das wäre zumindest eine Möglichkeit. Aber als Sofieke sich über den Papierkorb beugte, wusste sie bereits, was sie finden würde. Es war der Brief an Jaap.

Henry Hansen, einer der Mitarbeiter im *Nationaal Comité*, arbeitete im Katasteramt in Den Bosch. An diesem Morgen holte er Koos Vorrink vom Bahnhof in Eindhoven ab.

Während er auf den Zug wartete, hatte er plötzlich ein ungutes Gefühl. Diese beiden Männer da drüben, sahen die nicht aus wie SD-Agenten? Und der einzelne Herr im dunklen Mantel am Zeitschriftenstand? Aber es war natürlich nichts weiter als ein Gefühl. Und da kam Koos Vorrink, strahlend und guter Dinge. Niemand nahm Notiz von ihnen. Alles war in Ordnung.

Das Treffen fand im Haus Strijpsestraat 4 in Eindhoven statt. Levinus van Looi war schon da. Der vierte Teilnehmer, Anton de Wilde, kam etwas später. Er entschuldigte sich; nach dem gestrigen Bombenangriff auf die Philips-Werke sei der Zugverkehr noch immer gestört.

Das erste Thema des heutigen Treffens waren die geplanten Sabotageaktionen in der Provinz Brabant, für deren Durchführung Hansen zuständig war. Nachdem dieser Punkt abgehandelt war, sah Hansen keinen Grund mehr, noch länger zu bleiben.

»Ich denke, ich werde hier nicht länger gebraucht«, sagte er. Er erhob sich.

»Das trifft sich gut«, sagte De Wilde. »Ich muss auch noch mal eben zum Bahnhof. Ich habe noch ein Treffen mit dem Leiter einer Marinegruppe. Herr Hansen, Sie sind mit dem Auto da. Können Sie mich eben hinfahren?«

»Gern.«

Die übrigen blieben zurück; es mussten noch die anderen Landesteile durchgenommen werden. De Wilde und Hansen fuhren zum Bahnhof, wo Schreieder und sein auf zwei SD-Autos verteiltes Festnahmekommando bereitstanden. Kaum war Hansen ausgestiegen, um sich von De Wilde zu verabschieden, wurde er von Nico

Johannsen durch einen Nackenschlag zu Boden gestreckt. Die Polizisten zerrten ihn in ein bereitstehendes Auto. De Wilde ging langsamen Schrittes zurück zur Strijpsestraat 4.

Seelenruhig mischte er sich nach seiner Rückkehr wieder in das Gespräch. Nachdem alle Details durchgesprochen waren, gingen Vorrink, Van Looi und De Wilde zum Bahnhof. Schreieder wartete auf dem Bahnhofsvorplatz. Sobald er sie zu Gesicht bekam, lüftete er seinen Hut, und alles lief nach bewährtem Muster ab. Die zwei SD-Autos fuhren vor, das Kommando sprang heraus und stürzte sich mit viel Geschrei auf die drei Männer. Da die Festnahme gegen Mittag erfolgte, erregte sie großes Aufsehen. Von allen Seiten liefen Menschen herbei. Van Looi wehrte sich heftig gegen Nico Johannsen, was ihm ein zugeschwollenes Auge und zwei gebrochene Rippen einbrachte. Es war alles vergebens. Vorrink blutete aus der Nase; Johannsen hatte ihm mit der Faust ins Gesicht geschlagen. Um den Schein zu wahren, wurde De Wilde auch festgenommen.

Vorrink und De Wilde wurden in dasselbe Auto geführt. Sie mussten auf der Rückbank Platz nehmen. De Wilde warf einen raschen Seitenblick auf Vorrink. Der gewahrte zu seinem Entsetzen, dass sein Begleiter noch immer einen Revolver in der Tasche hatte. Er bemerkte, wie Anton die Waffe entsicherte. Der Sozialist erschrak. Er erinnerte sich nur zu gut an De Wildes Behauptung, dass er bei einer Festnahme nicht zögern würde, zu schießen. »Nicht!«, raunte er ihm zu. Ihm war klar, dass sie bei einer Schießerei völlig chancenlos waren. De Wilde reagierte nicht. Mit einem beschwörenden Blick versuchte Vorrink, seinen Begleiter von dieser Dummheit abzubringen. Der V-Mann ließ es selbstverständlich bei der bedrohlichen Fummelei mit seiner Schusswaffe.

De Wilde gelang es, sein Spiel überzeugend zu Ende zu führen. Bei der Ankunft im Seminar in Haaren, in dem die Mitglieder des *Nationaal Comité* zunächst untergebracht wurden, flüsterte er in Vorrinks Ohr: »Mund halten!«

Vorrink, der die Botschaft begriffen hatte, hatte wenig später die Gelegenheit, sie an seinen Freund Van Looi weiterzugeben: »Schweigen!«

Die drei wurden getrennt. Van Looi und Vorrink wurden eingesperrt. De Wilde eilte zum Bahnhof. Er musste nach Den Bosch, wo Vorrinks Bruder Adri um 14:00 Uhr eintreffen sollte.

Jan Cranendonk stand auf dem Namensschild neben der Türklingel. Einen Augenblick lang war Sofieke verwirrt, aber dann sagte sie sich, dass sich Anton de Wilde als feindlicher Agent natürlich nicht unter seinem echten Namen irgendwo einmieten konnte. Die Adresse stimmte jedenfalls: Statenlaan, Den Haag. Die Straße war beeindruckend. Fast 50 m breit, schätzte Sofieke. Eine Allee mit vier parallelen Baumreihen. Und die dreigeschossigen Häuser sahen nobel aus. Richtige Herrenhäuser. Sofieke hätte eigentlich erwartet, dass ein Geheimagent sich eine unauffälligere Wohnung suchen würde, aber war Anton überhaupt ein Geheimagent?

Sofieke läutete. Einen Augenblick lang befürchtete sie, es würde jemand an die Tür kommen und sie fragen, was sie wollte. Was sollte sie dann antworten? Sollte sie nach Jan Cranendonk fragen? Das wäre eine Möglichkeit. Aber wenn der Unbekannte, der an die Tür kam, nun behauptete, er sei Jan Cranendonk? War das möglich? Konnte es sein, dass sie sich in der Anschrift geirrt hatte?

Nein, sie war an der richtigen Adresse. Nichts rührte sich in dem Haus. Sofieke zückte Antons Schlüsselbund. Der Haustürschlüssel passte. Sofieke öffnete die Tür und ging nach oben. Jan Cranendonk wohnte im ersten Stock. Auch hier passte einer der Schlüssel. Sofieke trat ein und schloss die Tür hinter sich.

In der Wohnung roch es muffig. Sofieke traute sich nicht, ein Fenster zu öffnen. Behutsam, so als wollte sie niemanden stören, ging sie von Zimmer zu Zimmer. Die Wohnung war großzügig möbliert. Zu viel Geld und zu wenig Geschmack, befand Sofieke. Es war unübersehbar, dass der Mieter keine finanziellen Probleme hatte. Alles wirkte aufgeräumt, die Betten waren ordentlich gemacht. Wozu brauchte Anton de Wilde zwei Betten? Er hatte behauptet, er sei ledig. Als Agent könne er sich den Luxus einer Familie nicht leisten.

Sofieke suchte nach Dokumenten, nach irgendwelchen Unterlagen, die bewiesen, dass De Wilde derjenige war, für den er sich ausgab. Wahrscheinlich im Schreibtisch, dachte sie. Aber die Schreibtischschublade war abgeschlossen. Sofieke fragte sich, ob sie das Schloss aufbrechen sollte. Das erwies sich als unnötig; sie fand den Schlüssel unter die Tischplatte geklebt. Die

Schublade enthielt ein Sammelsurium merkwürdiger Dinge. Zuoberst lag ein Brief von einer gewissen Else. Mein Schatz, schrieb sie. Ein Liebesbrief. Eine Else hatte De Wilde nie erwähnt. Sofieke legte den Brief zur Seite. Darunter kam die Fotografie einer Frau von vielleicht 30 Jahren zum Vorschein. War das Else? Wahrscheinlich. Als nächstes folgte ein Stadtplan von Rotterdam mit allerlei von Hand eingetragenen rätselhaften Zeichen. Möglicherweise hing die Karte mit Antons Spionagetätigkeit zusammen. Weiter. Ein Brief in De Wildes Handschrift, der an die Mercedes-Benz-Werke in Sindelfingen gerichtet war. In einigermaßen korrektem Deutsch bot der Schreiber seine Erfindung eines kurbelwellenlosen Motors an. Und er wollte nicht einmal Geld dafür haben.

Hatte er also doch gelogen, dachte Sofieke. Er hatte seine Erfindung dem Feind angeboten. Der Brief war unterzeichnet mit Antonius van der Waals, Diplom-Ingenieur, Stationssingel 37, Rotterdam. Die Geschichte wurde immer seltsamer. Wie hieß der Mann denn nun wirklich? Und was hatte es mit dieser Adresse in Rotterdam auf sich? Sie nahm den Stadtplan zur Hand. Stationssingel 37 war mit einem Kreis markiert.

Sofieke schüttete den Inhalt der Schublade auf den Schreibtisch. Zuunterst lag eine dünne Tüte mit der Aufschrift »Passbilder für Anton van der Waals«. Das war nicht seine Handschrift, aber das waren seine Passbilder. Fünf Stück. Sofieke zögerte kurz, dann steckte sie eins davon ein.

Was jetzt? Sofieke musste nachdenken. Sie ließ sich auf das Sofa fallen. »Au!« Da war etwas unangenehm

Hartes. Was war das? Zwischen den Sitzkissen versteckt fand Sofieke eine Mauser-Pistole, wie sie die Deutschen verwendeten, und zwei andere großkalibrige Pistolen. Auf den Schlitten stand: *Fabrique Nationale d'Armes des Guerre, Herstal, Belgique.* Sofieke war fassungslos. Warum zum Teufel bewahrte Anton in seiner Wohnung ein derartiges Waffenlager auf? Der Mann war einfach zu leichtsinnig!

Wirklich nur leichtsinnig? Nein, irgendetwas stimmte hier ganz und gar nicht. Antonius van der Waals. Der Name kam Sofieke bekannt vor. Hatte Gerhard ihn erwähnt? War dieser Mann nicht ein Kollaborateur? Ein Verräter, der mit der SS, mit diesem Schreieder zusammenarbeitete? Auf einen Schlag begriff sie: Sie war getäuscht worden. Sie war benutzt worden, um einen Verräter in den Widerstand einzuschleusen. Wenn Gerhard hier gewesen wäre, hätte er den Schwindel längst durchschaut. Wahrscheinlich hatten sie ihn deshalb nach Frankreich geschickt.

Sofieke nahm eine der belgischen Pistolen in die Hand. War sie geladen? Wie konnte man das feststellen? Kurzerhand zielte sie auf eine besonders hässliche Vase und drückte ab. Der Knall war ohrenbetäubend. Sofiekes Arm mit der Waffe flog nach oben, und die Vase lag in tausend Scherben. Wo sie gestanden hatte, gab es jetzt ein hässliches kleines Loch im Putz. Sofieke stellte eine Schäferin aus Porzellan davor.

In dem Moment läutete es an der Haustür. Sofieke erschrak. Polizei! Ein Blick aus dem Fenster. Nein, keine Polizei. Unten stand nur ein einzelner Mann, der ein in

Papier eingeschlagenes Paket mitführte. Sollte sie das Läuten ignorieren? Nein. Kurz entschlossen lief sie nach unten und öffnete.

»Ich bringe den Anzug für Herrn Van der Waals«, sagte der Mann. Ein Schneider offenbar.

Sofieke rang sich ein Lächeln ab. »Das ist nett«, sagte sie. »Dankeschön.«

Sie nahm den Anzug in Empfang, schloss die Tür, rannte nach oben, warf das Zeug auf das Bett und griff zum Telefon. Aber wen sollte sie anrufen? Keiner derjenigen, mit denen sie in den letzten Wochen zu tun gehabt hatte, wohnte irgendwo unter seinem richtigen Namen, und die Telefonnummern der Deckadressen kannte sie nicht.

Schreieder fluchte. Die Überfallwagen waren mit den Gefangenen abgefahren; Johannsen und er waren auf dem Bahnhofsvorplatz in Eindhoven zurückgeblieben. Und sie mussten doch sofort nach Den Bosch, wo um 14 Uhr Karel van Staal und Koos Vorrinks Bruder Adri festgenommen werden sollten. Schreieder winkte ein Taxi heran. Der Fahrer hatte gesehen, was sich gerade auf dem Bahnhofsvorplatz abgespielt hatte. Er fuhr zwar in Richtung Den Bosch, wie es verlangt wurde, aber in gemächlichem Tempo.

»Fahren Sie schneller!«, verlangte Schreieder.

»Das geht nicht«, erwiderte der Mann ungerührt. »Hier darf ich nicht schneller als 40 fahren. Und viel schneller geht es sowieso nicht mit dem schlechten Benzin, das wir heutzutage kriegen.«

Schließlich, als sie weit aus Eindhoven heraus waren, blieb das Taxi stehen.

»Was ist denn jetzt los?« rief Schreieder.

»Panne«, erwiderte der Taxifahrer. Er stieg aus und öffnete in aller Ruhe die Motorhaube.

Schreieder sah sich um. Sie standen mitten in der Einsamkeit. Kein Mensch zu sehen. Ein einzelnes Haus weit in der Ferne. Johannsen lief hin. Er kam ohne Ergebnis zurück. Das Haus hatte kein Telefon. Sie mussten es per Anhalter versuchen. Johannsen stellte sich mitten auf die Straße. Ein Lastwagen kam, aber der Fahrer dachte nicht daran, anzuhalten. Er hupte. Johannsen sprang im letzten Moment zur Seite.

Endlich stoppte ein Personenwagen. Es war natürlich längst viel zu spät. Sie kamen um 15.30 Uhr in Den Bosch an. Vor dem Bahnhof stand nur noch Anton van der Waals. Der war außer sich vor Wut.

Nein, überhaupt nichts hatte geklappt. »Van Staal ist nicht gekommen«, berichtete Anton. »Und Adri Vorrink hat bei der Verhaftung heftigen Widerstand geleistet. Er ist ein großer, kräftiger Kerl. Er hat im Bahnhofsrestaurant gesessen und gewartet. Die SD-Beamten hatten die größte Mühe mit ihm. Er hat sich auf den Boden geworfen und um sich getreten. Der Tisch ist umgefallen, und Vorrink hat einen der SD-Leute ins Bein gebissen.«

Johannsen schüttelte den Kopf. Soetwas wäre ihm nicht passiert.

»Adri Vorrink hat ein gewaltiges Chaos verursacht. Die Umstehenden haben die niederländische Polizei alarmiert. Aber bis die dann kam, war Vorrink überwältigt und weggeführt worden.«

In dem Durcheinander hatten die Polizisten dann allerdings vergessen, Anton ebenfalls festzunehmen, so dass er jetzt seit anderthalb Stunden hier auf dem Bahnhof herumstand. Was für eine Schlamperei!

Sofieke war verzweifelt. Der Zug nach Eindhoven hatte endlose Verspätung, und als sie schließlich an ihrem Ziel ankam, schien alles vergebens. In dem Haus, in dem Koos Vorrink wohnte, öffnete niemand. Sofieke versuchte, durch die Fenster nach drinnen zu gucken. Wie in den meisten Häusern in den Niederlanden gab es keine Vorhänge, man hatte ja nichts zu verbergen, aber dennoch war der Blick ins Wohnzimmer durch zahlreiche Topfpflanzen verstellt.

»Sie kommen zu spät«, sagte jemand hinter ihr.

Sofieke fuhr erschrocken zusammen. Sie hatte den alten Mann nicht kommen hören. »Zu spät?«

Der Alte nickte. »Die Gestapo ist hier gewesen«, sagte er. »Sie haben die Frau Vorrink mitgenommen.«

»Koos nicht?«, fragte Sofieke hoffnungsvoll.

»Nein, Koos nicht. Der war nicht da. Ich habe gleich seine geheime Telefonnummer angerufen, aber es ist niemand rangegangen. Ihn haben sie zuerst verhaftet, nehme ich an. Und nicht nur ihn. Ich habe auch Van Looi angerufen. Aber da war nur die Tochter. Nelly weiß nicht, wo ihr Vater ist. – Das ist eine Katastrophe.«

Ja, das war eine Katastrophe.

»Und jetzt?«, fragte Schreieder. »Wo ist Van Staal?«

Anton zuckte mit den Achseln. Woher sollte er das wissen? Auch er hatte damit gerechnet, dass der Mann bei dem Treffen in Eindhoven auftauchen würde. Das war nicht geschehen.

»Mein Gott, Anton, denken Sie nach!«, rief Schreieder. Solange Van Staal noch auf freiem Fuß war, konnte der große Schlag gegen das *Nationaal Comité* nicht durchgeführt werden. Oder doch? War es wirklich nötig, erst die Köpfe zu verhaften und dann den Rest? Vielleicht nicht zwangsläufig, aber Schreieder hatte sich auf dieses Vorgehen festgelegt, und so sollte es jetzt auch ablaufen.

»Van Looi hat ein Büro in Amsterdam«, erinnerte sich Anton schließlich. »Im Obergeschoss eines alten Hauses in der Heerengracht. Aber das hat er in letzter Zeit wohl nicht mehr benutzt. Dort liegen Flugblätter und andere politische Schriften. Wahrscheinlich auch Waffen. Es könnte natürlich sein, dass Van Staal sich da versteckt hält.«

Unwahrscheinlich, dachte Schreieder. Van Staal würde schlicht und ergreifend zu Hause sitzen – wo immer das sein mochte. Aber was half's? Joseph Schreieder raste mit Anton van der Waals und zusammen mit zwei Polizisten nach Amsterdam. Die Polizisten liefen in das Gebäude, rannten die Treppe hinauf, schlugen gegen die Tür: »Aufmachen, Polizei!«

Eine erschrockene Frau öffnete. Die Polizisten stürmten in die Wohnung. Die Frau wollte sich davonstehlen, aber Johannsen war vor der Tür stehengeblieben. Es ging nicht. Schreieder durchsuchte das Büro. In einem Nebenzimmer eine weitere Frau und zwei Männer. Alles Juden. Keine poltischen Schriften, auch keine Waffen. Und keine Spur von Van Staal.

Während Schreieder in großer Hast die Räume durchsuchte, hatte Nico Johannsen begonnen, die Personalien aufzunehmen. Die Frauen waren Schwestern, Sara und Judith Lelie. Juden und Kommunisten, dachte Johannsen. Verdammtes Pack.

»Nehmen Sie zu Protokoll: Haussuchung ergebnislos«, sagte Schreieder. »Die vier Juden brauchen wir nicht; die werden zuständigkeitshalber an das Judenreferat des SD in der Euterpestraat übergeben. Keine weiteren Kommentare dazu. Kein Wort darüber, was wir hier gesucht haben.«

»Aber insgesamt doch kein schlechtes Ergebnis«, wagte Anton zu behaupten.

Schreieder warf seinem V-Mann einen finsteren Blick zu. Er enthielt sich jeden Kommentars. Er brauchte den Mann noch. Ohne Anton van der Waals würde er Van Staal nicht finden.

Sofieke sah nur eine Möglichkeit. Sie musste sofort nach Amsterdam. Jetzt konnte ihr nur noch Nelly weiterhelfen. Sie brauchte jemanden, an den sie ihr Wissen weitergeben konnte. Irgendjemanden, der noch nicht verhaftet war. Aber sie fürchtete, dass dieser Schlag gegen das

Nationaal Comité sehr gut vorbereitet worden war, so dass es wahrscheinlich nicht mehr viele Möglichkeiten gab.

Eine Voraussetzung dafür, dass sie Nelly van Looi finden konnte, war natürlich, dass sie noch auf freiem Fuß war. Die Chancen standen nicht allzu gut. Zwar hatte Nelly keine entscheidende Rolle im Untergrund gespielt, aber sie war doch als Kurierin eingesetzt worden, kannte auf diese Weise zahlreiche Akteure, und Anton van der Waals, der falsche Anton de Wilde, der wusste das. Andererseits war er mit ihr verlobt. Er konnte sie geschont haben. Wenn er noch einen Rest von Anstand besaß, würde er sie geschont haben. Besaß er den? Eher nicht.

Sie können nicht alle gleichzeitig verhaftet haben, dachte Sofieke. Das war unmöglich. Dazu waren es zu viele Beteiligte. Wahrscheinlich hatten sie sich zunächst auf die wichtigsten Personen konzentriert, und dazu zählte Nelly van Looi sicher nicht.

Es war später Nachmittag, als Sofieke bei der Adresse in Amsterdam eintraf, an der Levinus van Looi bis jetzt Unterschlupf gefunden hatte. Sofieke läutete. Zu ihrer Erleichterung wurde die Tür sofort geöffnet, und sie stand Nelly gegenüber.

»Was willst du?« Das Mädchen starrte sie hasserfüllt an.

Sofieke erschrak. Sie hatte nicht daran gedacht, dass Nelly in ihr eine Agentin der Gestapo sehen könnte. »Lass mich bitte rein«, sagte sie. »Ich muss mit dir reden.«

»Du hast uns verraten!«

Sofieke schüttelte den Kopf. »Das ist Unsinn«, sagte sie. »Wenn ich euch verraten hätte, warum sollte ich dann hierherkommen? Wenn ich euch verraten hätte, dann könnte ich mich doch nie wieder bei einem von euch blicken lassen.«

Nelly war nicht überzeugt, aber jedenfalls ließ sie Sofieke ins Haus. »Alle sind verhaftet worden, einfach alle«, sagte sie. »Das kann nur durch Verrat zustande gekommen sein.«

»Ich glaube, ich weiß, wer ...« setzte Sofieke an, aber weiter kann sie nicht.

Nelly hörte nicht zu. »Sie sind hier zu uns ins Haus gekommen und haben Mama abgeholt«, heulte sie los. »Und ich weiß inzwischen auch, dass sie Papa verhaftet haben. Und die Vorrinks. Und all die anderen.«

»Was ist mit Anton de Wilde?«

Nelly zuckte mit den Achseln. »Wahrscheinlich auch verhaftet.«

Sie wusste es also nicht. Wahrscheinlich war es sinnlos, Nelly jetzt zu eröffnen, dass Anton der Verräter war. Sie war in den Mann verliebt. Er war ihr Verlobter. Sie würde es einfach nicht wahrhaben wollen. Aber das war jetzt unwichtig. De Wilde hatte seine Rolle ausgespielt, glaubte Sofieke, er konnte keinen Schaden mehr anrichten. Jetzt ging es darum, die anderen zu warnen. »Wer ist noch auf freiem Fuß?«, fragte sie.

»Keiner.« Nelly schluchzte hemmungslos.

»Das glaube ich nicht«, sagte Sofieke sanft. »Du bist ja auch noch auf freiem Fuß. Wahrscheinlich gibt es noch eine ganze Menge Leute, die sie noch nicht verhaftet haben, weil sie keine zentrale Rolle im Untergrund gespielt haben. – Was ist zum Beispiel mit dem Funker?«

»Wolters? – Das weiß ich nicht.«

»Weißt du, wo er wohnt?«

»Ja, natürlich. Ich bin doch diejenige, die ihm die Texte gebracht hat, die er nach England durchgeben sollte. Und ich habe auch die Antworten aus London von ihm abgeholt.« Nelly sah Sofieke forschend an. Schließlich gab sie ihr die Adresse.

Sofieke zögerte einen Moment. Dann sagte sie: »Anton ist der Verräter.«

Nelly schüttelte den Kopf. »Verschwinde!«

»Das hatte ja so kommen müssen«, sagte Wolters. »Von Anfang an habe ich gewusst, dass es so kommen würde. Ich habe gewusst, dass das nicht gut gehen konnte. Es waren einfach zu viele Beteiligte. Eine Verschwörung von so vielen Leuten, das funktioniert nicht. Niemals. Ich hätte aussteigen sollen, aber ich habe mich nicht getraut. Jetzt ist es zu spät.«

»Haben Sie keinen Ort, wo sie untertauchen können?«, fragte Sofieke. Der Mann tat ihr leid.

Wolters schüttelte den Kopf. Seine Frau, die bisher nur still dagesessen und Sofieke mit großen Augen angstvoll angesehen hatte, sagte: »Wir können nirgendwo hin. Und wenn wir weglaufen, machen wir sowieso alles nur noch viel schlimmer.«

»Ich weiß nicht ...«, setzte Sofieke an.

Wolters unterbrach sie. »Ich laufe nicht weg. Ich bleibe hier sitzen und warte, was passiert. Vielleicht kommen sie morgen und holen mich. Vielleicht haben sie mich auch vergessen. Ich bin ja nur ein ganz kleines Licht.«

»Im Gegenteil, Sie sind extrem wichtig«, widersprach Sofieke. »Sie haben das Funkgerät, Sie haben Kontakt zu England. Sie können nach London melden, dass Vorrink und Van Looi und all die anderen verhaftet worden sind. Und, was mindestens ebenso wichtig ist, Sie können melden, dass Anton de Wilde sie verraten hat.«

»Anton de Wilde.« Wolters schüttelte den Kopf.

»Ich habe dir von Anfang an gesagt, dass mit dem Mann etwas nicht stimmt!«, warf seine Frau ein.

»Er heißt in Wirklichkeit Antonius van der Waals«, ergänzte Sofieke. »Er wohnt in Rotterdam. Er hat mehrere Pistolen, und er ist mit irgendeiner Else befreundet, und ...«

»Haben Sie ein Foto von ihm?«, fragte Frau Wolters.

Sofieke gab ihr das Passbild. Die Frau warf einen kurzen Blick darauf. »Ja, das ist gut«, sagte sie. »Ich kümmere mich darum.« Sie ging nach draußen.

Plötzlich begriff Sofieke, dass die Frau des Funkers die treibende Kraft bei seinen Widerstandsaktivitäten gewesen war.

»Sie kennt Leute«, sagte der Funker vage. Sofieke hoffte, dass die Frau die richtigen Leute kannte, die diese Aufnahme und die Personenbeschreibung weitergeben konnten.

Am Abend des 1. April hatten Schreieder und Van der Waals vor allem ein heikles Problem zu lösen: Wo war Karel van Staal? Der Haarlemer Verleger hatte sich weder in Eindhoven noch in Den Bosch blicken lassen.

Schreieder hatte fest damit gerechnet, dass er bei einem der Treffen auftauchen würde. Es war wichtig, dass auch Van Staal festgenommen wurde. Sehr wichtig. Der Mann wusste zu viel.

»Ich sehe nur noch eine Möglichkeit«, sagte Van der Waals: »Nelly von Looi. Aber es gibt ein Problem. Wenn ich sie jetzt anspreche, dann hat sie bestimmt schon von den Verhaftungen gehört. Sie ist zwar naiv, aber nicht dumm. Sie wird sich wundern, dass ich nicht auch verhaftet bin, und misstrauisch werden. Wahrscheinlich ahnt sie dann, dass ich für die Sicherheitspolizei arbeite!«

»Sagen Sie einfach, Sie sind auch festgenommen worden, genau wie der Rest, aber Sie konnten flüchten«, schlug Schreieder vor.

»Kann sie das glauben?«, fragte Van der Waals.

»Wir werden dafür sorgen, dass sie das glaubt«, erwiderte Schreieder.

Kurz darauf wurde Nelly van Looi festgenommen und in das Gefängnis nach Scheveningen gebracht. Wenig später holte sie ein Auto des SD von dort ab.

»Wohin fahrt ihr mit mir?«, fragte sie ängstlich.

»In die Zentrale, zum Binnenhof«, sagte der Fahrer. »Zum Verhör.«

Nelly erschrak. Sie hatte schreckliche Angst, dass sie geschlagen werden würde. Aber das geschah nicht. Zumindest nicht sofort. Nelly musste in einem der Zimmer im Erdgeschoss Platz nehmen. Hinter einem Schreibtisch ihr gegenüber saß ein Polizist, der zunächst einmal ihre Personalien aufnahm.

»Sie heißen also Nelly van Looi?«

Nelly nickte.

»Können Sie bitte klar und deutlich antworten? Die Vernehmung wird auf Magnetophonband aufgenommen. Wenn Sie nur nicken, kann das Gerät das nicht sehen.«

»Ja«, sagte Nelly.

»Wie, ja?«

»Ja, ich heiße Nelly van Looi.«

»Mit ›i‹ oder mit ›y‹?«

»Beides«, sagte Nelly. »Also Nelly mit ›y‹ und Looi mit ›i‹.«

»Und Sie sind die Tochter des Journalisten Levinus van Looi und seiner Frau Frieda?«

»Ja, das stimmt.«

Der Beamte, der mit seinem Rücken zur Tür saß, schrieb ihre Antworten selbst auf. Außer ihnen beiden war niemand im Raum. Plötzlich bewegte sich die Türklinke.

»Und wie alt sind Sie?«, wollte der Beamte wissen.

»Ich bin ...«, setzte Nelly an, aber dann unterbrach sie sich. Die Tür öffnete sich lautlos, und Anton erschien. Er bewegte sich auf Zehenspitzen, aber dennoch nicht ganz unhörbar.

»Ich meine«, beeilte sich Nelly mit lauter Stimme zu sagen, »also ich bin 1925 geboren, und ich bin 18, also fast 19, im September. Ich bin im September 1925 ...«

Anton de Wilde war jetzt im Zimmer. Er stürzte sich auf den Polizisten und drückte ihm ein Tuch mit einer stark riechenden Flüssigkeit gegen Mund und Nase.

»Arrgh!« Der Mann fiel zu Boden und blieb liegen.

»Der ist erledigt!«, stellte Anton fest.

»Mein Gott, ist er tot?« Nelly war aufgesprungen.

Anton schüttelte den Kopf. »Nur betäubt. Komm, jetzt müssen wir sehen, dass wir hier wegkommen.«

Der V-Mann, der für sie zum zweiten Mal innerhalb kurzer Zeit den Ritter spielte, nahm seine Verlobte bei der Hand und eilte mit ihr nach draußen. Als sie an der Portiersloge vorbeiliefen, sah Nelly einen Beamten mit zerrissener Uniform hintenüber in seinem Stuhl hängen.

»Schnell, schnell!«, drängte Anton.

Nelly rannte. Im Laufen sah sie sich um; alles blieb ruhig.

Anton hatte seinen Wagen im verbotenen Bereich direkt neben dem Präsidium geparkt. Er hielt Nelly die Tür auf. Anschließend sah er sich noch einmal um, bevor er selbst einstieg und den Motor startete. In gemächlichem Tempo fuhren sie davon.

Nelly klopfte das Herz noch immer bis zum Hals. »Können wir nicht schneller fahren?«, frage sie.

Anton schüttelte den Kopf. »Wir wollen doch nicht auffallen!«

Nein, natürlich nicht. Gut, dass Anton so besonnen war!

»Das erste, was wir jetzt tun müssen, das ist, dass wir die anderen warnen«, sagte Anton. »All diejenigen, die noch auf freiem Fuß sind. Die Gestapo hat gewaltig zugeschlagen, aber einige sind zum Glück noch in Freiheit. Van Staal zum Beispiel. Weißt du, wie wir Karel van Staal erreichen können?«

»Ich weiß seine Telefonnummer«, sagte Nelly.

Anton lächelte. »Das ist sehr gut«, sagte er.

Anton brachte Nelly nach der Befreiungsaktion in der Casuariestraat mitten in Den Haag unter, in der Wohnung ihrer Großmutter.

»Zur Sicherheit«, sagte er. »Nach Hause kannst du nicht. Da sitzt jetzt die Gestapo und lauert darauf, dass du irgendwann zurückkommst.«

Das sah Nelly ein. »Aber wo ist Oma?«, wollte sie wissen.

Ihre Oma war auch festgenommen worden. »Untergetaucht«, behauptete De Wilde. »Sie habe ich gerade noch rechtzeitig warnen können, als ich erfahren habe, dass deine Eltern verhaftet worden sind.«

»Und wo steckt sie jetzt?«

Anton zuckte mit den Achseln. »Ich weiß es nicht. Ich habe absichtlich nicht danach gefragt. Es ist besser, wenn möglichst wenige Leute wissen, wo sie jetzt ist.«

»Aber dann kann doch die Gestapo jeden Moment hier auftauchen!«

»Die Gestapo ist schon hier gewesen«, erklärte Anton. »Sie haben die Wohnung durchsucht, nichts Belastendes gefunden, und sie sind wieder abgezogen.«

»Woher weißt du das?«

»Ich bin hier gewesen. Nicht im Haus, sondern unten auf der Straße, ein ganzes Stück weiter. Ich habe die Autos gesehen, die auf der Straße standen. Und ich habe die Polizisten gesehen, wie sie aus der Wohnung gekommen sind.«

»Aber dann werden sie doch bestimmt wiederkommen!«

Anton lächelte überlegen. »Es ist wie beim Versteckspiel«, sagte er. »Das sicherste Versteck ist immer das, das gerade durchsucht worden ist. Hier sind wir absolut sicher.«

»Und was machen wir jetzt?« Nelly war mutlos.

»Abwarten«, sagte Anton. »Einfach abwarten. Du bleibst hier in der Wohnung, lässt dich nirgendwo blicken. Mich kennen die Deutschen nicht, ich kann mich frei auf der Straße bewegen. Ich kann Verbindungen zu anderen Widerstandsgruppen knüpfen, und wenn wir wissen, wohin deine Familie gebracht worden ist, dann befreien wir sie.«

»Das klappt nicht«, befürchtete Nelly.

Anton lachte. »Du hast keine Ahnung, was der Widerstand alles kann. Wir haben schon manchen Kameraden aus dem Gefängnis geholt. Die Zeitungen schreiben nichts darüber, die werden ja von den Deutschen kontrolliert und dürfen nur das drucken, was die Nazis für richtig halten. Aber ich kann dir versichern, dass es viele Befreiungen gibt. Sehr viele.«

Nelly schwieg. Auch die Untergrundzeitungen hatten nichts über die Befreiung von Gefangenen berichtet. Allerdings hatte sie natürlich nicht alle Zeitungen gelesen. Vielleicht wusste sie deshalb nichts davon.

Anton sah Nelly an. Ihm war klar, dass das Mädchen Zweifel hatte. »Alles wird gut«, behauptete er.

»Schwöre es!«, verlangte Nelly.

»Ich schwöre es«, sagte De Wilde leichthin. Und dann: »Jetzt müssen wir erst einmal dafür sorgen, dass Karel van Staal nichts passiert.«

Karel van Staal war 53 Jahre alt, vor dem Krieg erfolgreicher Geschaftsmann, Publizist und Mitglied der SDAP. Er legte den Hörer auf.

»Wer war denn das noch so spät?«, fragte seine Frau Geertje.

»Sie sind alle verhaftet worden«, sagte Van Staal.

»Was?«

»Alle verhaftet. Alle die mit im *Nationaal Comité* sitzen. Die Van Loois und die Vorrinks, einfach alle.«

Geertje sah, dass ihr Mann blass geworden war. »Es ist gut gewesen, dass du nicht zu dem Treffen gefahren bist«, sagte sie.

»Ja. Aber jetzt sind wir natürlich in Schwierigkeiten.«

»Wahrscheinlich ist es am besten, wenn du zunächst einmal gar nichts machst«, schlug Geertje vor. »Sie wissen nicht, dass wir hier untergetaucht sind. Wenn sie es wüssten, dann wären sie längst gekommen und hätten dich mitgenommen.«

»Ja, vielleicht.« Karel wusste, dass es am sichersten wäre, sofort das Quartier zu wechseln. Aber er wusste auch, dass seine Frau nur sehr ungern erneut umziehen würde. Sollten sie sich trennen? Wenigstens für ein paar Monate, bis etwas Gras über diese Geschichte gewachsen war? Nein, das half auch nichts. Diese Deutschen waren zu gründlich, die würden ihn auch nach einigen Monaten nicht vergessen haben.

»Ich denke, unsere Sien sollte nicht mehr für dich arbeiten«, schlug seine Frau vor. Klazina, ihre Tochter, die sie »Sien« nannten, war 30 Jahre alt. Sien erledigte die Schreibarbeiten für ihren Vater. Sie war verheiratet, wohnte nicht mehr bei ihren Eltern, aber sie war auch für den Widerstand tätig. Ihr Mann war schon vor einiger Zeit untergetaucht.

»Ja. Jetzt können wir nichts machen wegen der Sperrstunde. Fahr am besten morgen früh mit dem Fahrrad rüber und sag ihr Bescheid. Sag ihr, sie soll behaupten, dass sie schon seit Monaten nichts mehr von mir gehört hat.«

»Und du bleibst im Haus«, sagte Geertje.

Karel schüttelte den Kopf. »Ich muss raus. Nelly hat angerufen. Sie ist noch auf freiem Fuß. Und Anton ist bei ihr. Anton de Wilde, der Fallschirmagent. Er hat Pläne, wie wir die anderen befreien können.« Während er dies sagte, war ihm bewusst, wie lächerlich das klang. Sein Verstand sagte ihm, dass es unmöglich war, die Verhafteten zu befreien.

»De Wilde. Hast du nicht gesagt, dass der Mann irgendwie verdächtig sei?«

»Er hat Nelly befreit. Sie war schon beim SD im Binnenhof, und er hat sie da rausgeholt.«

Auch das klang wie ein Märchen. Geertje schüttelte stumm den Kopf.

»Ich werde aufpassen«, versprach ihr Mann.

Freitag, 2. April 1943

Der Köder war ausgelegt. Anton van der Waals wollte Karel van Staal im *Hotel Terminus* treffen, direkt am Bahnhof *Hollands Spoor*. Van der Waals und Schreieder warteten. Van Staal kam nicht.

Schreieder sah auf die Uhr. »Irgendetwas haben Sie falsch gemacht«, sagte er.

Anton schüttelte den Kopf. Er hatte sich trotz der frühen Stunde ein Glas teuren Rotwein kommen lassen.

»Irgendetwas müssen Sie falsch gemacht haben, sonst wäre der Mann doch jetzt hier!«

Es war ganz offensichtlich, dass Schreieder nervös war. Anton war sich keines Fehlers bewusst. »Herr Hauptsturmführer ...«, sagte er.

Schreieder unterbrach ihn. »Er ist draußen«, sagte er. »Bestimmt wartet er draußen. Er ist übervorsichtig. Auf dem Bahnhofsvorplatz kann sich niemand verstecken. Wenn er irgendetwas Verdächtiges sieht, dann läuft er davon!«

»Ich habe gesagt: im Lokal«, beharrte Anton.

»Aber hier ist er nicht. Oder sehen Sie ihn hier irgendwo? – Na also! Jetzt gehen Sie schon raus und gucken Sie nach, wo der Kerl steckt.«

Anton erhob sich und verließ das Lokal. Die beiden Polizisten, die am Nebentisch gewartet hatten, folgten ihm einen Moment später. Schreieder winkte den Ober heran und zahlte die Zeche. Er zögerte kurz, dann trank er Antons Glas leer. Als er das Lokal verließ, kam er gerade noch rechtzeitig, um zu sehen, wie seine beiden Beamten auf Van Staal zugingen. Er hatte tatsächlich draußen gewartet.

Die Festnahme lief problemlos. Van Staal leistete keinen Widerstand. Der mit seiner Vernehmung beauftragte Beamte legte die Briefe auf den Tisch, die angeblich Van Tijen nach England mitgenommen hatte. Dies in Kombination mit der Tatsache, dass sich De Wilde bei der Festnahme Van Staals nicht mehr die Mühe gemacht hatte, sich ebenfalls verhaften zu lassen, sagte ihm genug: Er war monatelang getäuscht worden.

Van Staal dachte an das mehr als reichliche Beweismaterial, das er Van der Waals besorgt hatte. Er hatte keine Chance. Alle Hoffnung war verloren. „Da liegt ein Revolver", sagte er zu Nico Johannsen. »Schieß mich man tot. Wenn du das nicht darfst, dann lass es jemand anders machen.«

»Ich bin Polizist, ich bin kein Henker«, erwiderte der Mann.

»Es ist einfach widerwärtig, mit was für Methoden ihr Gesindel arbeitet. Aber ich sage dir: es wird der Tag kommen, wo die Rollen umgekehrt sind, und dann bist du kein Gestapo-Mann mehr.«

Der Polizist grinste. »Da wirst du wohl eine Weile warten müssen«, sagte er.

Die erste Nacht in Großmutters Haus war so verlaufen, wie Nelly sich das vorgestellt hatte. Sie hatte getan, was sie konnte, um die Freunde zu warnen, und Anton hatte ihr versichert, dass alle Probleme gelöst würden. Er war ja noch in Freiheit, und er würde dafür sorgen, dass auch alle anderen wieder freikamen. Nelly fühlte sich unendlich erleichtert. Sie brauchte sich um nichts mehr Sorgen zu machen. Jetzt waren sie nur noch ein Liebespaar, das zum ersten Mal eine Nacht ohne Aufsicht miteinander verbrachte. Es war wunderbar.

Aber die Idylle hielt nicht lange an. Nelly wollte am nächsten Morgen mit ihren Eltern Kontakt aufnehmen.

»Das geht nicht«, sagte Anton. »Du bist ja gerade erst selber aus dem Gefängnis entronnen. Wenn du zur Polizei gehst, nehmen sie dich wieder fest.«

»Aber es muss doch möglich sein, dass ich meine Eltern im Gefängnis besuche!«, empörte sich Nelly.

»Nein, das kannst du nicht«, versicherte Anton. »Jedenfalls zur Zeit nicht. Vielleicht geht es später, wenn sich die Gemüter beruhigt haben ...«

»Ich rufe jetzt im Gefängnis an und frage nach!«

»Nein, das tust du nicht.« Zum Glück gab es in dem Haus von Nellys Großmutter kein Telefon.

»Das tue ich sehr wohl! Ich gehe jetzt zur Post ...«

Anton blieb hart. »Das verbiete ich dir!«

»Du kannst mir gar nichts verbieten!« Nelly wollte zur Tür, aber Anton hielt sie fest. Das Mädchen tobte vor Wut. Sie kratzte und schlug um sich. Sie kämpfte wie eine Löwin, aber gegen Anton hatte sie keine Chance. Am Ende heulte Nelly; Anton streichelte sie, und schließlich schien sie zur Versöhnung bereit. Aber sie wartete jetzt nur noch auf eine Chance zur Flucht. Anton traute ihr nicht mehr. Sie belauerten sich gegenseitig.

Anton versuchte es auf die sanfte Tour. »Ich will nur dein Bestes«, behauptete er. »Das weißt du doch. Warum hörst du nicht auf mich? Ich habe dich vor den Deutschen beschützt. Ich habe dich aus den Klauen der SS befreit. Du musst mir vertrauen! Du musst ganz einfach tun, was ich dir sage. Es kommt jetzt auf jede Kleinigkeit an. Es stehen wichtige Dinge auf dem Spiel. Ich habe es der Königin auf die Hand versprochen, dass ich bis zum Äußersten für sie kämpfe. Aber eine falsche Bewegung, ein falsches Wort jetzt, und alles ist verloren!« Nelly nickte, aber sie glaubte ihm kein Wort.

Anton war sich bewusst, dass Worte allein nicht ausreichen, um Nelly zu bändigen. Als er sie nicht mehr anders unter Kontrolle halten konnte, schloss er sie kurzerhand im Gästezimmer ein, als er das Haus verließ. Nelly rief hinter ihm her, sie werde aus dem Fenster springen und sich das Leben nehmen. Das glaubte Anton nicht, aber er kam doch zurück. Wieder redete er auf sie ein, es sei doch alles ganz anders, als sie glaubte. Er sei ein Agent Ihrer Majestät, und er habe einen äußerst verwickelten Auftrag von Königin Wilhelmina zu erfüllen. Sie müsse sich da heraushalten, sonst gäbe es eine Katastrophe.

Als alles nichts half, verprügelte er sie. »Im Namen der Königin«, sagte er. Gut, dass Wilhelmina nichts davon wusste. Er drohte Nelly, er würde sie notfalls foltern, wenn sie jetzt nicht gehorsam sei. Als Geheimagent sei er dazu berechtigt. Antons unerwartete Brutalität zeigte Wirkung. Nelly nahm seine Drohungen ernst. Selbst als Anton schließlich stundenlang wegblieb, wagte sie es nicht, zu flüchten oder Alarm zu schlagen.

Anton van der Waals saß indessen im Hotel *Het Wapen van Rijsenburg* in Driebergen bei einem Glas Wein und ging gemeinsam mit Schreieder die Liste der Verhafteten durch. »Was ist mit dem Funker?«, fragte er.

»Noch nicht«, sagte Schreieder. »Wir haben noch ein paar Meldungen für ihn, die er durchgeben soll. Aber keine Angst, den vergessen wir schon nicht.«

»Und die Juden in der Topaasstraat? Was ist mit denen? Die beiden, denen ich das Foto gezeigt habe, und die mich erst nicht zu Vorrink lassen wollten?«

Schreieder zuckte mit den Achseln. Seine Leute waren zu spät gekommen. Sara und Axel Wins waren rechtzeitig untergetaucht.

»Eine haben wir vergessen«, sagte Anton schließlich. »Sofieke Blett.«

Ja, das stimmte. Sofieke war zu Hause in ihrer Wohnung. Schreieder ließ sie festnehmen.

»Das ist eine reine Routinesache«, sagte Schreieder. Er räkelte sich in seinem Sessel. »Ihre Festnahme dient nur zu Ihrem eigenen Schutz.«

Das war jedenfalls gelogen. Sofieke reagierte nicht. Sie sah dem SS-Mann direkt ins Gesicht und verzog keine Miene.

»Anton und Sie haben großartige Arbeit geleistet. Dabei ist mir natürlich bewusst, dass Sie sozusagen unfreiwillig mitgewirkt haben. Ich hoffe, Anton hat sich Ihnen gegenüber jedenfalls anständig benommen.«

Anton ist eine widerliche Ratte, dachte Sofieke. Genau wie du.

»Er schießt manchmal etwas über das Ziel hinaus«, gab Schreieder zu. »Aber die Ergebnisse seiner Arbeit sind hervorragend. Und wenn Sie darüber nachdenken, werden Sie zugeben müssen, dass unser großangelegtes Täuschungsmanöver dazu beigetragen hat, dass die Niederlande sicherer geworden sind.«

Sicherer? Wahrscheinlich hielt dieser eitle Fatzke es für am sichersten, wenn alle im Gefängnis saßen. Außer der SS natürlich. Aber sie behielt diese Gedanken für sich. Es machte keinen Sinn, sich mit diesem Mann anzulegen. Nicht jetzt, wo er glaubte, alle Trümpfe in der Hand zu halten. Aber die Gelegenheit würde kommen. Der Funker Wolters hatte die Informationen weitergeleitet an Pieter Six, den neuen Vorsitzenden des *Ordedienst*. Und der war für die Herstellung und Verteilung von Flugblättern verantwortlich.

Schreieder redete und redete. Sofieke hörte nicht mehr zu. Sie konzentrierte sich auf die Fliege, die den Kopf des kleinen Mannes umkreiste, und die schließlich auf seiner Glatze landete. Schreieder wischte sie mit einer Handbewegung weg.

»Kann ich jetzt gehen?«, unterbrach Sofieke seinen Redefluss.

Schreieder hielt inne und sah sie überrascht an. Er war es nicht gewohnt, dass jemand ihn in dieser Weise behandelte. »Ja, Sie können jetzt gehen«, sagte er.

Sofieke verließ Schreieders Büro mit hoch erhobenem Haupt. Aber als sie hinaustrat auf die Straße, war das Gefühl des Triumphes verflogen, und an Stelle ihrer Wut trat jetzt die Angst. Sie hatte sich mit den deutschen Besatzern angelegt. Mit der SS, mit der Gestapo und ihren Handlangern. Sie wünschte, dass wenigstens Gerhard da wäre, um sie in den Arm zu nehmen und ihr zu versichern, dass alles gut wäre. Aber Gerhard war noch immer in Frankreich.

Dienstag, 6. April 1943

Mehr als zwei Wochen waren vergangen, und Gerhard Prange saß in seinem Hotel in Paris fest. Christmann hatte sich nicht gemeldet. Das war nicht verwunderlich; er hatte vor Gerhards Abreise darauf hingewiesen, dass sich die Schleusung von Flüchtlingen niemals exakt planen ließ, und dass Gerhard Geduld haben müsse. Falls es länger dauerte, würde er ihm Geld überweisen.

Gerhard hatte zunächst seine eigenen Mittel verbraucht, und erst als diese zur Neige gingen, sah er sich gezwungen, der *Banque de France* einen Besuch abstatten. Er war sehr knapp dran, und jetzt besaß er nur noch ein paar 100 Francs, die nur für ein einfaches Abendessen ausreichten. Aber das Geld war nicht eingetroffen. Er verließ das gewaltige Gebäude, ging leicht beunruhigt an den bis an die Zähne bewaffneten Gendarmen vorbei, die den Eingang zur Bank bewachten.

Christmann hatte noch eine zweite Möglichkeit erwähnt, falls es mit der Überweisung nicht klappen sollte. Eine Adresse auf der anderen Seite des Flusses, in der Rue de Sèvres. Dort gab es ein Kloster, und in dem sollte er nach einem gewissen Pater Lauwerijssen fragen, der auf irgendeine Weise mit dem holländischen Untergrund in Verbindung stand.

Der Mann am Empfang schüttelte bedauernd den Kopf. »Sie können den Pater nicht sprechen«, sagte er. »Leider!«, fügte er hinzu.

»Warum nicht?«, wollte Gerhard wissen.

»Er ist nicht da.«

»Und wann kommt er wieder?«

Der Mann zuckte mit den Schultern. »Das wissen wir nicht.«

Gerhard sah den Mönch ungläubig an. »Das wissen Sie nicht? Wo ist er denn hingefahren?«

»Die Einzelheiten sind mir nicht bekannt. Ich weiß nur, dass es eine sehr weite Reise ist, und dass er so schnell nicht zurückkommt.«

Plötzlich glaubte Gerhard zu begreifen: »Ist er verhaftet worden?«

Der Mönch verzog das Gesicht zu einem schwachen Lächeln. »Nein, er ist nicht verhaftet worden. Aber er ist nicht erreichbar.«

Mehr konnte Gerhard nicht in Erfahrung bringen. Möglicherweise hatte der Pater sich abgesetzt und war auf dem Weg nach England. So stand er jetzt weiterhin ohne Geld da. Er hatte keine Vorstellung davon, wie es weitergehen sollte.

Als er ins Hotel zurückkam, saß Richard Christmann in der Empfangshalle.

Mittwoch, 7. April 1943

Richard und Gerhard fuhren mit der Bahn in Richtung Süden. Christmann hieß jetzt Arnaud. Er hatte den Flieger in Lyon abgegeben. Von dort aus würden Fluchthelfer ihn nach Toulouse schaffen.

»Warum reist er nicht mit uns?«, wollte Gerhard wissen.

»Zu auffällig«, sagte Christmann. »Drei Ausländer zusammen unterwegs, das ist zu auffällig. Es ist besser, wenn der Mann mit echten Franzosen fährt.« In Wirklichkeit hatte Christmann vor der Weiterreise noch einige Absprachen zu treffen, bei denen er keine Zeugen gebrauchen konnte. Schon gar keinen abgeschossenen Flieger und keinen Fallschirmagenten.

Richard erläuterte, was weiter passieren würde. »Normalerweise wäre der Weg zu Fuß über die Pyrenäen am sichersten. Aber der Mann, den wir über die Grenze bringen wollen, ist verletzt und nicht in der Lage, einen längeren Fußmarsch durchzustehen. Wir schmuggeln ihn deshalb mit einem Lastwagen über die Grenze.«

»Mit einem Lastwagen?«, fragte Gerhard ungläubig. Er hatte sich vorgestellt, dass sie auf geheimen Schmugglerpfaden übers Gebirge gehen würden. Wenn sie im LKW fuhren, waren sie an eine der wenigen Straßen gebunden, und sie würden zwangsläufig eine Grenzkontrolle passieren müssen.

»Das ist riskant«, musste Richard zugeben. »Aber ich würde sagen, unsere Chancen sind mindestens 70:30.«

»Besser nicht?« Das fand Gerhard besorgniserregend.

»Das muss reichen.« Christmann erläuterte, was passieren würde. Es gab trotz des Krieges und obwohl die Grenze zu Spanien eigentlich geschlossen war, einen inoffiziellen kleinen Grenzverkehr. Apfelsinen wurden von Spanien nach Frankreich geschmuggelt und dort verkauft. Das war unbedingt notwendig, denn Spanien produzierte viel mehr Südfrüchte, als im Land verbraucht werden konnten, und die Bauern brauchten die Einnahmen aus dem Verkauf.

»Anschließend müssen die leeren Kisten natürlich wieder zurück nach Spanien«, sagte Richard. »Niemand kontrolliert einen Lastwagen, der leere Kisten geladen hat. Aber unter diesen Kisten stecken wir.«

»Und wenn nun doch eine Kontrolle kommt?«, wollte Gerhard wissen.

»Dann bietet der Fahrer den Grenzern Geld an. Wahrscheinlich sind es französische Grenzpolizisten, und da nehmen wir an, dass die bei einem französischen Schmuggler ein Auge zudrücken.«

»Und wenn nun nicht?«, bohrte Gerhard nach.

»Dann hilft nur noch dies«, sagte Richard. Er öffnete seine Jacke gerade so weit, dass Gerhard das Schulterhalfter und den Revolver sehen konnte.

Gerhard machte große Augen. Hatte nicht Richard Christmann ihm vor der Abreise eingeschärft, dass die

Flucht über die Pyrenäen ohne Waffen erfolgte? »Wenn wir in eine Polizeikontrolle geraten«, hatte er gesagt, »nützt eine Schusswaffe gar nichts. Wir können uns den Weg nicht freischießen. Und wer mit einer Waffe angetroffen wird, wird automatisch erschossen.« Offenbar hatte er seine Meinung geändert.

Gleich nach der Ankunft in Toulouse begaben sie sich zu ihrer Kontaktadresse. Christmann wusste den Weg. Sie kamen zu einer Villa am Stadtrand mit einem parkähnlichen Grundstück. Dort warteten bereits acht Männer verschiedener Nationalität, die alle über die Pyrenäen nach Spanien gebracht werden wollten. Einer der Männer war der abgeschossene englische Flieger.

»Das ist unser Mann«, raunte Christmann.

Gerhard nickte. Dem Mann würde er die Informationen mitgeben, die unbedingt nach England gelangen mussten. Nicht an *SOE Dutch*, sondern direkt an die Königin. Er hatte kein Vertrauen mehr zum Geheimdienst. Die Königin sollte wissen, dass alle Agenten gefangen waren. Sie würde persönlich eingreifen und das Spiel beenden. Die Königin sollte auch über den Mord an den Juden informiert werden. Gerhard ging davon aus, dass sich irgendwo auf dem Weg zur Grenze eine Gelegenheit ergeben würden, den Engländer allein zu sprechen.

Ein großer Kerl, der eine Baskenmütze trug, hielt einen kurzen Vortrag über die Lage, von dem Gerhard nur verstand, dass der Weg über die Berge gefährlich und anstrengend sei. Aber bevor es losging, sollten sie erst einmal etwas essen.

Wenig später, als die Gruppe friedlich beim Abendessen saß, gab es plötzlich Alarm. Der Mann mit der Baskenmütze stürzte herein und rief:

»Sofort aufhören! Wir müssen verschwinden!«

»Was ist passiert?«, fragte Richard. Alle waren aufgesprungen.

»Es hat eine Panne gegeben.«

»Was für eine Panne?«, wollte Gerhard wissen.

»Mein Gott, das können wir später diskutieren. Alle raus hier, und zwar so schnell wie möglich!«

Christmann hatte alles verstanden, was der Franzose gesagt hatte. Er raunte Gerhard zu: »Sie haben versucht, vier Männer mit der Bahn über die Grenze zu schaffen. Nach Irún. Sie waren unter den Schnellzug-Waggons versteckt. Nur einer ist entkommen. Ein Holländer. Er heißt Josso oder so ähnlich. Kennst du den?«

Gerhard schüttelte den Kopf. »Warum müssen wir dann weg?«, fragte er.

»Weil die Verhafteten dieses Quartier kennen. Spätestens unter der Folter werden sie es verraten.«

Offenbar hatten sie nicht einmal mehr Zeit, sich mit entsprechenden Nahrungsmitteln zu versorgen. Es gab nur das, was jetzt auf dem Tisch stand. In aller Eile sammelten sie alles ein, was sie greifen konnten, und stopften es in ihre Rucksäcke, selbst die Kakaobutter und den Würfelzucker. Sie verließen die Villa über den Hinterausgang und marschierten in kleinen Gruppen zum Bahnhof. Alles blieb ruhig. Keine Polizei zu sehen.

Ein Personenzug brachte sie nach Boussens, von dort ging es weiter mit dem Autobus bis nach Melles, einem kleinen Nest am Fuß der Berge. Niemand schien sich um sie zu kümmern. Melles lag abseits der Hauptstraße, und selbst die sogenannte Hauptstraße nach Spanien war nicht viel mehr als ein Weg, auf dem Autos fahren konnten. Der Plan war, dass der Lastwagen sie hier einsammeln sollte. Das Wetter war nicht schlecht: zwar kühl, aber nicht zu kalt.

»Dies ist die einfache Route«, sagte Arnoud. »Die Grenze liegt hier relativ weit nördlich, so dass wir gar nicht über den Hauptkamm des Gebirges müssen.«

»Wann kommt der Lastwagen?«, wollte Gerhard wissen.

»So schnell wie möglich«, sagte der Mann mit der Baskenmütze.

Einige Kilometer weiter südlich, mitten im Gebirge, warteten vier Männer vom SD, wie mit Richard Christmann abgesprochen. Es sah aus wie ein ganz normaler Kontrollposten. Drei der Polizisten waren mit Walther-PP-Pistolen ausgestattet, der vierte hatte eine Maschinenpistole MP40. Sie würden den Lastwagen anhalten, und falls er versuchen sollte, die Sperre zu durchbrechen, würde der Mann mit der Maschinenpistole ihn zum Stehen bringen. Der weitere Ablauf war nicht im Detail abgesprochen. Fest stand jedenfalls, dass am Ende der Lastwagen in die Schlucht der Garonne stürzen und in Flammen aufgehen würde. Ein spektakuläres Ereignis, über das die

Zeitungen in Toulouse berichten würden, und das sich auch im Untergrund rasch herumsprechen würde.

Es wurde allmählich spät. Die Männer in ihren schwarzen Ledermänteln froren. Es gab nichts zu tun. Einen Lastwagen, der mit Apfelsinen von Spanien hergekommen war, hatten sie angehalten. Die Papiere waren jämmerlich schlecht gefälscht, das konnte man selbst im Licht der Taschenlampe nicht übersehen. Aber der SD interessierte sich nicht für Apfelsinenschmuggler. Der LKW durfte weiterfahren.

Auch Gerhard fror. Der Lastwagen kam nicht. Es war inzwischen dunkel geworden. Als sie über eine Stunde gewartet hatten, sagte der Führer: »Es hat keinen Zweck. Wenn wir hier herumstehen, fallen wir nur unnötig auf. Ich weiß eine Hütte in der Nähe, in der wir über Nacht bleiben können.«

Sie brachen sofort auf. Anfangs kamen sie gut voran, aber schon bald verließen sie den Weg und folgten einem kaum erkennbaren schmalen Pfad. Der Untergrund war rutschig, und immer wieder strauchelten sie. Gerhard stellte zu seiner Beruhigung fest, dass auch die anderen Grenzgänger ungeübt waren. Die Gruppe marschierte in einem flotten Tempo los, aber das war für den Engländer viel zu schnell. Der Führer ließ anhalten, und sie warteten, bis alle herangekommen waren. Von nun an ging es langsamer weiter. Es begann zu regnen, und bald waren alle durchnässt.

»Gleich haben wir es geschafft«, sagte der Mann mit der Baskenmütze. »Da vorn ist die Hütte; dort können wir den Rest der Nacht schlafen.«

Das klang verlockend.

Plötzlich gab es einen Halt. Gerhard lief auf seinen Vordermann auf. Jemand fluchte im Dunkeln, brach dann mitten im Wort ab. Es war klar, dass sie kein Geräusch machen durften.

»Was gibt es?«, fragte Gerhard leise.

»Licht in der Hütte«, sagte Richard. »Der Führer sieht nach, was los ist. Vielleicht sind es nur Schmuggler ...«

Es waren keine Schmuggler, es war eine deutsche Patrouille, die Schutz vor dem Regen gesucht hatte. »Wir müssen zurück«, entschied der Führer. »Wir suchen uns ein anderes Quartier.«

Das Ergebnis war, dass sie fast den ganzen Weg zurücklaufen mussten, den sie gerade erst gekommen waren. Schließlich erreichten sie eine verlassene Feldscheune. Dort konnten sie rasten, aber sie durften natürlich kein Feuer machen, weil der Rauch sie verraten hätte. Sie saßen still und fühlten sich kälter als je zuvor. Ein junger Kerl fing an zu jammern, er würde es niemals schaffen; der Führer redete auf ihn ein, er solle es doch erst einmal versuchen.

Der Engländer sagte kein Wort.

Der Führer marschierte zurück ins Dorf. Er wollte herausfinden, warum der Lastwagen nicht gekommen war.

»Gibt es denn in Melles Telefon?«, fragte Gerhard.

Christmann schüttelte den Kopf. »Fahrräder gibt es«, sagte er. »Ich nehme an, er wird nach Fos radeln. Das ist der nächste etwas größere Ort. Vielleicht hilft ihm dort jemand weiter.«

Donnerstag, 8. April 1943

Gerhard glaubte, er habe nur wenige Minuten geschlafen, als Christmann ihn wachrüttelte. »Der Führer ist zurück«, sagte er.

Der Mann mit der Baskenmütze hatte keine Verbindung mit Toulouse bekommen. Daraufhin hatte er die Zentrale in Lyon angerufen. Dort hatte man ihm berichtet, dass der Schaden größer sei, als angenommen. Zu allem Überfluss gab es Hinweise darauf, dass die geplante Flucht mit dem Lastwagen verraten worden war.

»Zu Fuß schaffen wir es nicht bis zur Grenze«, sagte Gerhard. »Mit dem Engländer, der seine Verletzung noch nicht ausgeheilt hat, geht das nicht.«

»Wir fahren mit dem Lastwagen«, beruhigte ihn Christmann. »Aber nur wir drei. Und wir nehmen eine andere Route. Den Rest der Gruppe bringt der Mann mit der Baskenmütze von hier aus zu Fuß über die Berge. Das ist der sichere Weg.«

»Und wir nehmen einen unsicheren Weg?« Gerhard zog die Stirn kraus.

»Nicht unsicher«, widersprach Richard. »Nur nicht ganz so sicher wie der Fußweg. – Unser Fahrer kommt übrigens nicht nach Melles, das ist ihm zu riskant. Er wird uns unten an der Straße nach Fos aufsammeln.«

»Wie weit ist das?«

»Nicht weit. Drei Kilometer vielleicht. Oder fünf.«

Christmann stieg zu dem Fahrer in das Führerhaus. Die anderen beiden machten es sich auf der Ladeläche bequem. Allzu bequem war es freilich nicht, denn die Kisten waren dreifach und vierfach übereinandergestapelt. Gerhard räumte einen Platz frei für sich und den Engländer. »Wie wäre es mit einer Zigarette?«, fragte er.

»Gern.«

John Kennard Hurst war erfreut, dass Gerhard Englisch sprach. Gerhard war nicht ganz so erfreut. Hurst war kein Engländer, sondern Amerikaner. Er kam aus Texas, und Gerhard hatte große Mühe, seinen Akzent zu verstehen.

»Du bist Pilot?«, fragte Gerhard.

John Hurst schüttelte den Kopf. »Navigator«, sagte er. »Über den Niederlanden abgeschossen. Ich habe Glück gehabt.«

»Glück?«, fragte Gerhard.

John nickte. »Unsere B-17 ist in Brand geschossen worden. Zwei von uns waren gleich tot, aber die übrigen sieben konnten mit dem Fallschirm abspringen.«

»Wo sind die anderen sechs?«, fragte Gerhard.

»Tot. Wir hatten geglaubt, wir hätten es geschafft, aber der deutsche Jagdflieger ist zurückgekommen und hat auf die Fallschirme geschossen. Ich habe auch einen

Schuss abgekriegt, aber jedenfalls habe ich überlebt. Ein junges holländisches Paar hat mich gefunden und in Sicherheit gebracht.«

»Sie haben viel riskiert«, sagte Gerhard. Darauf stand die Todesstrafe.

»Ich weiß. Sie haben den Pastor alarmiert; sie haben geglaubt, dass ich die Nacht nicht überleben würde. Aber ich habe überlebt«, sagte John.

»Gut, dass du es geschafft hast«, sagte Gerhard.

»Ja. Scheißdeutsche!«

Gerhard antwortete nicht. Dies war nicht der Ort und nicht der richtige Augenblick, um irgendetwas zur Verteidigung seiner Landsleute zu äußern. Er brauchte diesen Hurst. Er brauchte seine Hilfe.

John sah ihn an. »Und du bist einer von unseren Fluchthelfern?«

»Ja«, sagte Gerhard. »das heißt, eigentlich bin ich ein englischer Agent. Mit dem Fallschirm über den Niederlanden abgesprungen.«

»Oh«, sagte John.

Gerhard war sich nicht sicher, ob das Anerkennung oder Zweifel bedeuten sollte. »Ich kann nicht mit nach Spanien kommen, ich muss wieder nach Holland zurück. Aber ich habe eine Bitte: Wir haben kein Funkgerät, und es gibt Dinge, die ich unbedingt nach London melden muss. Kannst du das für mich machen?«

»Klar«, sagte der Navigator.

»Das eine ist, dass alle anderen Fallschirmagenten, die *SOE Dutch* in die Niederlande geschickt hat, von den Deutschen gefangen worden sind.«

»Alle?« Es war offensichtlich, dass der Mann diese pauschale Beurteilung der Lage ziemlich unwahrscheinlich fand.

»Alle«, wiederholte Gerhard. »Und das andere ist, dass die Deutschen gerade dabei sind, alle Juden umzubringen.«

»Ja, das habe ich auch gehört«, sagte Hurst. »Im Krieg bekommt man allerlei unglaubliche Dinge zu hören.«

»Es ist wahr!«, rief Gerhard.

John Hurst murmelte: »Schon gut. Ich werde berichten. Aber jetzt brauche ich erst einmal etwas Schlaf.«

Auch Gerhard schlief fest. Er wurde erst wach, als der Wagen anhielt. Er richtete sich auf und spähte zwischen den Kisten hindurch nach draußen. Sie waren jedenfalls noch nicht in Spanien. Sie hielten in einer französischen Kleinstadt. Christmann erschien auf der Ladefläche.

»Wo sind wir?«, fragte Gerhard.

»Bagnères-de-Luchon«, sagte Richard. »Kleine Pause. Ich besorge uns was zu Essen.«

»Gute Idee«, sagte Gerhard. Was sie bei ihrem überstürzten Aufbruch in Toulouse mitgenommen hatten, war inzwischen aufgebraucht.

Unruhig wurde Gerhard erst, als Christmann nach mehr als einer Stunde noch nicht zurück war. Er erhob sich.

»Was hast du vor?«, fragte Hurst alarmiert.

»Ich suche Christmann«, sagte er.

»Mach keinen Unsinn«, rief der Flieger. Aber da war Gerhard schon von der Ladefläche heruntergesprungen.

Bagnères-de-Luchon war ein Thermalbad, und auch wenn der frühere Glanz kriegsbedingt ein wenig gelitten hatte, war der Reichtum des Ortes nicht zu übersehen. Im ehemaligen *Hotel de Paris* gegenüber den Thermen war jetzt die deutsche Kommandantur untergebracht, und auch andere Prunkbauten hatten den Besitzer gewechselt. In der Villa Raphaël, einem prächtigen Haus nahe der Brücke nach Montauban, saß jetzt die Grenzpolizei.

Gerhard ging einmal durch den Ort und zurück. Christmann war nirgendwo zu sehen. Was jetzt? War er womöglich verhaftet worden? In dem Fall machte es wenig Sinn, sich nach seinem Verbleib zu erkundigen. Ihm würde nichts passieren; er konnte nachweisen, dass er zur Wehrmacht gehörte, auch wenn er keine entsprechenden Papiere bei sich hatte. Ein oder zwei Telefonate würden ausreichen. Aber dabei würde auch herauskommen, weshalb er hier in Luchon war, und der Amerikaner würde wahrscheinlich verhaftet werden. Es war besser, wenn sie so schnell wie möglich verschwanden. Gerhard kaufte ein Brot und ging zurück zum Parkplatz.

Der Fahrer hatte eine deutsche Landkarte auf den Knien. *Durchgängigkeit der Pyrenäen.* »Hier liegt Melles«, sagte er. »Von dort seid ihr gekommen. Ich brauche euch nicht zu sagen, dass der Grenzübertritt im Tal der Garonne wesentlich einfacher gewesen wäre als hier.«

»Das wäre schön gewesen, aber es lässt sich nicht ändern«, erwiderte Gerhard. Es war sinnlos über verpasste Gelegenheiten zu diskutieren.

»Jedenfalls sind wir jetzt in Bagnères-de-Luchon. Von hier gibt es nur einen Weg nach Spanien, über die RN 125. Über den Col du Portillon geht das, mehr als 1200 m über dem Meeresspiegel. Eine Serpentine nach der anderen. Und wenn wir schließlich oben sind, müssen wir genauso im Zickzack wieder nach unten, und am Ende sind wir dann in Spanien, in Bosost.«

»Ja«, sagte Gerhard. »Genug geredet. Lassen Sie uns losfahren.«

Der Fahrer hob die Augenbrauen. »Und Christmann?«

»Ich habe den ganzen Ort abgesucht. Er ist nirgendwo zu sehen. Wahrscheinlich ist er festgenommen worden.«

»Das ist schlecht.« Der Fahrer sah auf seine Uhr. »Geben wir ihm noch zehn Minuten«, sagte er. »Das macht keinen Unterschied.«

Gerhard nickte. Aber er dachte: Zehn Minuten, die sind vielleicht der Unterschied zwischen Leben und Tod. Was sollten sie tun, wenn jetzt die Polizei kam? In den Lastwagen springen und davonfahren? Sie hätten keine Chance. Aber die Polizei kam nicht. Es kam überhaupt niemand.

»Auf geht's!«, rief der Fahrer schließlich. Er lief nach vorn. Gerhard kletterte wieder zu Hurst auf die Ladefläche. Der LKW setzte zurück, rangierte aus dem Parkplatz heraus und machte sich schließlich auf den Weg in Richtung Col du Portillon.

Richard Christmann saß noch immer bei der Grenzpolizei in der Villa Raphaël. Alles dauerte elend lange. Nachdem er sich ausgewiesen hatte, hatten sie ihn mit Toulouse telefonieren lassen. Das Sonderkommando, das den Lastwagen abfangen sollte, war längst auf dem Rückweg gewesen. Sie hatten es in Carbonne anhalten können und den Leiter der Aktion über die veränderte Lage informiert. Aber da waren die SD-Männer gut 100 Kilometer von Bagnères-de-Luchon entfernt. Es würde mehr als zwei Stunden dauern, bis sie hier eintrafen.

Richard saß wie auf Kohlen. Ihm war klar, dass Gerhard sich inzwischen Sorgen machen würde. Tatsächlich hatte er ihn gesehen, wie er auf der Suche nach ihm an der Villa Raphaël vorbeiging. Die Polizisten würden noch längst nicht hier sein. Richard konnte nur hoffen, dass Gerhard noch eine Weile auf ihn wartete.

Das Ganze war hervorragend eingefädelt. Richard hatte von Paris aus alle Weichen gestellt. Der SD hatte gewusst, zu welchem Zeitpunkt und auf welchem Weg der Lastwagen mit Gerhard und dem amerikanischen Flieger kommen würde. Leider, so würde er später berichten, hätten die beiden versucht, eine Straßensperre der Polizei zu durchbrechen, und dabei seien sie ums Leben gekommen. Diese Version bot mehrere Vorteile. Der Amerikaner würde nicht entkommen und keine deutschen Städte mehr bombardieren. Gerhard würde zwar ums Leben kommen, aber gerade dadurch würde unzweifelhaft belegt, dass er bis heute in Freiheit gewesen war.

Die Engländer würden annehmen, dass dasselbe auch für all ihre anderen Fallschirmagenten galt.

Sofieke würde sehr traurig sein, aber Richard war überzeugt, dass er sie trösten könnte. Außerdem würde sie seine Hilfe dringend brauchen, denn durch ihre unwissentliche Mithilfe bei der Ausschaltung des *Nationaal Comité* war sie vermutlich inzwischen für den Widerstand zu einem unkalkulierbaren Risiko geworden, das ausgeschaltet werden musste.

In diesem Augenblick fuhr ein schwarzer Mercedes vor der Villa Raphaël vor. Endlich! Christmann eilte nach draußen.

Der Lastwagen mit den leeren Apfelsinenkisten hatte das Tal hinter sich gelassen und kroch im Schneckentempo den Anstieg zum Col du Portillon empor. Die landwirtschaftlich genutzten Flächen wurden jetzt durch schütteren Nadelwald abgelöst. Gerhard spürte eine wachsende Unruhe. Sie kamen viel zu langsam voran. Er räumte weitere Kisten zur Seite, um wenigstens nach hinten freie Sicht zu bekommen. Da lag die Nationalstraße mit ihren Windungen. Außer ihnen war kein Mensch unterwegs. Nein, das stimmte nicht ganz. Weit unter ihnen fuhr noch ein zweiter Wagen, ein PKW, langsam den Berg hinauf.

Gerhard bahnte sich einen Weg nach vorn. Er starrte durch das kleine Fenster auf der Rückseite der Fahrerkabine. Da saß der Fahrer. Gerhard klopfte an die Scheibe. Der Mann reagierte nicht.

»Was ist los?« Der Amerikaner hatte gemerkt, dass irgendetwas nicht stimmte.

»Ich fürchte, wir werden verfolgt!«, rief Gerhard. Er hastete wieder nach hinten.

»Lass mich nicht im Stich!«, rief der Amerikaner. »Bitte, lass mich nicht im Stich!«

»Ich lasse dich nicht im Stich!«, versicherte Gerhard. Auch der andere Wagen hatte seine Probleme mit der Steigung, aber es war nicht zu übersehen, dass er ihnen immer näher kam. Er würde sie ganz sicher vor der Passhöhe einholen. Noch eimal versuchte Gerhard, sich bemerkbar zu machen, indem er auf das Führerhaus trommelte. Der Fahrer reagierte nicht.

»Wir müssen abspringen!«, entschied Gerhard.

»Abspringen?«

Jetzt war keine Zeit für Diskussionen. Gerhard half dem Amerikaner auf die Beine. Der Wagen nahm die nächste Kurve. Einige Kisten verrutschten und versperrten den Weg. Gerhard warf sie zur Seite. Als der Blick hangabwärts wieder frei war, sah er, dass der andere Wagen nur noch drei Serpentinen unter ihnen war.

»In der nächsten Kurve springen wir!«, sagte er.

Da kam schon die nächste Haarnadelkurve. Der Fahrer nahm Gas weg.

»Jetzt!«

Der Amerikaner sprang, kam unglücklich auf, überschlug sich und blieb liegen. Der Wagen gab Gas. Gerhard sprang ab. Er landete auf allen Vieren, rannte zurück zu dem Flieger. Der Mann rappelte sich auf. »Verdammter

Mist!«, sagte er. Aber wenn er stehen konnte, hatte er sich jedenfalls kein Bein gebrochen.

»Los! Runter von der Straße!« Gerhard packte den Mann am Arm und zerrte ihn hangaufwärts. Die Zeit reichte nicht aus, als dass sie bis zum Waldrand hätten kommen können. Bevor ihr Verfolger in Sicht kam, warfen sie sich ins Gras. »Keine Bewegung!« rief Gerhard. »Sie können uns nicht sehen, wenn wir uns nicht rühren.«

Der Wagen fuhr vorbei.

Waren sie wirklich verfolgt worden, oder hatten sie überreagiert? Der Amerikaner humpelte zum Waldrand. Gerhard blieb stehen und sah nach oben. Er konnte jetzt nicht mehr sehen, was auf der Straße über ihnen geschah. Ihm war so, als ob in der Ferne Schüsse fielen.

»Bleib hier hinter den Bäumen«, sagte er. »Ich seh nach.«

Gerhard stieg langsam den Hang hinauf. Er achtete darauf, dass er im Schutz der Bäume blieb, so dass man ihn von der Straße aus nicht sehen konnte. Als er die dritte Haarnadelkurve erreicht hatte, kam der schwarze Wagen zurück. Vier Männer saßen darin. Sie fuhren in langsamem Tempo in Richtung Luchon.

Den Lastwagen hätte Gerhard fast übersehen. Er war einige Serpentinen höher ganz am anderen Ende der Haarnadelkurve die Böschung hinuntergestürzt. Die leeren Apfelsinenkisten lagen über den Hang verstreut. Warum war der Wagen von der Straße abgekommen? Als er näher herankam, sah Gerhard, dass die Fahrertür von Geschossen durchsiebt worden war. Gerhard sog die Luft ein. Es roch nach Feuer. Kein Zweifel, der Wagen brannte. Der Fahrer steckte noch in der Kabine. Gerhard wollte die Tür öffnen; sie klemmte. Als er mit aller Gewalt daran riss, sprang sie auf, und der Fahrer stürzte ihm entgegen. Gerhard legte ihn vorsichtig auf den Rasen, aber für den Mann gab es keine Rettung mehr. Er war tot.

Außer dem Mann war noch ein kleiner Gegenstand aus der Kabine gefallen. Gerhard suchte zwischen dem Geröll danach, bis er ihn fand. Es war eine Pistole.

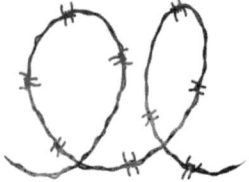

Gerhard war zu dem Flieger zurückgekehrt. Sie hatten sich entschieden, fürs erste zu bleiben, wo sie waren. Es war eine kalte Nacht. Der Amerikaner stöhnte im Schlaf. Mit dem ersten Morgenlicht mussten sie wieder hoch. Obwohl sie beide steif waren, fühlten sie sich doch etwas erholt.

»Wir müssen über den Kamm rüber«, sagte Gerhard. »Aber wir müssen vorsichtig sein. Wenn die Deutschen irgendwo Posten aufgestellt haben, dann ist es hier oben.«

Der Nadelwald oberhalb der Straße wurde immer dichter. Schließlich blieb Gerhard stehen. »Es hat keinen Sinn mehr«, sagte er. »Wir müssen runter auf die Straße. Wenn ein Auto kommt, hören wir es von weitem.«

Hurst stellte diese Weisheit nicht in Frage, aber vermutlich war ihm genau wie Gerhard bewusst, dass hier in unmittelbarer Nähe der Grenze auch mit Fußpatrouillen zu rechnen war. Sie marschierten am Rande der Fahrbahn, jederzeit bereit, sich in Deckung zu werfen. Aber es gab längere Abschnitte, wo die Straße links durch eine Felswand gesäumt wurde, während es rechts einige Meter tief in den Abgrund ging.

Hurst blieb plötzlich stehen. »Deutsche!«, wisperte er. Sie hatten Glück. Der Amerikaner hatte die Patrouille früh genug gesehen. Weit weglaufen konnten sie nicht. Sie lagen im Gras und warteten. Die deutsche Streife kam. Es waren fünf Mann. Gerhard wagte nicht, den Kopf zu heben. Er wartete, bis er sich sicher glaubte, dass die Männer fort waren. Als er sich schließlich aufrichtete, waren die Deutschen tatsächlich verschwunden.

»Weiter!«

Sie kamen an eine Stelle, an der ein schmaler Pfad von der Straße abzweigte. War dies ein Weg, den die Schmuggler benutzten, oder gingen hier die deutschen Patrouillen entlang? Sie hatten keine Wahl. Auf der Straße bleiben konnten sie nicht. Noch wenige hundert Meter, und sie würden auf die Grenzposten treffen.

»Hier hoch!«, sagte Gerhard.

Schließlich hörte der Wald auf. Sie hatten den Kamm erreicht. Vor ihnen lag die Grenze. Vorsichtig sahen sie sich um. Kein Posten weit und breit. Unter sich im Tal sahen sie ein langgestrecktes Dorf am Ufer eines Flusses.

Gerhard war erleichtert. »Das ist Bosost«, sagte er. »Spanien.«

»Gottseidank«, sagte Hurst. »Viel weiter wäre ich auch nicht mehr gekommen.«

Gerhard ertappte sich bei dem Gedanken, wie schön es wäre, jetzt einfach mit dem Amerikaner über die Grenze zu gehen. Er würde nach England zurückkehren. Er wäre in Sicherheit, und der Krieg wäre für ihn vorbei. Nie wieder würde er sich auf eine so wahnsinnige Aktion einlassen. – Aber das ging natürlich nicht.

Hurst schien seine Gedanken erraten zu haben. »Kommst du mit?«, fragte er.

Gerhard schüttelte den Kopf.

»Eine Freundin in Holland?«

Gerhard nickte. Er erzählte in knappen Worten, wie Sofieke und er sich kennengelernt hatten. »Wir bleiben auf jeden Fall zusammen«, sagte er.

»Wirklich?«

»Ja, natürlich. Wir lieben uns.«

»Liebe?« Hurst lächelte traurig. »Lass dir von einem geschiedenen Mann sagen, wie es ist. Liebe gibt es nicht. Du denkst jetzt, es ist Liebe, was diese Sofieke für dich empfindet. Aber was meinst du, was diese Liebe noch wert ist, wenn der Krieg vorbei ist? Heute klammert sie sich an dich, weil sie dich braucht. Du hast ihr das Leben gerettet, und du sorgst auch jetzt dafür, dass ihr nichts passiert. Dafür schläft sie mit dir. Was sie dabei denkt, ist eine andere Frage.«

Gerhard schüttelte den Kopf.

Während Gerhard langsam in Richtung Luchon zurückging, fragte er sich, was geschehen war. Hatte Richard ihn verraten? War das alles von Anfang an so geplant gewesen? Gerhard machte einen weiten Bogen um das ausgebrannte Wrack des Lastwagens. Im Gesträuch am Waldrand lag eine zusammengenüllte Zigarettenpackung. *Eckstein No. 5.* Richard Christmann rauchte Eckstein. Aber natürlich war er nicht der einzige. Andererseits – vielleicht

war es wirklich dumm, dass er sich jetzt auf den Rückweg in Richtung Holland machte. Womöglich lief er ge-
radewegs in sein Verderben. Die nächste Begegnung mit
Richard Christmann war kritisch. Gerhard war froh, dass
er die Pistole hatte. Bei Gefahr für sein Leben würde er
zuerst schießen. Diesmal würde er zuerst schießen.

Aber es kam alles ganz anders. Als Gerhard mitten in
Luchon nach einer Möglichkeit suchte, wie er von hier
fortkommen könnte, tippte ihm plötzlich jemand auf die
Schulter. Er fuhr herum und starrte direkt in Christmanns
Gesicht. »Da bin ich aber froh«, sagte der, »dass du noch
am Leben bist.«

Gerhard riss sich zusammen. »Du hast uns hereingelegt«, behauptete er.

Richard schüttelte den Kopf. »Im Gegenteil«, sagte er.
»Ich habe versucht, euch zu retten.«

»Retten?«

»Die Deutschen haben mich festgehalten. Bis sie geklärt
hatten, wer ich war und dass ich hier sein durfte, wart
ihr schon weg. Ich habe ein paar Franzosen gefunden,
die bereit waren, mit mir die Passstraße hinaufzufahren.
Leute vom Maquis, die keine Angst vor der Gestapo hatten. Alle bewaffnet natürlich. Aber wir kamen zu spät.
Oben lag nur noch der Lastwagen neben der Straße. Wir
haben ihn angezündet, um keine Spuren zu hinterlassen.
Keine Fingerabdrücke von dir zum Beispiel.«

»Lügner!« rief Gerhard empört. »Das Ganze war ein
Anschlag auf mein Leben!«

Richard Christmann schüttelte den Kopf. »Mein lieber
Gerhard, du schätzt mich völlig falsch ein. Wenn ich

dich töten wollte, hätte ich oft genug Gelegenheit dazu gehabt. Habe ich das getan? Nein, ganz im Gegenteil. Ich habe dein Leben und das Leben von Sofieke mehrfach gerettet. Diesmal bin ich etwas zu spät gekommen, aber ich habe getan, was ich konnte.«

Noch vor wenigen Minuten hatte Gerhard gedacht, dass er sofort schießen würde, wenn Richard Christmann ihm eine Lügengeschichte präsentierte. Aber war dies eine Lügengeschichte?

»Ganz ehrlich«, behauptete Richard. »Ich habe getan, was ich konnte.«

Das stimmte nicht ganz. Aber zumindest hatte er Gerhard nicht erschossen. Er war versucht gewesen, es zu tun, aber er hatte es nicht getan. Er war mit den SD-Leuten nach oben gefahren, der LKW hatte nicht anhalten wollen, ein paar Schüsse hatten ihn gestoppt. Drin steckte nur der tote Fahrer. Gerhard und der Flieger waren weg. Richard hatte die anderen zurück ins Tal geschickt. Er hatte allein auf Gerhard gewartet. Er wusste, dass er kommen würde, um nach dem Lastwagen zu sehen. Von seinem Versteck hinter den Fichten hätte er ihn jederzeit töten können. Er hatte es nicht getan.

Auf dem langen Weg zurück ins Tal hatte er sich gescholten deswegen. Es wäre unfair gewesen, aber seit wann war Fairness für ihn ein Kriterium? Du wirst alt, dachte er. Richard Christmann, du wirst alt und sentimental. Die Haare fallen dir aus. Es wird Zeit, dass der Krieg aufhört, und dass du dich zur Ruhe setzt. Das schöne Haus in Südfrankreich hatte er schon gekauft.

Sonnabend, 10. April 1943

Die Wohnung ihrer Großmutter war ein ideales Versteck. Die Anwesenheit von Nelly an diesem Ort konnte niemandem als ungewöhnlich auffallen. Schade war nur, dass die Nutzung dieser Unterkunft zeitlich begrenzt war. Schließlich erhielt Anton die Nachricht, dass Nellys Oma aus dem Gefängnis entlassen würde.

»Wir müssen umziehen«, sagte er. »Wir können nicht länger in Amsterdam bleiben.«

Nelly stellte keine Fragen. Neun Tage hatten ausgereicht, sie zu zähmen. Fromm wie ein Lamm ging die junge Frau mit Anton nach Rotterdam, wo er sich mit ihr im *Hotel Centraal* einquartierte.

An jenem Sonnabend ging Anton in die Stadt, um seine Eltern zu besuchen. Nelly blieb in ihrem Zimmer. Anton ging davon aus, dass sie sich weiterhin strikt an seine Anweisungen halten würde. Aber an dem Abend gab es in dem Hotel eine Kontrolle der Sittenpolizei.

Als sie die Polizei kommen sah, rannte Nelly im Nachthemd hinaus auf die Straße, woraufhin die niederländische Polizei sie verhaftete.

Anton erfuhr davon, als er spät abends zum Hotel zurückkehrte. »Wie konnte das passieren?«, fragte er entgeistert.

Der Portier sah ihn vorwurfsvoll an. »Das Mädchen ist 18 Jahre alt. Sie haben die junge Frau allein im Hotel gelassen. Das ist verboten. Jugendliche unter 21 Jahren dürfen nicht allein im Hotel übernachten, nicht ohne ausdrückliche Einwilligung der Eltern. Und mit fremden Männern sowieso nicht!«

»Fremde Männer!«, ereiferte sich Anton. »Die junge Dame ist meine Verlobte. Und selbstverständlich sind wir hier mit Einverständnis ihrer Eltern.«

»So, so.« Der Portier glaubte ihm kein Wort. »Haben Sie eine schriftliche Erklärung ihrer Eltern?«

»Schriftlich nicht«, musste Anton zugeben.

»Na also. Dann würde ich vorschlagen, dass Sie sich jetzt erst einmal an die Eltern wenden, und dass sie dann gemeinsam zur Sittenpolizei gehen und das Kind abholen.«

Das Kind! Aber es machte keinen Sinn, mit dem Portier zu diskutieren. »Das ist wahrscheinlich wirklich das Beste«, murmelte Anton. Er beglich die Rechnung und verließ das Hotel.

Vom Hauptbahnhof aus rief er sofort beim SD an, aber zu seinem Leidwesen war der Herr Schreieder nicht mehr an seinem Arbeitsplatz. Seine private Telefonnummer hatte Anton nicht, und die Sekretärin, die Anton nicht persönlich kannte, wollte sie auch nicht herausrücken. Es half auch nichts, dass er sie als »dumme Kuh« bezeichnete.

Montag, 12. April 1943

Anton hatte Schreieder auch am Wochenende telefonisch nicht erreichen können. Am Montag früh nahm er den ersten Zug nach Driebergen. Kurz vor Mittag klopfte er im Vorzimmer von Joseph Schreieder an.

»Der Herr Schreieder will nicht gestört werden!«, sagte die Sekretärin. Es war nicht Else Geigerseder. Richtig, das hatte er fast vergessen, die war ja im Urlaub.

Anton ließ sich nicht aufhalten. Ehe die Frau ihn daran hindern konnte, riss er die Tür zu Schreieders Zimmer auf. »Herr Hauptsturmführer, ich muss Sie unbedingt sprechen. Es ist etwas Furchtbares passiert: Nelly ist verhaftet worden. Von der niederländischen Polizei.«

»Erzählen Sie!« Schreieder schraubte den Füllfederhalter zu. Ihm war klar, dass er die Bearbeitung seiner Akten jetzt nicht fortsetzen konnte. Nelly verhaftet – das war eine Katastrophe.

Anton van der Waals gestand ziemlich kleinlaut, was passiert war.

Schreieder schüttelte den Kopf. »Sie sind wahnsinnig«, sagte er. »Sie sind wirklich wahnsinnig. Die Niederlande sind riesengroß, aber Sie gehen für Ihr kleines illegales

Liebesabenteuer ausgerechnet nach Rotterdam, in die Stadt, in der Sie geboren sind. In die Stadt, in der Ihre Eltern wohnen ...«

Anton war gerade wegen seiner Eltern nach Rotterdam gefahren, um sie zu besuchen.

»... Was glauben Sie, was passiert, wenn Nelly nun ihre Erlebnisse der letzten Wochen der niederländischen Polizei erzählt?«

Anton schwieg.

Schreieder schüttelte den Kopf. Alles Schimpfen half jetzt nicht weiter. Wenn Nelly der Polizei erzählte, was sie wusste, dann würden die holländischen Kollegen sicher das Spiel gegen das *Nationaal Comité* durchschauen, und bestimmt würde einer von ihnen den Widerstand oder gar London informieren. Das wäre fatal. Die Verhaftungen waren noch längst nicht abgeschlossen. Was jetzt?

Der Hauptsturmführer saß längst nicht mehr hinter seinem Schreibtisch. Er tigerte inzwischen im Zimmer auf und ab, und Anton stand da wie ein begossener Pudel und sah ihm dabei zu. Schließlich beruhigte sich Schreieder. Er kehrte hinter seinen Schreibtisch zurück, zündete sich eine Zigarre an und sagte: »Anton, ich habe eine Idee.«

Schreieder rief bei der SD-Außenstelle Rotterdam an und ließ sich mit dem Leiter verbinden. Der sollte bitte telefonisch das Gefängnis davon unterrichten, dass eine gewisse Nelly van Looi, die dort einsaß, demnächst von zwei Beamten der Sicherheitspolizei aus Den Haag abgeholt würde.

Anton fuhr gemeinsam mit Marten Slagter nach Rotterdam. Marten war Niederländer im Dienst des SD. Genau wie sein Kollege Poos arbeitete er oft mit Hauptsturmführer Schreieder zusammen. Anton war noch nie in einem Gefängnis gewesen. Das Gebäude mit seinen Wachtürmen und vergitterten Fenstern kam ihm bedrohlich vor.

Slagter sah, dass der V-Mann ein besorgtes Gesicht machte. »Ich rede«, sagte er. »Du hältst den Mund.«

Anton nickte. Durch mehrere Türen, die der Portier jeweils vor ihnen auf- und hinter ihnen wieder zuschloss, gelangten sie schließlich in den Verwaltungstrakt. Es roch auch hier nach Lysol und feuchtem Mauerwerk. Marten Slagter zeigte seinen Dienstausweis. Dieser wurde von einem Gefängnisbeamten geprüft, und der telefonierte schließlich den Gefängnisleiter herbei. Er begrüßte die beiden Besucher. »Ich bin informiert«, sagte er. Anton war erleichtert. Der erste Teil der Aktion hatte also geklappt.

Nelly wurde aus ihrer Zelle geholt. Alle sahen in ihre Richtung, als sie hereingeführt wurde. Niemand bemerkte, dass Anton einen Finger an die Lippen legte. Nelly begriff. Sie sollte still sein. Sie gehorchte. Gelassen erledigte Slagter den Papierkram. Dann folgte der lange Weg zurück zum Ausgang. Der Gefängnisbeamte ließ das Schlüsselbund fallen. Anton wollte es aufheben. Slagter trat ihm auf den Fuß. »Ganz ruhig!«, murmelte er. Der Beamte bückte sich umständlich, nahm das Schlüsselbund, schloss auf. Sie gingen durch die Tür. Der Mann schloss die Tür hinter ihnen ab, und dann ging es weiter.

Endlich waren sie draußen. Jetzt kam es auf die Geschwindigkeit an. Bloß weg mit Nelly! Anton stieß sie in den bereitstehenden Wagen, schlug die Tür zu, und im nächsten Moment fuhren sie mit hohem Tempo davon.

In dem Augenblick kam ein zweiter Wagen vor dem Gefängnis an. Die beiden Männer, die darin saßen, mussten ebenfalls den umständlichen Weg durch die eisernen Türen zurücklegen. Endlich waren sie in der Verwaltung.

»Ja, bitte?«, fragte der Gefängnisbeamte verwundert.

»Es wurde von der SiPo Rotterdam hier angerufen«, sagte der eine. »Wir sollen die Gefangene abholen.« Er legte seinen Dienstausweis und das entsprechende Formular auf die Barriere.

Der Beamte sah ihn mit großen Augen an. »Die Gefangene? Die ist doch eben schon abgeholt worden!«

Der Polizist brauste auf. »Abgeholt? Das ist doch unmöglich. Wir haben den Auftrag, sie abzuholen. Nur wir und kein anderer! Das steht doch hier ganz eindeutig!«

Der Gefängnisbeamte erschrak. Ganz offensichtlich war er Schwindlern zum Opfer gefallen. Irgendwelchen Widerstandskämpfern wahrscheinlich, die die junge Frau befreit hatten.

Anton und Nelly hatten sich inzwischen in Richtung Den Haag fahren lassen. Am Bahnhof ließen sie Slagter anhalten. »Schönen Dank!«, sagte Anton. »Von hier aus kommen wir allein nach Hause.«

Er wollte dem Polizisten auf keinen Fall verraten, wo dieses neue Zuhause war.

Alles in allem musste Nelly glauben, dass Anton van der Waals sie soeben zum dritten Mal gerettet hatte: erst bei der Schießerei auf dem Museumsplatz in Amsterdam, dann bei der Flucht aus der SD-Zentrale am Binnenhof, und jetzt bei der Befreiung aus dem Gefängnis in Rotterdam. Nun saß er zusammen mit ihr im Taxi. Nelly weinte.

»Wohin?«, fragte der Taxifahrer.

»Laan van Nieuw Oost-Indië«, gab Anton an. Es war die Adresse von Else Geigerseder. Die war zur Zeit auf Urlaub in Deutschland. Anton hatte den Schlüssel.

»Dummes Mädchen!«, sagte Anton. »Wie konntest du soetwas machen?«

Es klang liebevoll. Jedenfalls sollte es liebevoll klingen. Dieser Text war für die Ohren des Taxifahrers bestimmt. Der Mann grinste. Er hatte wahrscheinlich schon allerlei ungewöhnliche Fuhren gehabt.

Anton erläuterte: »Die Kleine ist im Augenblick völlig verwirrt. Sie hat gerade miterleben müssen, wie ihre Eltern von der Gestapo verhaftet worden sind. Sie können sich vorstellen, was das für so ein zartes junges Mädchen bedeutet. Ich hatte sie erst einmal in einem Hotel untergebracht. Und dann – ich war nur eben losgegangen, um mir Zigaretten zu holen – dann war sie auf einmal verschwunden. Ich hatte solche Angst. Ich habe befürchtet, dass sie sich am Ende etwas antun würde. Aber dann kam zum Glück der Anruf der Polizei ...«

»Nein, nein!« Nelly schniefte.

»Doch, so ist es gewesen«, widersprach Anton sanft. »Das Kind hat nicht mehr gewusst, was es tun sollte. Ich war weg. Dass ich nur eben Zigaretten holen wollte, hat sie wahrscheinlich nicht mitbekommen in ihrem Zustand. Sie war ganz allein. Da ist sie einfach auf die Straße gerannt, leicht bekleidet, wie sie war.«

Die Polizei hatte ihr Hemd und Hose gegeben, beides unförmig und viel zu groß. Sie sah aus, fand Anton, als sei sie aus einer Irrenanstalt ausgebrochen.

»Man muss viel Geduld haben«, empfahl der Taxifahrer verständnisvoll.

»Ja, das ist wohl wahr«, stimmte Anton zu.

Nelly hatte inzwischen starke Zweifel daran, dass Anton es wirklich gut mit ihr meinte. Wieder wollte sie etwas sagen, aber Anton drückte ihr einen Kuss auf den Mund. »Mein armes, kleines Schätzchen«, sagte er bekümmert. »Mein armes, armes kleines Schätzchen!« Ja, er würde viel Geduld mit ihr haben. Jedenfalls bis zu dem Moment, wo der Taxifahrer sie am Ziel der Reise abgeliefert hatte. Danach würde er ihr mit Genuss den Hintern versohlen.

Donnerstag, 15. April 1943

»Bitte nehmen Sie doch Platz!« Dr. Harster wies auf den gepolsterten Besucherstuhl. »Darf ich Ihnen etwas anbieten? Einen Kaffee vielleicht?«

»Ja, danke, gern«, erwiderte Schreieder. Eigentlich mochte er keinen Ersatzkaffee, aber sein Vorgesetzter war in guter Stimmung, und ihm lag viel daran, dass das auch so blieb. Er setzte sich.

Harster ließ seine Sekretärin kommen und gab den Kaffee in Auftrag. Dann wandte er sich seinem Besucher zu. »Zunächst einmal möchte ich Ihnen herzlich zu Ihrem sensationellen Erfolg gratulieren. Sie haben sozusagen ganz allein das gesamte *Nationaal Comité* ausgehoben. Über 150 Verhaftungen, und ich nehme an, wenn die Ergebnisse der Vernehmungen vorliegen, werden noch weitere Festnahmen folgen. Es ist der größte Schlag gegen den holländischen Widerstand, der uns je gelungen ist.«

»Danke.«

»Das ist die eine Seite der Medaille. Aber wie immer bei solchen Dingen gibt es auch eine andere Seite. Was machen wir mit diesen ganzen Gefangenen?«

Harster machte eine Pause und sah Schreieder freundlich lächelnd an. Es sah so aus, als warte er auf eine Antwort seines Untergebenen, aber Schreieder schwieg. Dass Harster diese Frage überhaupt aufwarf, schien darauf hinzudeuten, dass er sie jedenfalls nicht alle kurzerhand erschießen lassen wollte.

»Das ist ein Problem«, sagte Harster schließlich, und er sah geradezu ein kleines bisschen bekümmert aus. »Das ist ein Problem, Schreieder! Sie wissen natürlich, dass der Reichskommissar großen Wert auf gute Beziehungen zu seinen Niederländern legt. Die Beziehungen sind zwangsläufig zur Zeit etwas belastet. Das hängt damit zusammen, dass Deutschland bei zunehmender Länge des Krieges naturgemäß auf alle irgendwie verfügbaren Arbeitskräfte zurückgreifen muss. Die ersten Jahrgänge von Schulabgängern werden demnächst für den Arbeitseinsatz aufgerufen, und dabei wird es nicht bleiben. In diesem Zusammenhang wäre es außerordentlich unwillkommen, wenn wir jetzt eine Massenhinrichtung durchführen müssten.«

»Ein solches Blutbad dient niemandem«, pflichtete Schreieder seinem Vorgesetzen bei. Er war erleichtert.

»Aber Sie wissen natürlich«, bremste Dr. Harster, »dass es in höheren Kreisen der SS durchaus auch Vertreter einer harten Linie gibt.«

Ja, das wusste Schreieder nur zu gut. Die Sekretärin kam mit dem Kaffee, schenkte ihnen beiden ein und verließ dann wieder das Zimmer.

»Ausgezeichnet!«, sagte Harster.

Auch Schreieder musste zugeben, dass das Getränk für einen Ersatzkaffee erstaunlich gut schmeckte.

»Um auf unser Thema zurückzukommen«, bemerkte Harster nach einer kurzen Pause, »bin ich der Auffassung, dass der Staat für sich das Recht in Anspruch nehmen muss, Leute, die sich gegen ihn wenden, hinter Schloss und Riegel zu setzen. Das gilt nicht nur für solche Leute, die Bomben schmeißen, sondern auch für diejenigen, deren feindliche Haltung sich in der Beeinflussung der Bevölkerung und in einem passiven Widerstand ausdrücken. Das trifft auf Vorrink und seine Mittäter vom *Nationaal Comité* zu. Daher schlage ich folgende Lösung vor: All die Personen, die wir festgenommen haben, verschwinden vollkommen von der Bildfläche. Wir berufen uns dabei auf die *Richtlinien für die Verfolgung von Straftaten gegen das Reich oder die Besatzungsmacht in den besetzten Gebieten* vom 7. Dezember 1941 ...«

»Den Nacht-und-Nebel-Erlass.«

»Genau. Die betroffenen Personen werden zunächst einmal nach Deutschland verbracht und dort heimlich vor Gericht gestellt, ohne dass die Angehörigen irgendwelche Auskünfte erhalten. Ihr spurloses Verschwinden dient der Abschreckung. Wir haben damit gute Erfahrungen gemacht.«

»Das ist eine Möglichkeit«, sagte Schreieder. Ihm war bewusst, dass viele der Verhafteten ja nur gegen die bestehenden Gesetze verstoßen hatten, weil Anton van der Waals sie dazu überredet hatte.

»Unter den bestehenden Bedingungen die beste Lösung«, bestätigte Harster. »Deutschland ist ein Rechtsstaat. Die Verhafteten werden also nach und nach vor Gericht gestellt und entweder verurteilt oder freigesprochen. Aber viele der Verhafteten dürfen nicht wieder freigelassen werden, solange der Krieg andauert. Das heißt also, dass sie selbst nach einem Freispruch in Schutzhaft genommen werden und entweder in ein Gefängnis oder ein KZ verbracht werden. Ich nehme an, dass Sie damit einverstanden sind.«

Schreieder äußerte keine Bedenken.

»In diesem Fall kommt jetzt ein bisschen Arbeit auf Sie zu. Sie müssen die entsprechenden Unterlagen so bearbeiten, dass wir uns auf die Personen konzentrieren, die wirklich eine Gefahr für die Sicherheit darstellen. Vermeiden Sie allzu harte Formulierungen. Schreiben Sie einfach, dass die betreffenden Personen für das holländische Volksleben von unschätzbarer Bedeutung sind, und so weiter. Alle Straftaten, die auf Provokationen der SS und Ihrer V-Leute zurückzuführen sind, werden selbstverständlich aus den Unterlagen getilgt. Ebenso der Waffenbesitz. Und vergessen Sie nicht, darauf hinzuweisen, dass keiner der Beteiligten der Spionage schuldig ist ...«

»Aber das belastende Material belegt doch eindeutig ...«

»Lassen Sie mich ausreden, Schreieder! Es ist völlig egal, was das belastende Material belegt. Entscheidend ist, dass dieses Material den Feind nicht erreicht hat. Und für die bloße Spionageabsicht kann niemand zum Tode verurteilt werden.«

Das kam Schreieder sehr entgegen.

Aber Dr. Harster war noch nicht am Ende. »Da gibt es noch einen anderen Punkt, den ich bei dieser Gelegenheit ansprechen möchte, und zwar die Gefangenen aus dem Funkspiel mit England. Wieviele Agenten sind das inzwischen?«

»Bis jetzt 53.«

»53 Agenten. Und das sind wirklich Spione.« Harster machte eine kurze Pause, dann sagte er. »Sie sind sich darüber im Klaren, dass feindliche Spione in Kriegszeiten normalerweise hingerichtet werden. Das ist nicht nur bei uns gängige Praxis, sondern das machen unsere Feinde in England und Amerika nicht anders, von den Russen ganz zu schweigen.«

»Eine Hinrichtung setzt, soweit ich weiß, eine Verurteilung durch ein Kriegsgericht voraus.«

Harster lachte. »Mein Lieber, Sie wissen so gut wie ich, dass eine solche Verurteilung nur deshalb nicht stattgefunden hat, weil Sie diese speziellen Gefangenen bisher der Justiz entzogen haben. Sie halten sie stattdessen ohne Gerichtsurteil in einer Art privatem Sondergefängnis unter Verschluss.«

Schreieder sah ein, dass er den falschen Weg eingeschlagen hatte. Er sagte: »Herr Dr. Harster, bitte vergessen Sie nicht, dass im Zusammenhang mit unserem England-Spiel vor allen Dingen der Erfolg zählt. Und dieser Erfolg beruht in starkem Maße darauf, dass wir alle verfügbaren Informationen auswerten. Das geht nur, wenn unsere Informationsquellen, die feindlichen Agenten, am Leben sind. Tote reden nicht.«

»Das haben Sie schön gesagt, Schreieder, aber ist das auch wirklich wahr? Oder schrecken Sie ganz einfach aus Gefühlsduselei davor zurück, den erforderlichen Schritt zu tun?«

War dies wirklich Harsters Ansicht, oder wollte der Mann ihn nur provozieren? »Mit Gefühlsduselei hat das nichts zu tun«, behauptete Schreieder.

»Sie machen also weiter wie bisher?«

Schreieder nickte erleichtert. Offenbar hatte Dr. Harster keine konkreten Pläne bezüglich der Gefangenen. Er hatte ihm nur mal auf den Zahn fühlen wollen, das war alles.

Harster nahm einen Schluck Ersatzkaffee, sah seinen Untergebenen lange an. Wusste Hauptsturmführer Schreieder wirklich nicht, was auf ihn zukam, oder verschloss er einfach nur die Augen vor unwillkommenen Entwicklungen? Schließlich sagte Dr. Harster: »Ich wünsche Ihnen viel Glück.«

MAI 1943

Donnerstag, 13. Mai 1943

Anton van der Waals fühlte sich großartig. Else Geigerseder, Schreieders Sekretärin würde erst in elf Tagen zurückkommen. Anton hatte Nelly sicher verwahrt. Sie würde jedenfalls so schnell nicht wieder halbnackt auf die Straße laufen. Elses Wohnung lag im dritten Stock. Anton hatte Nelly eingeschärft, schön brav zu sein, das Mädchen dann eingeschlossen, den Koffer mit ihrem Zeug in der Gepäckaufbewahrung am Bahnhof deponiert, und nun hatte er für den Rest des Tages frei.

Es war ein herrlicher Morgen. Die Sonne schien, und Anton war sich sicher, es würde ein heißer Tag werden. Das Thermometer zeigte jetzt schon fast 24 Grad. Anton beschloss, diesen Tag zu einer Segeltour auf den Kagerplassen zu nutzen. Das Segelboot von Levinus van Looi lag im Hafen von Warmond. Levinus brauchte es jetzt nicht, und Nelly, die ihm im März das Segeln beigebracht hatte, auch nicht.

Anton fuhr mit der Bahn nach Warmond. Der Hafenmeister kannte ihn als einen Freund der Familie van Looi; er begrüßte ihn mit Handschlag. Sie wechselten ein paar Worte über das ausgezeichnete Wetter, und Anton bemerkte, dass es sehr bedauerlich sei, dass sein Freund Levinus heute nicht mitkommen könne, aber er habe einfach zu viele andere Dinge um die Ohren.

»Manchmal sollte man sich trotzdem einfach freinehmen«, empfahl der Hafenmeister.

Anton nickte verständnisvoll. »Ja, das sollte man. Aber es gibt mitunter Situationen, wo das einfach nicht geht. Er kann im Augenblick nicht weg«, sagte er. »Schade. Aber dann segele ich eben allein.«

Der Hafenmeister hatte keine Ahnung, was Anton meinte. Er zuckte bedauernd mit den Schultern.

Anton ging an Bord und machte die Leinen los. Das erste Stück des Wegs war das schwierigste. Der Gewässerarm, der sich Spriet nannte, war an der engsten Stelle nicht einmal 30 m breit. Anton war kein besonders guter Segler, aber bei dem sanften Frühlingswind gelang es ihm, die Engstelle zu passieren. Und schon war er draußen auf der weiten Wasserfläche der Plassen.

Anton lehnte sich zurück und ließ das Boot treiben. Mit ihren sechs Metern Länge war die BM-Jolle des Journalisten ein sehr eindrucksvolles Segelboot. 16 m^2 Segelfläche – das war schon etwas! Anton fand, dass das Schicksal ihm zu Recht dieses großartige Schiff zugespielt hatte. Es war ein Symbol für Geld und Ansehen – beides Dinge, die er jetzt besaß. Die Gestapo zahlte nicht schlecht, und außerdem hatte Anton erfahren, dass Schreieder ihn für die Verleihung des Deutschen Adlerordens der 3. Klasse vorgeschlagen hatte.

Anton hatte sich inzwischen erkundigt, wie der Orden aussah. Er hatte einen Durchmesser von 50 mm und bestand aus einem achtspitzigen, weißemaillierten, golden gefassten Kreuz. In dessen Winkeln stand je ein goldener Hoheitsadler mit gesenkten Flügeln auf einem das Hakenkreuz umschließenden Eichenlaubkranz. Die 3. Klasse wurde genau wie das Ritterkreuz des Eisernen Kreuzes als Halsbandorden getragen. Durch die Verleihung dieses Ordens stand Anton praktisch auf einer Stufe mit Persönlichkeiten wie dem Flieger Charles Lindbergh, dem Diktator Benito Mussolini und dem Außenminister Joachim von Ribbentrop – wenn auch diese Herren jeweils eine etwas höhere Stufe des Ordens erhalten hatten.

Das Boot fuhr auf den Lakerpolder zu; Anton ging in eine leichte Rechtskurve, und schon hatte er wieder fast einen Kilometer freier Wasserfläche vor sich. Er war nicht der einzige Segler, der sich an diesem gewöhnlichen Werktag auf dem Wasser herumtrieb. Ein kleineres Boot kam ihm entgegen. Der Mann an der Pinne hatte offensichtlich Mühe, eine Kollision zu vermeiden. Anton van der Waals warf ihm einen verächtlichen Blick zu. Anfänger!

Weiter vorn kam ein Segelboot in Sicht, aus dem bald fröhliches Lachen zu hören war. Anton nahm das Fernglas zur Hand. Fünf junge Mädchen waren das, sicher noch keine 20 Jahre alt. Anton überlegte nicht lange. Sein Boot war größer und schneller, und bei der sanften Brise ging es rasch, bis er die Mädchen eingeholt hatte. Lautlos glitt seine Jolle an das fremde Boot heran.

»Guten Morgen!«, sagte Anton.

»Huch!« Die Mädchen hatten sein Boot gar nicht bemerkt.

»Oh, Entschuldigung! Ich wollte euch nicht erschrecken!«

»Nein, nein, das macht nichts. Wir haben nicht aufgepasst«, erwiderte eines der Mädchen. Sie war eindeutig jünger als Nelly. 16 Jahre vielleicht. Sie wirkte keck und selbstbewusst. Dafür interessierte sich Anton nicht. Während lustige Bemerkungen hin und her flogen, musterte er unauffällig die anderen Mädchen. Die Älteste gefiel ihm am besten. Sie war die Schüchternste.

»Geht ihr öfter zusammen segeln?«, wollte Anton wissen.

Die Mädchen kicherten. »So oft, wie wir können«, sagte eine, die genauso aussah wie das Mädchen, das zuerst geantwortet hatte. Die beiden mussten Zwillinge sein.

Anton kam ein Gedanke: »Solltet ihr nicht eigentlich in der Schule sein um diese Zeit?«

Die Mädchen lachten ihn aus. »Mit der Schule sind wir fertig«, sagte der eine Zwilling. »Wir arbeiten inzwischen. Als Sekretärinnen.« Aber heute hatten sie sich offenbar freigenommen. »Und jetzt genießen wir das schöne Wetter.«

»Ja, es ist wirklich ein herrlicher Sonnentag!« Antons Jolle war inzwischen an dem kleineren Boot der Mädchen vorbeigeglitten. Er winkte noch einmal lässig mit der Hand, und dann fuhr er davon.

Leider konnte der Bootsausflug nicht länger dauern. Die Mädchen fuhren mit dem Dampfzug zurück nach Leiden.

»Guck mal«, sagte eines der Zwillingsmädchen. »Der Mann da draußen auf dem Gang, ist das nicht der, der uns vorhin mit dem Boot überholt hat?«

Ja, es war derselbe Mann. Ganz offensichtlich hatte er bemerkt, dass von ihm geredet wurde. Er öffnete die Tür und fragte: »Darf ich mich zu euch setzen?«

»Ja, natürlich.« Es war ja noch ein Platz frei.

Die Mädchen fanden es ein kleines bisschen ungewöhnlich, dass der deutlich ältere Mann zu ihnen ins Abteil wollte. Aber natürlich war es nicht irgendein älterer Mann, sondern ein richtiger Herr, elegant gekleidet, und jedenfalls war er sehr höflich. Sie redeten über dieses und jenes, und schließlich fragte Anton das älteste Mädchen, ob es Lust hätte, einmal mit ihm zu segeln.

»Ja«, sagte sie. Sie segelte für ihr Leben gern.

Wenig später stieg der Unbekannte aus. Jetzt begann das große Tuscheln. Der kesse Zwilling sprach aus, was sie alle dachten: »Er hat sich die Naivste von uns ausgesucht, und das bist du, Corrie!«

Corrie den Held schüttelte den Kopf. Sie dachte: Ihr seid nur neidisch. Aber es war wahr, sie war ein schüchternes Mädchen, und sie traute sich oft nicht, ihrem Gesprächspartner ins Gesicht zu sehen. Es war nicht so leicht, mit ihr ins Gespräch zu kommen. Es dauerte eine ganze Weile, bis sie auftaute. Aber diesem Mann hatte das offenbar nichts ausgemacht. Er war überhaupt ganz anders, als die jungen Männer, die sie kannte. Und bevor er das Abteil verließ, hatte er ihr seine Visitenkarte in die Hand gedrückt. Darauf stand in verschnörkelter Schrift: Baron H. van Lynden.

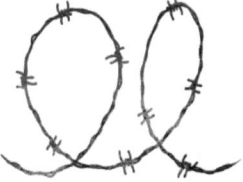

Freitag, 21. Mai 1943

Arthur Seyß-Inquart saß am Frühstückstisch und las die Zeitung. Auch wer sich wie er damit begnügte, seine Informationen aus der deutschen Presse zu entnehmen, konnte nicht umhin festzustellen, dass der Krieg inzwischen eine unglückliche Wendung genommen hatte. Die Amerikaner waren in Afrika gelandet, und vor gut einer Woche hatte das deutsche Afrikakorps kapituliert. Vom U-Bootskrieg, der bis vor wenigen Wochen fast täglich Siegesmeldungen geliefert hatte, hörte man auch nichts mehr. Die Frühjahrsoffensive in Russland war weitgehend gescheitert. Und die japanischen Verbündeten hatten die Insel Guadalcanal räumen müssen – der erste merkliche Rückschlag im Pazifikkrieg. Arthur Seyß-Inquart hatte im Atlas nachgeschlagen, wo Guadalcanal überhaupt lag: weit im Osten. Warum die Japaner nicht stattdessen nach Süden, nach Australien, vorgestoßen waren, war ihm ein Rätsel.

Gertrud hatte etwas gesagt. Arthur Seyß-Inquart schreckte hoch aus seinen Gedanken. »Ja, bitte?«

Seine Frau sagte: »Du bist so unaufmerksam in letzter Zeit, Arthur! Ich hatte dich gefragt, ob du noch etwas Kaffee möchtest.«

»Ja, gern.« Er hielt seiner Frau die Tasse hin, und sie goss ihm ein.

Es sind die Sorgen, dachte sie. Es war ihr natürlich nicht entgangen, dass die militärische Lage sich deutlich verschlechtert hatte. Das hatte Auswirkungen auf die Niederlande, und es war ihr bewusst, dass ihr Mann die Rolle, die er sich vorgestellt hatte, als gütiger Reichskommissar über seine niederländischen Untertanen zu herrschen, unter diesen Bedingungen nicht ausüben konnte.

»Arthur, du brauchst Aufmunterung«, sagte Gertrud plötzlich entschlossen. »Was hältst du davon, wenn wir Friedrich Wimmer bitten, dass er heute Abend zu uns herüberkommt?«

Ihr Mann zuckte mit den Achseln. Dr. Wimmer war ein Österreicher wie er selber, Generalkommissar für die Verwaltung und Justiz. Ja, er sollte gern zum Abendessen kommen. Sie verstanden sich großartig.

»Ich finde es so schön, wenn ihr zusammen Musik hört«, setzte Gertrud nach. Wimmer hatte ihrem Mann Bach nahegebracht, und die beiden konnten endlos vor dem Plattenspieler sitzen und wieder und wieder Stücke aus der Matthäuspassion anhören. Böse Menschen haben keine Lieder, dachte Gertrud.

Ja, etwas Ablenkung wäre gut. Arthur Seyß-Inquart machte sich Sorgen. Zwar war sein Vertrauen in die Fähigkeiten des Führers ungebrochen, aber er fragte sich dennoch, ob vielleicht seine Berater ein bisschen den Überblick verloren hätten. Als Spezialist in Wirtschaftsdingen war er sich darüber im Klaren, dass das Deutsche Reich jetzt die Grenzen seiner Leistungsfähigkeit erreicht hatte. Und ausländische Zwangsarbeiter waren ein schlechter Ersatz für einheimische Fachkräfte.

Auch in militärischer Hinsicht schienen die Möglichkeiten begrenzt. Das ganze letzte Jahr war im Wesentlichen ein Jahr des Stillstands gewesen. 1941 hatte die deutsche Wehrmacht am Stadtrand von Moskau gestanden; jetzt war sie über 100 km von der russischen Hauptstadt entfernt. Der Vorstoß nach Stalingrad hatte vielversprechend angefangen, aber er war in der Katastrophe geendet. Und was seitdem in Russland passiert war, war nicht gerade ermutigend. Die deutschen Armeen waren auf dem Rückzug.

Arthur Seyß-Inquart war privat der Meinung, dass es höchste Zeit war, Friedensverhandlungen mit allen feindlichen Kriegsparteien aufzunehmen. Ein erster Schritt dazu wäre es, den völlig inakzeptablen Ribbentrop als Außenminister abzulösen und ihn durch einen fähigen Diplomaten zu ersetzen – zum Beispiel durch ihn selber. Darüber hatte er bisher mit niemandem gesprochen, nicht einmal mit seiner Frau. Es wäre natürlich zu plump, selbst in dieser Richtung einen Vorstoß zu unternehmen. Er konnte nur hoffen, dass die Reichsregierung endlich zur Vernunft kam. Sonst bestand die Gefahr, dass am Ende all die großartigen Reformen, die Adolf Hitler in Deutschland durchgeführt hatte, zunichte gemacht würden.

Montag, 24. Mai 1943

Anton van der Waals hatte andere Sorgen. Er war sich der Tatsache bewusst, dass Else Geigerseder an diesem Tag zurückkommen würde. In den letzten anderthalb Monaten hatte er viel Spaß mit Nelly gehabt. Er hatte ihren Widerstand gebrochen, aber ihm war klar, dass er selbst für eine gezähmte Nelly auf die Dauer keine Verwendung hatte. Und einen geeigneten Aufbewahrungsort hatte er auch nicht. Da er Nelly nicht bei sich zu Hause unterbringen wollte, gab es nur eine Möglichkeit. Nelly musste weg. Dass sie der niederländischen Polizei irgendwelche Dinge verraten könnte, spielte keine Rolle mehr, jetzt, wo Vorrink und Konsorten vollständig von der Bildfläche verschwunden waren. Anton suchte Schreieder auf.

»Ich glaube, es ist jetzt an der Zeit, Nelly van Looi zu verhaften«, sagte er.

Schreieder fiel aus allen Wolken. Er hatte nicht gewusst, was inzwischen passiert war. Er hatte sich damit zufriedengegeben, dass Anton behauptet hatte, er habe Nelly nun unter Kontrolle, und da keine weiteren Vorfälle gemeldet worden waren, hatte er auch nicht nachgefragt. »Und jetzt?«

Anton schilderte die Situation. »Sie wird mir lästig und gefährlich«, sagte er. »Ich glaube, sie hat inzwischen begriffen, dass ich derjenige gewesen bin, der ihre Eltern verraten hat.«

Da gab es in der Tat nur eine Lösung. »Festnehmen!«, sagte Schreieder. Dazu genügte ein Anruf in Den Haag. Nelly wurde festgenommen.

Joseph Schreieder hätte sich einen anderen Tag für die Festnahme von Nelly gewünscht, wenn er die Wahl gehabt hätte. Gerade diesen Tag hatte er für die Feier des großen Erfolges der Festnahme des *Nationaal Comité* reserviert. Nicht zuletzt deshalb, weil Else Geigerseder heute aus dem Urlaub zurückkam.

Leider hatte nicht alles so geklappt, wie er sich das vorgestellt hatte. Die Polizei hatte Nelly van Looi am frühen Nachmittag aus dem *Oranje-Hotel* zum Verhör nach Driebergen gebracht – ausgerechnet in einem Augenblick, als er gerade nicht im Haus war. Er konnte sie hier nicht gebrauchen. Sie musste natürlich ins Gefängnis nach Scheveningen zurück, und das so schnell wie möglich. Während er noch mit der Gefängnisleitung telefonierte, kam Else Geigerseder ins Zimmer, braungebrannt, gut erholt und fröhlich.

Und dann fiel ihr Blick auf Nelly. Das junge Mädchen stand da in gestreifter Gefängniskleidung, eingeschüchtert und gedemütigt. Aber selbst jetzt war nicht zu übersehen, dass sie eine sehr schöne Frau war, deutlich schöner als die tüchtige Else, und natürlich auch deutlich jünger. Die beiden Frauen beäugten sich misstrauisch.

Schreieder sagte in Elses Richtung: »Ich bin gleich für Sie da!« und ins Telefon: »Hören Sie, ich bestehe darauf, dass Nelly van Looi sofort abgeholt wird. – Was sagen Sie? Nicht möglich? – Ich verlange, dass Sie es möglich machen. – Frühestens heute Abend? Wahrscheinlich erst morgen? – Auf diese Weise lasse ich mich nicht abspeisen!« In diesem Moment entdeckte Else, dass Nelly denselben Ring trug. Denselben ausgefallenen Verlobungsring, den ihr Anton van der Waals geschenkt hatte.

Else war außer sich vor Wut. Sie schrie Nelly an: »Verdammte Schlampe!«

Nelly begann zu heulen.

Schreieder legte abrupt den Hörer auf. »Jetzt ist es genug«, sagte er. »Else, was halten Sie davon, wenn Sie jetzt erst einmal nach Hause gehen und sich einen Augenblick ausruhen, bevor unsere Feier losgeht?«

Else nickte und ging wortlos aus dem Zimmer. Gut, dass er wenigstens Anton nicht eingeladen hatte! Wieder einmal zahlte es sich aus, die V-Leute strikt auf Abstand zu halten. Das Aufeinandertreffen der beiden betrogenen Verlobten war schon schlimm genug.

Wohin jetzt mit Nelly? Die junge Frau tat ihm leid. Natürlich war es ganz undenkbar, dass sie an der Jubelfeier anlässlich der Verhaftung ihrer Eltern und Freunde teilnahm. Schreieder überlegte. Es gab ein leeres Zimmer im Erdgeschoss. Dort konnte er sie unterbringen. Die Fenster waren aus Sicherheitsgründen vergittert, so dass sie nicht einfach weglaufen konnte. Er würde nachher dafür sorgen, dass sie etwas zu essen bekam. Und ein Bett natürlich. Das Feldbett, das er gelegentlich nutzte, wenn er abends allzu lange arbeitete. Else würde das Bett herrichten.

»Kommen Sie«, sagte er zu Nelly. »Hier können Sie nicht bleiben. Aber es gibt unten ein sehr schönes leerstehendes Zimmer.«

Nelly folgte ihm wortlos. Jetzt hatte sie endgültig begriffen, dass Anton sie die ganze Zeit belogen und betrogen hatte. Sie und ihre Eltern und ihre Freunde, und wahrscheinlich auch diese Sofieke.

Kaum hatte er Nelly sicher untergebracht, als auch schon draußen die Limousine mit Dr. Harster vorfuhr. Gottseidank hatte der nichts von der Krise mitbekommen. Er war gut gelaunt, verteilte Geschenke, lobte Schreieder und seine Mitarbeiter. Nico Johannsen, der bei den Festnahmen unentbehrlich war und Otto Haubrock, der den Hauptanteil der Vernehmungen durchgeführt hatte, bekamen Umschläge mit Geld. Auch Ernst May, dessen stille aber sehr effektive Arbeit zum Gelingen des ganzen Projekts stark beigetragen hatte, wurde mit einem Umschlag bedacht. Schreieder wusste, dass er das Geld gut gebrauchen konnte.

Leider konnte Dr. Harster nicht lange bleiben. Er musste zurück nach Den Haag, den Abschlussbericht in einer anderen Angelegenheit abfassen, den Arthur Seyß-Inquart bereits angemahnt hatte: Die Niederlande waren jetzt praktisch judenfrei.

»Endlich wieder zu Hause!«, rief Richard Christmann.

Gerhard war sich nicht sicher, ob der Ex-Fremdenlegionär das ernst meinte. Er hatte den Eindruck gewonnen, dass der Mann nirgendwo zuhause sei, am allerwenigsten in Driebergen. Dann schon eher in Frankreich. Viel zu lange hatten sie sich in Paris aufgehalten. Endlose Besprechungen mit Leuten aus der Resistance. Dann noch eine Woche in Lyon. Die Zentrale der *VIC Line* saß in Lyon. Die Fahrt von Paris zurück nach Amsterdam und von dort nach Driebergen hatte endlos gedauert; jetzt waren sie beide hundemüde.

Richard öffnete die Haustür. Er stutzte. »Hier wird gefeiert«, stellte er fest. In der Tat war aus den oberen Räumen Musik und lautes Lachen zu hören. »So wie es aussieht, hat unser Freund Schreieder irgendeinen größeren Sieg errungen.« Richard Christmann hatte eine gute Vorstellung davon, um was für einen Sieg es sich handelte. Er warf einen raschen Seitenblick auf Gerhard. Der wusste von nichts.

Gerhard hatte kein eigenes Zimmer in Haus Beukenstein. Er wollte zunächst einmal sein Gepäck in Richards Zimmer abstellen und sich auf den Weg zu seiner Unterkunft machen. Richard schloss auf und öffnete die Tür. »Nanu?«, sagte er. Drinnen brannte Licht. Auf dem Stuhl hinter seinem Schreibtisch saß ein junges Mädchen in Gefängniskleidung. »Das ist aber eine Überraschung!«

Die junge Frau sagte kein Wort, sie starrte die beiden Männer nur verängstigt an. Ihre Haare waren ungekämmt, und es war offensichtlich, dass sie geheult hatte.

»Was für eine nette Idee!«, rief Richard. »Hat unser Freund Schreieder sich als Höhepunkt des Abends etwas Unterhaltung aus dem *Oranje-Hotel* kommen lassen? Freier Fick für alle?«

»Mein Gott, Richard, halt den Mund!«, rief Gerhard ärgerlich. Was immer hier vorgehen mochte, mit fröhlicher Unterhaltung hatte das jedenfalls nichts zu tun.

Richard war nicht zu bremsen. »Da sind wir ja gerade im richtigen Moment zurückgekommen. Was für ein neckischer Hosenanzug! Streifen machen schlank, da sieht man es mal wieder. Und wenn ich das richtig sehe, hast du gar nichts drunter. Komm mal her, Mädchen, das wollen wir uns aus der Nähe angucken.«

Nelly schüttelte den Kopf. Sie war sprachlos vor Entsetzen.

»Lass das sein, Richard!« Noch ein Wort, und er würde sich auf Christmann stürzen. Ein symbolischer Akt nur, denn er wusste, dass Christmann mit ihm mühelos fertig werden würde.

In diesem Augenblick betrat Schreieder das Zimmer. »Was geht denn hier vor?« Er wirkte absolut ruhig, aber Gerhard kannte ihn inzwischen gut genug, um zu wissen, dass er nahe daran war, zu explodieren.

Richard drehte sich um, legte die Hand lässig an die Schläfe zum militärischen Gruß, was in Zivil nicht zulässig war, und sagte: »Ah, Hauptsturmführer, das ist nett, dass Sie kommen. Haben Sie mir diesen süßen Käfer ins Zimmer gesetzt?«

»Halten Sie den Mund!«, sagte Schreieder, ohne die Stimme zu erheben, und Christmann wurde tatsächlich ruhig. Einen Augenblick starrten die beiden Kontrahenten sich an, Christmann noch immer mit einem spöttischen Lächeln, Schreieder mit ausgesprochener Verachtung. Schließlich sagte er: »Wir haben eine schwierige Situation. Diese junge Frau ist von der holländischen Polizei festgenommen worden. Sie ist unglücklicherweise zum Verhör hierher nach Driebergen gebracht worden, aber ich kann sie hier nicht gebrauchen. Sie wird nachher wieder abgeholt. Ich habe sie in dieses leerstehende Zimmer gesetzt.«

»In mein Zimmer?«

»Dass das Ihr Zimmer ist, habe ich nicht gewusst. Es steht kein Name dran. Und es war niemand da, den ich fragen konnte.«

»Und wer ist die junge Dame?«

»Nelly van Looi, die Tochter von Levinus van Looi, dem Journalisten.«

»Aha«, sagte Christmann. »Dann darf ich annehmen, dass die kleine Feier, die Sie gerade veranstalten, etwas mit Ihrer Aktion gegen das *Nationaal Comité* zu tun hat?«

Gerhard wusste noch immer nicht, wovon die Rede war.

Schreieder nickte. »Wir hatten einen vollen Erfolg. Das gesamte *Nationaal Comité* sitzt hinter Schloss und Riegel. Dank Ihrer Hilfe übrigens. Anton ist wirklich bis an die Grenzen seiner Möglichkeiten gegangen. Aber diese Sofieke, die Sie ins Spiel gebracht haben, die hat auch die letzten Zweifler überzeugt.«

»Sofieke?«, fragte Gerhard. »Sofieke Blett?« Was für eine Schweinerei war denn hier gelaufen?

»Das weißt du noch nicht«, sagte Christmann, jetzt völlig ruhig. »Ich erkläre es dir später. Im Augenblick möchte ich erst einmal diesen Erfolg mit unserem Kameraden Schreieder zusammen feiern. Ich nehme doch an, dass wir auch eingeladen sind?«

»Selbstverständlich«, sagte Schreieder. Es war offensichtlich, dass er nicht im Traum daran gedacht hatte, Gerhard und den aufmüpfigen Agenten einzuladen.

»Und die anderen? Anton und Sofieke?«

»Die natürlich nicht.« Schreieder schüttelte den Kopf. »Sie wissen doch, dass wir unsere V-Männer und V-Frauen nicht gern hier im Gebäude sehen. Sie werden ihre Gratifikation bekommen, das ist alles.«

Gerhard starrte von einem zum anderen. Was war mit Sofieke? Wenn er jetzt nachfragte, würden Schreieder und Christmann ihm nur neue Lügengeschichten auftischen.

»Ich bleibe einen Augenblick bei der jungen Frau«, entschied Gerhard. »Wenn es Ihnen Recht ist«, fügte er hinzu, in Richtung Schreieder.

Der nickte. »Beruhigen Sie sie«, sagte er. »Wir tun ihr nichts. Sie wird auch nicht vor Gericht gestellt. Sie ist in Sicherheit.«

»Ich möchte mich zunächst einmal für unseren ungehörigen Auftritt entschuldigen«, sagte Gerhard.

Nelly antwortete nicht.

»Ich habe keine Ahnung, was hier passiert ist, aber nach dem, was ich eben gehört habe, nehme ich an, dass es eine riesige Sauerei gegeben hat, und dass man Sie und Ihren Vater hereingelegt hat.«

»Uns alle«, murmelte Nelly. Sie sah Gerhard nicht an dabei.

»Könnten Sie mir bitte erklären, was passiert ist?«

»Da sollten Sie wohl lieber den Herrn Schreieder fragen. Der hält die Fäden in der Hand. Ich weiß so gut wie gar nichts. Nur dass alles elend schiefgegangen ist, das weiß ich.«

Jetzt kam die entscheidede Frage: »Welche Rolle hat Sofieke Blett dabei gespielt?«

»Sofieke? – Sie ist genauso hereingelegt worden, wie wir andern auch.« Nelly erzählte, wie Anton de Wilde sich an die Gruppe herangemacht hatte, mit Sofieke im Schlepptau. »Uns hat er erzählt, er sei ein Fallschirmagent aus England.«

»Ich bin ein Fallschirmagent«, sagte Gerhard. »Er nicht.« Das war eine unüberlegte Äußerung. Nelly wusste nicht, was sie davon halten sollte. Sie schwieg.

Gerhard erläuterte mit knappen Worten, auf welche Weise er in die Niederlande gekommen war, mit welchem Auftrag, und wie er einerseits vortäuschen musste, für die Deutschen zu arbeiten, während er andererseits den Engländern half und dem niederländischren Widerstand, soweit das möglich war.

Nelly berichtete stockend und bruchstückhaft, was sich in den letzten Monaten abgespielt hatte. »Uns hat De Wilde erzählt, er sei ein Fallschirmagent«, wiederholte sie. »Aber für Sofieke hatte er sich etwas ganz Besonderes ausgedacht. Ihr Bruder sitzt im KZ, und er hat ihr weisgemacht, dass er im Kontakt mit ihm steht, und dass er ihn aus dem KZ befreien kann. Erst ganz zum Schluss hat sie herausgefunden, dass das gelogen war. Sie hat versucht, alle zu warnen, die noch in Freiheit waren, aber es war zu spät. Es war alles zu spät.«

»Und dieser angebliche Fallschirmagent, der heißt Anton de Wilde?«

»Das hat er behauptet. Aber wahrscheinlich ist das nicht sein richtiger Name.«

Anton, dachte Gerhard. Die Ratte Anton, von der Giskes damals im Suff gesprochen hatte.

»Dieser De Wilde – wir haben ihm alles geglaubt, einfach alles. Er – er hat behauptet, dass er mich heiraten will, aber das war nur gelogen. Er wollte uns alle in der Falle haben, und das hat er geschafft.« Nelly weinte.

»Hören Sie«, sagte Gerhard. »Was Sie mir erzählt haben, das ist eine Katastrophe, aber das ist nicht das Ende. Das Ende ist erst da, wenn gar nichts mehr geht, einfach gar nichts. Und für Sie gibt es noch viele Möglichkeiten. Ich gehe jetzt nach oben, und ich werde vergessen, die Tür zu Ihrem Zimmer abzuschließen. Gehen Sie einfach. Jeder Holländer, der Sie so sieht, wird ihnen weiterhelfen. Jeder anständige Holländer zumindest.«

»Hier, trinken Sie!«, sagte Schreieder. Inzwischen hatte er sich wieder gefangen. Dies war seine Feier, und die würde er sich durch nichts und niemanden vermiesen lassen. Er lächelte freundlich, während er Gerhard ein Glas Rotwein hinhielt.

»Danke.« Gerhard hätte ihm den Wein am liebsten ins Gesicht geschüttet, aber das wäre sinnlos gewesen. Wenn er irgendetwas erreichen wollte, dann durfte er es sich weder mit Schreieder noch mit Christmann verderben.

Christmann sagte: »Unser Kamerad Schreieder hat mir eben berichtet, auf welche Weise es ihm gelungen ist, das *Nationaal Comité* zu übertölpeln. Das ist wirklich ein schöner Erfolg. Und er bemüht sich immer um Menschlichkeit.«

Menschlichkeit! Gerhard dachte an die arme Nelly van Looi.

Schreieder überhörte den Spott in Christmanns Stimme. Er war stolz darauf, dass kein einziger Verhafteter vors Kriegsgericht gestellt werden würde. Er sagte: »Ich habe mich immer um Menschlichkeit bemüht. Schon damals, als ich noch in Bregenz bei der Grenzpolizei war, habe ich Kontakte in die Schweiz unterhalten und erkundet, ob es nicht vielleicht möglich sei, Juden schwarz über die Grenze zu bringen. – Ernst, du bist doch damals dabeigewesen. So war es doch, oder?«

Ernst May nickte.

»Ernst war damals mein Fahrer«, erläuterte Schreieder.

Als Schreieder sich einem Neuankömmlig zuwandte, nahm Ernst May Gerhard zur Seite. »Ganz so ist es nicht gewesen«, sagte er. »Wir haben zwar mit einem Schweizer Idealisten Kontakt aufgenommen, aber Schreieder ging es nicht um irgendwelche Juden. Er wollte die Grenzbefestigungen erkunden, und das hat er auch getan.«

»Zum Glück hat es jedenfalls keinen Krieg gegen die Schweiz gegeben«, sagte Gerhard. »Die Aktion hat also keine Konsequenzen gehabt.«

»So kann man es auch ausdrücken«, sagte Ernst May. »Gerhard, Ihnen kann ich es sagen: Ich schäme mich für das, was wir hier tun. Wie verlogen das alles ist und wie vollkommen ehrlos. Manchmal denke ich, ich sollte mich an die Ostfront versetzen lassen. Dann wäre es jedenfalls schnell vorbei.«

Gerhard sah May bestürzt an. So mutlos hatte er den geschätzten Kollegen noch nie gesehen. »Denken Sie nicht an soetwas«, sagte er. »Denken Sie an das Leben. An all die schönen Dinge, die Sie noch erleben werden. All die schönen Länder und Städte, die Sie noch sehen können. All die Bauwerke. Sie interessieren sich doch für Architektur. – Sind Sie eigentlich mit dem Architekten verwandt?«

»Mit meinem Namensvetter, dem Städtebauer Ernst May? Nein. – Ich habe ihn immer beneidet. Das wäre etwas für mich gewesen. Städtebau. Das war immer mein Traum. Aber ich komme aus einfachen Verhältnissen, Gerhard. Ich habe kein Abitur. Ich kann niemals Architekt werden.«

»Alles ist möglich. Wenn erst einmal der Krieg vorbei ist ...«

»Ja, vielleicht.«

Gerhard schenkte sich ein neues Glas Wein ein. Aus den Augenwinkeln sah er, dass Schreieder sich wieder an Richard Christmann heranpirschte.

»Nun erzählen Sie mal, Kamerad Christmann, was haben Sie erreicht in den Pyrenäen?« Schreieder war neugierig. Offenbar hatten ihn seine SS-Kameraden aus Frankreich nur unvollkommen ins Bild gesetzt.

»Wir haben eine neue Fluchtlinie nach Spanien eröffnet«, behauptete Richard. »Eine sehr sichere Fluchtlinie, denn sie wird nicht nur von der französischen Resistance, sondern auch von der deutschen Abwehr geschützt. Und auf diesem Wege werden wir eine ganze Reihe von Menschen ins Ausland in Sicherheit bringen. Juden natürlich, Kommunisten auch – und vor allem abgeschossene englische und amerikanische Flieger.« Das war glatt gelogen.

»Das ist schlecht«, sagte Schreieder. Gerhard war sich nicht sicher, ob er glaubte, was Richard ihm erzählte.

»Bei diesem Kampf müssen wir alle Haare lassen«, sagte Christmann todernst. Er hatte eine Glatze genau wie Schreieder.

Nico Johannsen hatte an seinem Weinglas bisher nur genippt. Er unterhielt sich mit Sturmbannführer Erich Deppner. Deppner war Schreieders direkter Vorgesetzter und Chef der Abteilung Gegnerbekämpfung. Gerhard wusste aus eigener schmerzhafter Erfahrung, dass er ein Verfechter einer harten Linie gegen jede Form von Widerstand war. Deppner sagte: »… das lasse ich mir nicht nehmen. Wenn eine Exekution fällig ist, dann bin ich auf jeden Fall dabei.«

»Draufhauen«, pflichtete ihm Johannsen bei. »Das ist meine Devise. Immer draufhauen, das hilft am besten.« Er war fünffacher Jiu-Jitsu-Meister von Hamburg.

Deppner schüttelte den Kopf. »Nein, da bin ich anderer Ansicht. Wir dürfen niemals das Ziel aus den Augen verlieren. Und das Ziel ist die Aussage des Gefangenen. Wenn man ihn zu Tode quält, dann hat man am Ende gar nichts.«

»Das ist auch wieder richtig«, brummte Johannsen.

»Wir werden jetzt einmal etwas Neues ausprobieren«, sagte Deppner. »Die sanfte Tour. Ich möchte Ihnen Obersturmführer Friedrich Frank vorstellen. Sein Sonderkommando befasst sich mit der Unterdrückung des organisierten Widerstands ...« Der Unterschied zu dem grobschlächtigen Hünen Johannsen war geradezu grotesk. Frank könnte als ein schöner Mann durchgehen, der auf dem Heiratsmarkt sicher gute Chancen hätte. Nur sein Lächeln hatte etwas Verschlagenes.

Otto Haubrock fragte indessen Ernst May: »Bist du eigentlich mit Karl May verwandt?«

May schüttelte den Kopf.

Richard Christmann redete noch immer mit Schreieder: »Unsere Fluchtlinie muss die sicherste Fluchtlinie von allen sein. Das muss sich überall herumsprechen. Und wenn es irgendeinem der Fallschirmagenten gelingen sollte, aus dem Gefängnis in Haaren auszubrechen, dann werden wir ihn auf dieser Route festnehmen.«

»Sie setzen die Bedeutung dieser Agenten sehr hoch an«, sagte Schreieder.

»Sie sind jeden Einsatz wert«, erwiderte Richard.

»Darüber kann man geteilter Meinung sein. Diesen Punkt können wir gern ein anderes Mal weiterdiskutieren.« Er sah sich im Raum um, suchte und fand Ernst May. »Ist Else noch immer nicht zurück? Wo bleibt sie denn?«

Ernst May wusste darauf keine Antwort.

Christmann lächelte seinen Gastgeber an. »Else kommt nicht«, sagte er. »Zufällig habe ich ein Schreiben von

Fräulein Geigerseder an den Herrn Hauptsturmführer Schreieder gefunden ...«

»Ein Schreiben an mich? Wie kommen Sie dazu ...?«, empörte sich Schreieder.

Christmann zuckte mit den Achseln. »Der Brief lag auf meinem Schreibtisch ...«

»Nun geben Sie schon her!« Schreieder riss ihm den Brief aus der Hand.

Christmann wusste sowieso, was drinstand.

Herr Schreieder!
Die Art, wie Sie mit den Gefühlen der Menschen spielen, die Ihnen untergeordnet sind, hat mich tief getroffen. Es steht für mich außer Zweifel, dass Sie gewusst haben, dass Anton van der Waals nicht nur mit mir, sondern gleichzeitig auch mit Fräulein van Looi verlobt war – mit einem minderjährigen Mädchen! Unter den gegebenen Umständen sehe ich keine Möglichkeit, noch länger unter Ihnen zu arbeiten. Ich habe mich soeben auf eine freiwerdende Stelle in Riga beworben. Ich werde meinen Dienst dort so rasch wie möglich antreten.

Hochachtungsvoll hatte sie geschrieben, dann das Wort durchgestrichen und schlicht durch *Else Geigerseder* ersetzt.

Gerhard sah von einem zum anderen. Er wusste nicht, was gespielt wurde. Er hatte nur registriert, dass Schreieder blass geworden war.

»Vielleicht überlegt sie es sich ja noch einmal«, spottete Christmann.

»Was ist denn passiert?«, fragte Gerhard.

»Else hat gekündigt«, murmelte Schreieder.

Die Party war damit zuende. Sie gingen nach unten. Gerhard hoffte von ganzem Herzen, dass Nelly inzwischen verschwunden war.

»Oh, gar nicht abgeschlossen!«, rief Schreieder überrascht. Er öffnete die Tür.

Nelly saß noch genauso da wie vorher.

»Es tut mir leid, Nelly«, sagte Schreieder, »aber die Kollegen aus Scheveningen sind noch nicht gekommen. Sie müssen hier übernachten. Einer meiner Mitarbeiter wird für sie ein Bett aufbauen.«

Gerhard hatte nicht die Absicht, sich das Ende dieser Tragödie mit anzusehen. Er eilte nach draußen. Auf dem kiesbestreuten Weg zur Straße stand Richard Christmann zusammen mit Sofieke.

»Sofieke!«, rief Gerhard. »Schön, dass du hier bist.«

»Nicht so laut!« dämpfte ihn Christmann.

»Ich weiß alles«, sagte Gerhard. »Es ist eine furchtbare Sauerei, aber ich werde alles versuchen ...«

»Du weißt gar nichts«, fiel ihm Sofieke ins Wort. »Sara ist verhaftet worden.«

»Was?«

»Ihre Pflegemutter hat heute Mittag bei meiner Vermieterin in Den Haag angerufen. Sie war ganz außer sich.

Aus heiterem Himmel ist die Polizei auf dem Bauernhof aufgetaucht. Sie haben gesagt, dass sie einen Hinweis bekommen haben, dass hier ein jüdisches Kind versteckt wird. Und sie sollten es besser freiwillig herausrücken, bevor sie erst das ganze Haus auf den Kopf stellen müssten. Sie – sie waren so mutig. Sie haben alles geleugnet. Die Polizei hat angefangen zu suchen, aber Sara war gar nicht da. Sie hat bei den Nachbarn gespielt. Aber dann ist sie nach Hause gekommen ...«

»Scheiße«, sagte Gerhard. »Verdammte Scheiße! Wer zum Teufel hat das Kind verpfiffen?«

»Ich will mich ja nicht einmischen«, sagte Richard Christmann, »aber kann das etwas hiermit zu tun haben? – Dieses Flugblatt lag eben hier vor der Haustür.«

Es war eines der üblichen Flugblätter des Widerstandes, auf dem vor Denunzianten und Verrätern gewarnt wurde. Gleich an erster Stelle stand unter einem guten Foto von Anton van der Waals:

Sehr gefährlicher Gestapo-Agent.
Dem beschriebenen Individuum sind sehr viele Menschen zum Opfer gefallen. Es ist der berüchtigte Anton van der Waals, Alter 41 Jahre, Decknamen: de Wilde, Anton, Ton usw. usw. Beschreibung: Größe: 1,80 m, helle Haut, kleine Nase mit einer Verdickung an der linken Oberseite, Hände mit deutlich sichtbaren Adern, schlank. Van der Waals gibt an, die Invasion der Alliierten in den Niederlanden vorzubereiten und zu diesem Zweck Sabotage- und Widerstandsgruppen zu bilden. Sehr gefährlich. Seid auf der Hut!

»Woher haben diese Leute das Foto?«, fragte Christmann.

»Von mir«, gab Sofieke zu.

»Das war keine gute Idee«, sagte der Ex-Fremdenlegionär. »Junge Frau, das war gar keine gute Idee.«

Sofieke starrte ihn böse an.

»Und jetzt?«, fragte Gerhard.

»Jetzt müssen wir sehen, wie wir die Geschichte wieder geradebiegen«, sagte Christmann in aller Gemütsruhe.

»Du klopfst hier die großen Sprüche, während das kleine Mädchen vielleicht schon auf dem Weg nach Auschwitz ist«, ereiferte sich Gerhard.

Sofieke schüttelte den Kopf. »Das Kind ist nicht auf dem Weg nach Auschwitz«, sagte sie. »Sara ist noch in Driebergen bei der Polizei.«

»Woher weißt du das?«

»Das hat der Polizist selbst gesagt. Er hat der Bäuerin eingeschärft, sie dürfe mit niemandem darüber sprechen, dass das Kind verhaftet worden ist, aber die Frau hat mich sofort informiert. Und ich bin hierher gefahren, so schnell ich konnte.«

Richard war der erste, der begriff, was gespielt wurde. »Der Polizist hat gesagt, die Bäuerin darf mit niemandem darüber reden? Er kann doch nicht geglaubt haben, dass sie sich daran hält. Das kann doch nur heißen, dass der Polizist im Gegensatz zu dem, was er gesagt hat, will, dass darüber gesprochen wird. Er will nicht, dass das Kind stirbt. Er will, dass es gerettet wird.«

»Vielleicht.« Sofieke fuhr sich nervös mit der Hand durch das Haar. Sie hatte den Polizisten ja nicht selbst gesehen. Sie hatte automatisch angenommen, dass der

Mann, der Sara geholt hatte, sie auch ins KZ stecken wollte. Aber vielleicht war das gar nicht so. »Und was machen wir jetzt?«

»Sollte Sofieke zur Polizei gehen?«, fragte Gerhard.

Christmann schüttelte den Kopf. »Auf keinen Fall. Was auch immer passieren mag, es darf keine Verbindung von Sofieke zu dem Kind geben. Sonst geraten sie beide in Gefahr.«

»Aber Sofieke hat echte Papiere, die belegen, dass sie keine Jüdin ...«

»Kein Risiko!«, beharrte Christmann. Schreieder hatte zwar behauptet, dass Sofiekes neue Papiere echt waren, und das stimmte wahrscheinlich. Aber ob es wirklich auch entsprechende Unterlagen im *Bevolkingsregister* gab, wie Schreieder versprochen hatte, das stand auf einem anderen Blatt.

»Also was machen wir?«, fragte Gerhard.

»Ich gehe hin«, sagte Richard.

»Du?«

»Ja, ich.«

»Aber es ist doch offensichtlich, dass du kein Niederländer bist«, rief Gerhard. »Die werden dir nicht einmal zuhören!«

»Abwarten«, sagte Christmann. »Wir treffen uns in deiner Wohnung. Aber es wird ein Weilchen dauern.«

Es dauerte mehrere Stunden, bis Richard Christmann schließlich mehr als nur leicht angeheitert von der Polizei zurückkam. »Alles klar«, sagte er. Er hatte kurzerhand zwei Flaschen Cognac aus den Beständen von Giskes zum Einsatz gebracht.

»Das ist ja wunderbar!«, rief Sofieke. »Mein Gott, Richard, das ist ja wunderbar. Ich weiß gar nicht ...«

Richard bremste sie. »Moment – hick! – Entschuldigung, Moment wollte ich sagen. Es ist zwar alles klar, aber noch haben wir das Kind nicht. Wir wissen nur, wie wir es bekommen können. – Verdammter Schluckauf! – Wenn alles gutgeht.«

»Was heißt das?«, fragte Gerhard misstrauisch.

»Zunächst einmal: Das Kind geht natürlich nicht von hier aus nach Auschwitz. Das Kind geht nicht einmal nach Westerbork, sondern zunächst nach Amsterdam. Dort werden alle Juden gesammelt, das kennt ihr ja.«

»Das ist doch auch nicht besser«, schimpfte Gerhard.

»Doch, das ist viel besser«, versicherte Richard, »denn dort wird Sara gar nicht erst ankommen. Morgen wird der freundliche Polizist, mit dem ich eben gesprochen habe, sie mit der Bahn nach Amsterdam bringen. Nun gibt es, wie ihr wisst, zwei Möglichkeiten, von hier nach Amsterdam zu kommen. Entweder man nimmt einen Zug, der durchfährt, oder man nimmt einen Zug, bei dem man in Utrecht umsteigen muss. Und das ist unsere Chance. Beim Umsteigen in Utrecht wird unserem wackeren Polizisten das Kind abhandenkommen.«

»Wie abhandenkommen?«, fragte Sofieke.

»Indem es einfach davonläuft. Der Mann passt vielleicht einen Augenblick lang nicht auf, und – schwupps! – ist die Sara weg. Dann sucht er sie natürlich überall, aber inzwischen ist sie längst mit dir, Gerhard, in die nächste Straßenbahn gestiegen und davongefahren.«

»Und was machst du inzwischen?«

»Ich – hick! – ich besorge ein neues Quartier für Sara.«

»Sicher weiß die Bäuerin, bei der sie bisher untergekommen war, irgendeine Adresse ...«, schlug Sofieke vor.

»Wahrscheinlich weiß sie eine Adresse«, gab Richard zu, »aber es wäre nicht klug, sie danach zu fragen. Auch hier darf es keine Verbindung geben. Wenn die Polizei nachfasst und sie unter Druck setzt, ist es besser, wenn sie wirklich nichts weiß, denn dann kann sie auch nichts verraten.«

Gerhard war skeptisch. »Und wo willst du ein neues Quartier herkriegen?«

»Ich frage Schreieders Fahrer«, sagte Richard.

»Was?«, rief Gerhard. »Ausgerechnet Schreieders Fahrer? Das wäre der letzte ...«

Richard lächelte. »Du hast keine Ahnung, Gerhard. Weißt du denn gar nicht, dass der Mann Kontakte zum Untergrund hat? Dass er entsprechende Tipps an den Widerstand weitergibt, wann immer er die Gelegenheit dazu findet?«

Gerhard schüttelte den Kopf. Das hätte er für unmöglich gehalten.

»Der Zug, in dem der Polizist mit Sara sitzt, kommt morgen früh um 9.18 Uhr in Utrecht an. Gerhard, du musst rechtzeitig vorher dort sein.«

Dienstag, 25. Mai 1943

Gerhard war früh aufgestanden. Er würde rechtzeitig in Utrecht sein. Dennoch lief nicht alles nach Wunsch. Zum einen bestand Sofieke darauf, bei der Entführung mit dabei zu sein. Sie würde draußen vor dem Bahnhof auf einer der Bänke an der Bushaltestelle sitzen. Problematischer war, dass Gerhard Kriminaloberinspektor Ernst May auf dem Bahnhof in Driebergen getroffen hatte.

»Willst du auch nach Amsterdam?«, fragte der Oberinspektor.

Gerhard nickte.

»Ich habe den anderen Zug verpasst«, sagte May. »Um eine Minute. Wirklich ärgerlich.«

»Und du willst nicht auf den nächsten durchgehenden Zug warten?«, fragte Gerhard hoffnungsvoll. »Der fährt doch schon ...« Gerhard suchte auf dem Plan mit den Abfahrtszeiten nach dem entsprechenden Eintrag.

»Nein«, sagte May. »Nein, jetzt nehme ich diesen Zug. Wenn wir zusammen fahren, ist das viel unterhaltsamer.«

»Ja, da hast du Recht«, musste Gerhard zugeben.

Der Zug war gut besetzt. Sie hätten sich auf Grund ihrer Wehrmachtsausweise Sitzplätze sichern können, aber da sie beide nicht in Uniform waren, hätte das nur unnötige Diskussionen gegeben. So standen sie nebeneinander zwischen all den Menschen, die zur Arbeit fuhren. Ernst May redete über sein Lieblingsthema. Er konnte nicht wissen, dass Gerhard, der gestern danach gefragt hatte, so gut wie gar nichts davon verstand. Außerdem hatte er jetzt andere Sorgen.

»Es gibt hier so viele interessante Bauten«, sagte May. »Driebergen ist im Grunde eine typische Gartenstadt. Eigentlich ein sehr frühes Beispiel. Unsere Dienststelle zum Beispiel, Haus Beukenhorst, ist eines dieser Landhäuser, die kurz vor der Jahrhundertwende errichtet worden sind. Es ist um 1880 gebaut worden, im Ersten Weltkrieg dann stark erweitert. Holland war ja neutral. Und das Nachbarhaus, Nummer 53 ...«

Gerhard nickte. Er versuchte, sich auf die vor ihm liegende Aufgabe zu konzentrieren. So vieles konnte schiefgehen. Gleich war es soweit. Diese Häuser – war das schon Utrecht?

»Wir sind da«, bestätigte Ernst May.

Der Zug lief in den Bahnhof *Utrecht Centraal* ein. Sie stiegen aus.

»Von welchem Bahnsteig ...?«, wollte May wissen.

»Da drüben!«, sagte Gerhard. Er hatte keine Ahnung, ob das stimmte. Er wollte vor allen Dingen Ernst May loswerden. Wo war der Polizist mit dem Kind? Gerhard sah keinen Polizisten. Verdammt nochmal, irgendetwas war schiefgegangen.

»Komm mit!«, rief May.

»Gleich. Geh ruhig schon vor. Ich muss nur mal eben ...«

»Die Toiletten sind da drüben«, wusste May.

»Danke.«

Endlich war May verschwunden. Gerhard sah sich suchend um. Wo war Sara? Wo war dieser verdammte Polizist? Hatte er einen anderen Zug genommen? Gerhard lief den Bahnsteig entlang. Die Bahn, mit der er gekommen war, war inzwischen abgefertigt, fuhr jetzt in Richtung Driebergen zurück. Keine Spur von Sara. Aber da stand plötzlich Sofieke. Sie rannte auf ihn zu.

»Wo ist sie?«, rief Sofieke, Panik in der Stimme.

Zwei Arbeiter drehten sich nach ihr um, lachten.

»Weiß ich nicht. – Bitte, Sofieke, lass dich hier nicht sehen! Geh nach draußen. Setz dich vor dem Bahnhof auf die Bank, so wie wir das verabredet haben. Ich mach das hier. Es kommt alles in Ordnung, aber bitte lass mich allein.«

»Mein Gott, Gerhard, wenn das schiefgeht ...«

»Bitte!«

Ernst May kam zurück. Sofieke eilte nach draußen.

May sagte: »Der Zug fährt gar nicht da drüben. Wir müssen auf den anderen Bahnsteig, da hinten, wo die vielen Menschen stehen, siehst du das? Da geht der Zug nach Amsterdam.«

»Ich komme, ich will nur noch eben Zigaretten holen.«

»Beeil dich!«

»Ach, wenn ich es nicht schaffe, dann nehme ich einfach die nächste Bahn. Die gehen ja alle halbe Stunde ...«

»Die Architektur«, sagte May, der es sich nicht nehmen ließ, Gerhard zum Kiosk zu begleiten. »Siehst du die moderne Architektur? Der Bahnhof ist ganz neu, 1938 gebaut, nach dem großen Feuer, alles Glas und Beton. Und die Wellen überall. Siehst du die Wellen?«

Gehard sah keine Wellen.

»Da oben, die Decke. Alles ganz großzügig gewellt, genau wie die Fassade. Einfach hervorragend. Der Architekt heißt ...«

»Gleich, gleich. – Ich komme nach. Lauf bitte schon vor, da kommt ja schon unsere Bahn!«

Ernst May drehte sich um, sah den Zug, der gerade in den Bahnhof einlief. Er rannte los. Gerhard beachtete ihn nicht mehr. Er hatte Sara gefunden. Da stand sie, an der Hand eines großen Mannes. Gerhard hatte ihn nicht eher entdeckt; er trug Zivil.

»Sara!«, rief Gerhard. Zwei Männer, die vor ihm gingen, drehten sich abrupt nach ihm um. Mein Gott, dachte Gerhard, der jüdische Name! Wahrscheinlich hieß das Mädchen gar nicht mehr Sara. Wahrscheinlich hatte sie von ihren Pflegeeltern einen ganz anderen Namen gekriegt. Das Kind ließ den Polizisten los und ging zögernd durch die Bahnhofshalle auf ihn zu. Der Polizist sah Gerhard, hob die Hand zum Zeichen, dass alles in Ordnung sei. Dann wandte er sich ab.

»Hallo«, sagte Sara. Sie lächelte schüchtern. »Ich heiße nicht mehr Sara. Ich bin jetzt Grietje.«

»Hallo Grietje«, sagte Gerhard. Er war unendlich erleichtert. »Wo wart ihr denn?«

»Auf dem Klo. Ich musste zum Klo.«

Ernst May war verschwunden. Wahrscheinlich war er in seinen Zug eingestiegen. Der Polizist war ebenfalls nicht mehr zu sehen. Gerhard nahm Grietje bei der Hand und ging mit ihr in Richtung Ausgang.

»Der Polizist war nett«, sagte Grietje. »Er hat mir einen Bonbon gegeben.«

Er hat dir das Leben gerettet, dachte Gerhard. Wahrscheinlich würde er Schwiergkeiten bekommen deswegen. »Komm!«

Grietje blieb stehen.

»Mein Schuh«, sagte sie. »Das Schuhband ist auf. Kannst du mir bitte den Schuh zumachen?«

»Na klar.« Gerhard bückte sich.

Das Schuhband war nicht offen. Wahrscheinlich hatte Grietje daran gezogen; es war verknotet. Gerhard mühte sich, den Knoten zu lösen. Aus dem Lautsprecher schallte es: »*Die kleine Grietje möge sich bitte bei der Information melden!*«

»Der meint nicht uns!«, versicherte Gerhard.

»*Das Mädchen ist sieben Jahre alt und trägt ein rot kariertes Kleid ...*«

»Der ruft uns«, stellte Grietje fest.

Gerhard ließ den Knoten wie er war, band darüber eine neue Schleife, nahm Grietje an die Hand und sagte: »Los jetzt!«

Niemand hielt sie auf.

Draußen vor dem Bahnhof sah Gerhard sich suchend um. Zahlreiche Busse hielten auf dem Bahnhofsvorplatz. Wo war Sofieke? Auf einer der Bänke hätte sie warten sollen, aber es gab keine Bänke.

»Guck mal, da drüben, da ist Sofieke!«, rief Grietje.

Ja, da war sie. Sie stand vor dem kleinen Blumenladen und tat so, als ob sie die Auslage betrachtete. Grietje rannte hin. »Sofieke, Sofieke!«

Sofieke nahm das Mädchen in den Arm und drückte es ganz fest. Zu Gerhard sagte sie leise auf Deutsch: »Mein Gott, habe ich eine Angst gehabt!«

»Alles gut gegangen«, murmelte Gerhard. »Komm, es wird Zeit, dass wir von hier verschwinden.«

Sie fuhren mit der Straßenbahn. Sofieke fragte: »Bei deinem Einsatz in Frankreich – hast du die Botschaft für die Engländer weitergegeben?«

»Ja, natürlich.« Der Mann hatte sich interessiert angehört, was Gerhard über das Schicksal der Juden zu sagen hatte, aber Gerhard war den leisen Verdacht nicht losgeworden, dass er ihm nicht glaubte. Immerhin hatte Gerhard zugeben müssen, dass er diese Informationen ja auch nur aus zweiter Hand hatte. »Ich weiß nicht, ob er mir geglaubt hat.«

»Aus dem Ausland gibt es auch keine Neuigkeiten«, sagte Sofieke. »Weder in *Radio Oranje* noch in der BBC. Es ist zum Verzweifeln.«

»Es ist so ungeheuerlich, dass es einfach keiner glauben kann.«

»Dabei wird hier ganz offen darüber geredet. Hier in Den Haag erzählen sich die Leute zur Zeit folgenden Witz: Asscher und Cohen, du kennst die doch, die beiden Vorsitzenden vom Jüdischen Rat, der angeblich für die jüdischen Interessen eintritt, die werden zu den Deutschen zitiert, und man eröffnet ihnen, dass die Juden vergast werden sollen. Darauf lautet die erste Frage von Professor Cohen: ›Liefern Sie das Gas, oder sollen wir das besorgen?‹«

Das war kein Witz. Gerhard lachte nicht. Er dachte: Diese widerlichen Arschkriecher! Sie organisieren die

Deportation ihrer jüdischen Mitbürger, aber sie haben natürlich dafür gesorgt, dass sie selber nicht deportiert werden.

Donnerstag, 27. Mai 1943

Frieda van Looi war erkrankt. Daraufhin wurde sie vom *Oranje-Hotel* in ein Krankenhaus in der Innenstadt von Den Haag verlegt. Sofieke besuchte sie. Am Anfang sah es nicht so aus, als wolle die Frau ihr überhaupt zuhören. Sofieke war aufgeregt und wusste nicht, wo sie mit ihrer Geschichte anfangen sollte. »Ich bin Jüdin«, sagte Sie. »Mein Bruder ist verhaftet worden. Er ist im KZ. Anton de Wilde hat mir weisgemacht, er könne den Kontakt zu meinem Bruder herstellen. Er hat behauptet, er könne ihn sogar aus dem KZ herausholen. Aber das war alles gelogen – genau wie seine Behauptung, dass er ein englischer Agent sei.«

Sofieke erzählte, mit welchen Tricks De Wilde sie überzeugt hatte, dass er tatsächlich ein englischer Agent sei, und wie sie erst ganz zum Schluss begriffen hatte, dass das alles gelogen war. »Ich habe seine Wohnung durchsucht«, sagte sie. »Dort wohnt er unter dem Namen Cranendonk. Aber er heißt nicht Cranendonk. Auch nicht De Wilde. Sein wirklicher Name ist Anton van der Waals. Ich habe seine Briefe gesehen. Ich habe diese Informationen an den Untergrund weitergegeben. Es gibt jetzt ein Flugblatt mit Antons Foto und seiner Personenbeschreibung.«

»Das klingt alles ganz nett«, sagte Frieda van Looi zweifelnd, »aber es bleibt natürlich eine entscheidende Frage: Warum sind Sie noch auf freiem Fuß?«

Das war in der Tat ein Punkt, auf den Sofieke selbst keine Antwort wusste. Schreieder hatte sie festgenommen und wieder freigelassen. Natürlich war die ganze Intrige von diesem Schreieder eingefädelt worden. Und nun, wo alles so wunderschön gelaufen war, brauchte er sie nicht mehr. Oder doch? War das Teil irgendeiner Abmachung, die dazu geführt hatte, dass sie den neuen *Persoonsbewijs* bekommen hatte? Aber all dies konnte sie der Frau unmöglich erklären. »Ich bin untergetaucht«, behauptete sie stattdessen. »Als ich begriffen habe, wer dieser De Wilde wirklich ist, bin ich sofort untergetaucht.«

»Das mag so sein«, gab Frieda zu, aber überzeugt war sie nicht. Eine Weile schwiegen beide. Schließlich sagte Frieda: »Ich hätte es niemals zulassen dürfen. Ich hätte es niemals zulassen dürfen, dass Levinus uns in diese Geschichte hineinzieht.«

»Es klang alles so überzeugend«, sagte Sofieke.

Frieda van Looi schüttelte den Kopf. Sie sah aus dem Fenster. Plötzlich richtete sie sich im Bett auf. »Da geht er!«, sagte sie.

»Was?«

»Da unten geht er. Jeden Tag geht er hier an der Klinik vorbei und wartet da hinten auf die Straßenbahn. Ich sehe ihn jeden Tag. Wenn ich eine Waffe hätte, würde ich ihn erschießen, direkt hier vom Fenster aus, aber natürlich habe ich keine Waffe.«

Sofieke zögerte. Schließlich sagte sie: »Ich weiß jemand, der es für Sie tut.«

Dass sie jemand wusste, der Anton de Wilde aus dem Weg räumen würde, war leicht übertrieben. Sie hatte dabei nicht an Gerhard gedacht; sie wusste, dass er vor Mord zurückschreckte. Aber ihre alte Freundin Miep Blaauw war ihr eingefallen. Vor einem dreiviertel Jahr waren sie sich zufällig in Den Haag begegnet. Von den Dingen, die Miep ihr erzählt hatte, war ihr vor allem eins im Gedächtnis geblieben: Sie war mit einem Kommunisten befreundet. Und wenn sie sich recht erinnerte, hatte sie gesagt, dass dieser Mann Gerrit Kastein hieß. Das war der Mann, der für die Mordanschläge auf General Seyffardt und Hermannus Reydon verantwortlich war. Kastein war tot, aber wahrscheinlich war Miep noch auf freiem Fuß. Zumindest hatten die Zeitungen nichts über ihre Festnahme berichtet. Sofieke hielt Miep nicht für gewalttätig, aber sie kannte wahrscheinlich Leute, die entschlossen genug waren, einen steckbrieflich gesuchten Verräter wie Anton van der Waals zu erledigen.

Aber dazu musste Sofieke Miep erst einmal finden. Das erwies sich als schwieriger, als sie erwartet hatte. Miep hatte damals gesagt, dass sie bei ihren Eltern wohnte. Die Adresse kannte Sofieke. Aber als sie an der Haustür klingelte, war es nur die Mutter, die öffnete. »Hallo, Anna! Das ist ja eine Überraschung. Dich haben wir ja eine Ewigkeit nicht mehr gesehen!«

Mieps Mutter kannte Sofieke nur unter ihrem wirklichen Namen. Sofieke erschrak, als sie als ›Anna‹ angesprochen wurde. Unwillkürlich sah sie sich um, aber es war niemand in der Nähe, der ihr Gespräch mithörte. Sie sagte: »Ich bin zufällig heute in Amsterdam, und da ich etwas Zeit übrighabe, habe ich gedacht, ich könnte vielleicht einmal bei Miep vorbeischauen.«

»Das ist riesig nett von dir, Anna. Miep hört nur noch wenig von ihren alten Freunden. Alle haben so viel zu tun. Sie würde sich bestimmt freuen, aber sie ist gar nicht da. Sie wohnt nicht mehr hier, seit sie angefangen hat, zu studieren. Geographie.«

»Hier in Amsterdam?«

Die Mutter hörte nicht zu. »Wir haben gedacht, dass sie dann auch zu Hause wohnen könnte, und dann wäre das alles finanziell viel einfacher, aber sie hatte andere Vorstellungen. Sie hatte ja immer ihren eigenen Kopf, unsere Miep.«

»Ja, das stimmt.« Sofieke lachte höflich. »Und ist sie an der *Universiteit van Amsterdam* oder an der *Vrije Universiteit ...*?«

»Nein, nein. In Utrecht. An der *Rijksuniversiteit*. Aber ihre Adresse – Adri, kommst du mal eben? Wie war noch mal Mieps Adresse?« Es klang so, als hätten sie kaum noch Kontakt zu ihrer Tochter.

Adri Blaauw kam zur Tür. Auch er freute sich, Anna zu sehen, zumindest sagte er das. Sofieke hatte eher den Eindruck, dass sie ihn gerade bei irgendeiner wichtigen Arbeit gestört hatten. Auch er kannte die Adresse nicht auswendig. Er holte ein kleines Notizbuch, blätterte darin herum und gab schließlich Sofieke die gewünschte Information.

Miep war zu Hause. Sie wohnte zusammen mit ihrem neuen Freund in einer Einzimmerwohnung im Dachgeschoss eines alten Hauses mitten in Utrecht. »Das ist Bas«, sagte sie. »Er ist auch Kommunist«, fügte sie hinzu.

Sofieke gab ihm die Hand. »Tut mir leid, die Geschichte mit Gerrit Kastein.«

Bas sagte: »Es war furchtbar. Besonders für Miep. Gerrit war natürlich verheiratet, aber Miep hat ihn sehr verehrt.«

»Er war ein guter Mensch«, bestätigte Miep.

Sofieke nickte. Sie fühlte sich unbehaglich. Einerseits hielt sie nicht viel davon, Andersdenkende kurzerhand zu erschießen, aber es gab einfach Fälle, in denen einem nichts anderes übrigblieb. Ob Seyffardt und Reydon zu dieser Kategorie gehörten, wusste sie nicht, aber dass der angebliche ›Anton de Wilde‹ beseitigt werden musste, daran hatte sie keinen Zweifel. »Ich bin zu euch gekommen, weil ich Hilfe brauche«, sagte sie. Sie zog das Flugblatt aus der Tasche.

Miep und ihr Freund lasen den Text durch, dann sahen sie Sofieke fragend an.

»Der Text sagt fast gar nichts«, musste sie zugeben. »Ich habe diesen Mann aus nächster Nähe miterlebt. Ich war dabei, wie er Koos Vorrink und seine Freunde aufs Kreuz gelegt und an die Polizei verraten hat. Er ist ein skrupelloser Verräter.« Sofieke beschrieb ihre Erlebnisse, wobei sie mit großer Vorsicht um den Punkt herummanövrierte, dass sie selbst zwar nicht mit den Deutschen, wohl aber mit einem Deutschen, befreundet war.

Bas sagte schließlich: »Du hast Recht, der Mann muss erledigt werden. Aber ich weiß niemanden, der das tun könnte. Weißt du, wir sind nach der Verhaftung von Gerrit kaum noch handlungsfähig. Die Gruppe hat sich erst einmal getrennt, jeder hat sich zurückgezogen, und wir warten jetzt ab, was weiter passiert. Ob wir wirklich noch einmal davongekommen sind oder nicht.«

»Es sieht so aus«, sagte Miep zögernd.

»Ja«, bestätigte Bas, »es sieht so aus. Wenn er vor seinem Selbstmord irgendetwas verraten hätte, dann müsste die Gestapo eigentlich längst hier sein. Aber wir haben noch immer Angst.«

»Du hast Glück, dass du uns überhaupt hier antriffst«, fügte Miep hinzu. »Wir waren untergetaucht. Bas hat Verwandte auf dem Land. Die haben einen Bauernhof in der Nähe von Soest.«

»Meine Schwester«, ergänzte Bas. »Die hat einen Bauern geheiratet. – Aber um auf deinen Wunsch zurückzukommen: Wir können uns ja einmal umhören.«

Das klang nicht sehr enthusiastisch. Sofieke hatte das Gefühl, dass Miep und Bas es inzwischen bereuten, sich auf solch ein lebensgefährliches Abenteuer eingelassen zu haben. Beide kamen aus bürgerlichen Verhältnissen.

Bas fragte: »Wie sollen wir den Kerl denn finden?«

»Ich weiß, wo er wohnt«, sagte Sofieke. »Ich habe seine Adresse. Er wohnt bei seinen Eltern in Rotterdam, am Stationssingel.«

»Rotterdam?«, erwiderte Bas. »Warte mal, da habe ich doch gerade etwas gelesen ...« Er erhob sich, ging ins Wohnzimmer und kam mit der Zeitung zurück. »Ja.

Hier steht es. Du kommst zu spät, Sofieke. Anton van der Waals ist gestern Abend in Rotterdam erschossen worden.«

Als Gerhard am Nachmittag die Zeitung aufschlug, beherrschte ein Artikel die Titelseite. Er hieß *Das Wesen der Krise.* Dr. Goebbels schrieb: *Das deutsche Volk hat in diesem Krieg eine moralische Standfestigkeit gezeigt, die die größte Bewunderung verdient...* Das interessierte Gerhard nicht. Entscheidend war etwas anderes. Unter dem Goebbels-Aufsatz stand eine kleinere Notiz:

Politischer Mord in Rotterdam. Am Abend des 27. Mai 1943 - um 23 Uhr - wurde der Niederländer Antonius van der Waals, geboren am 11. Oktober 1912 in Rotterdam, in der Zestienhovenstraat im Norden Rotterdams durch mehrere Schüsse schwer verletzt. Der Mann erlag seinen Verletzungen beim Transport ins Krankenhaus. Die Täter konnten unerkannt entkommen. Der Tote trug einen Ausweis bei sich, ausgestellt auf den Namen Antoon de Wilde. Es wird daher vermutet, dass das Opfer manchmal den Namen Antoon de Wilde benutzt hat. Die Bevölkerung wird ermutigt, bei den Ermittlungen mit der Polizei zusammenzuarbeiten. Eine Belohnung von 10 000 Gulden wird für sachdienliche Hinweise gewährt, die zur Ergreifung der Täter führen.

Der Text stammte von Joseph Schreieder, aber er war vom Rotterdamer SD-Führer Wölk unterschrieben; wenig später wurde die Information von *Radio Oranje* bestätigt. Anton van der Waals war tot.

Grietje war auf einem Bauernhof in Drente untergebracht. »Alles in Ordnung«, sagte Sofieke erleichtert. Sie hatte das Mädchen bei seinen neuen Pflegeeltern besucht.

Für Gerhard setzte jetzt der Alltag wieder ein. Gegen Mittag wartete er auf seinen Einsatz als Funker. Diesmal war er »Netball«. Der Funker Freek Rouwerd, dessen Deckname »Netball« lautete, war in der Nacht vom 21. auf den 22. April 1943 über den Niederlanden abgesprungen und wie all seine Kollegen routinemäßig direkt bei der Landung festgenommen worden. Gerhard funkte für ihn erfundene Spionagenachrichten nach London. Der Inhalt war mit den betreffenden Dienststellen der Wehrmacht abgestimmt, so dass kein Schaden entstehen konnte.

Diesmal gab es nichts Neues zu berichten. Gerhard ging auf Sendung, stellte den Kontakt mit London her und funkte QRU, den Kurzschlüssel für »Ich habe keine neuen Meldungen«. London antwortete mit QTC – »Wir haben eine Nachricht für Sie«. London erinnerte daran, dass »Netball« unter keinen Umständen Funksprüche durchgeben sollte, die kürzer als 150 Zeichen waren. Das wusste Gerhard sowieso. Das war eine überflüssige Meldung. Der Funkspruch endete überraschend mit HH.

Gerhard überlegte blitzschnell. Beim Funkverkehr mit deutschen Dienststellen war es üblich, den Text mit HH zu beenden. HH stand für »Heil Hitler«. Wenn London HH sendete, konnte das nur bedeuten, dass die Gegenseite das Spiel durchschaut hatte. Es machte keinen Sinn, so zu tun, als habe man nichts bemerkt. Gerhard antwortete, indem er ebenfalls HH sendete. Damit war das England-Spiel zu Ende. Jedenfalls glaubte er das.

Schreieder war außer sich: »Wie können Sie nur auf diesen Scherz eingehen? Wenn Sie ein englischer Agent wären, und London beendete seinen Funkspruch mit HH, wie hätten sie darauf reagiert? Mit einem Kopfschütteln vielleicht, aber doch sicher nicht, indem sie mit HH antworten! Wir brauchen die Verbindung mit England. Wir brauchen sie um jeden Preis! Giskes hat sich große Verdienste erworben, indem er diese Verbindung geknüpft hat. Aber von deren Tragweite hat er keine Ahnung. Es geht nicht nur um eine Handvoll Agenten, die er geschnappt hat, und es geht nicht nur um ein paar Kisten mit Waffen und Munition! Es geht darum, dass wir den gesamten Widerstand hier in den Niederlanden aufgerollt haben, von der *Parool*-Gruppe über den *Ordedienst* bis hin zum *Nationaal Comité*. Unsere Leute sitzen überall mit drin, wo sich Widerstand regt. Von Anfang an. Das ist der eigentliche Erfolg dieses Funkspiels. Zwei Jahre Frieden für die Niederlande. Und so soll es auch bleiben, bis in alle Ewigkeit. Das haben Sie leichtfertig aufs Spiel gesetzt!«

Gerhard schlug die Hacken zusammen und sagte »Jawohl!«, so wie er es beim Militär gelernt hatte. Er ließ diese Standpauke über sich ergehen, aber er glaubte nicht, dass seine Antwort auf den Funkspruch irgendeinen Effekt hatte. Das Spiel war aus, daran gab es nichts zu deuteln.

Aber das Spiel war nicht aus. Als »Netball« sich beim nächsten Sendetermin wieder meldete, fragte London nach neuen Ergebnissen aus der Untergrundarbeit. Gerhard gab einen vorbereiteten Text durch, in dem von Sabotage an einer Bahnlinie die Rede war. Es war vollkommen absurd, aber das Spiel lief noch immer weiter.

Gerhard gab sich damit nicht zufrieden. Warum hatte London »Heil Hitler« gefunkt? Das konnte doch nur heißen, dass man drüben sehr genau wusste, dass »Netball« eben nicht mehr der niederländische Funker Freek Rouwerd war, sondern ein unbekannter deutscher Soldat. Er durchforschte im Geist all das, was ihm bei seiner Ausbildung zum Agenten in Beaulieu gesagt worden war, aber so sehr er sich auch mühte, er fand nichts, was auch nur andeutungsweise darauf hinwies, dass womöglich ein doppeltes Spiel mit ihnen gespielt wurde. Außer den Punkten, die ihm schon früher aufgefallen waren. Die schlecht gefälschten Pässe, die falschen Angaben bezüglich der Sicherheit der Funkgeräte. Natürlich konnte er nicht von vornherein davon ausgehen, dass all seine Ausbilder in das Täuschungsmanöver eingeweiht waren. Aber dass keiner davon gewusst hatte, mochte er auch nicht glauben.

Da kam Gerhard plötzlich ein Gedanke: Trix Terwindt. Sie war die einzige weibliche Agentin, die in die Niederlande geschickt worden war. Alle Ausbilder drüben in England waren Männer gewesen. Trix Terwindt war eine außerordentlich sympathische junge Frau. Wenn wirklich jemand gewusst hatte, dass sie direkt ins Verderben geschickt werden sollte, dann hätte er ihr doch wohl einen Hinweis gegeben. Nein, keinen direkten Hinweis, das hätte sicher persönliche Konsequenzen nach sich gezogen, aber doch irgendeine dezente Andeutung, dass ihr Auftrag Gefahren barg, von denen sie keine Vorstellung hatte.

Gerhard hatte Zugang zu allen Formularen und zu allen Stempeln, die er brauchte. In der Mittagspause stellte er sich eine Besuchsgenehmigung aus.

Sonnabend, 29. Mai 1943

Das ehemalige Priesterseminar in Haaren, das jetzt als Gefängnis diente, war ein ansehnliches Gebäude. Es hätte beinahe als Schloss durchgehen können, wären nicht die zugemauerten Fenster im Erdgeschoss gewesen. Die machten überdeutlich, dass es sich keineswegs um einen Ort geistlicher Besinnung handelte, sondern um ein Gefängnis. Trix Terwindt war genau wie die anderen Gefangenen aus dem England-Spiel im oberen Stockwerk untergebracht. Aber Gerhard wurde nicht dorthin geführt, sondern in einen Raum im Erdgeschoss, der normalerweise vermutlich für Vernehmungen vorgesehen war. Ein vollkommen kahler Raum; der einzige Schmuck bestand aus einem Führerbild.

»Bitte warten Sie hier«, sagte der Aufseher.

Trix Terwindt lächelte, als sie von einem der Beamten ins Zimmer geführt wurde. Es war ein Lächeln ohne Hoffnung.

»Bitte nehmen Sie doch Platz«, sagte Gerhard.

Trix setzte sich. Der Wärter verließ das Zimmer. Gerhard war sich nicht sicher, ob der Mann hinter sich abgeschlossen hatte.

Gerhard ging davon aus, dass das Gespräch abgehört wurde. Genau wie damals bei der Vernehmung von Huub Lauwers durch Schreieder kam es also darauf an, die entscheidenden Informationen nicht mündlich zu geben. Als der Beamte, der Trix gebracht hatte, das Zimmer verlassen hatte, sagte Gerhard: »Dies ist ein vollkommen informelles Gespräch. Sie können sagen, was sie wollen ...« Bei diesen Worten hielt sich Gerhard den Zeigefinger vor den Mund.

Trix nickte. Sie hatte verstanden, dass sie nichts Wichtiges äußern durfte.

»... Es wird kein Protokoll geführt, und ich werde mir auch keine Notizen machen.« Bei diesen Worten schob Gerhard Trix einen kleinen Zettel und einen Bleistiftstummel zu.

Trix nickte wieder. Sie hatte gesehen, dass Gerhard mit sehr kleiner Schrift irgendeinen Text auf den Zettel geschrieben hatte.

»Ich würde mich gern mit Ihnen über früher unterhalten«, sagte Gerhard, »über die Zeit, bevor Sie nach England gegangen sind.«

»Gern«, erwiderte Trix. Sie las indessen den Text. Gerhard hatte geschrieben: *Sind Sie vor dem Einsatz in irgendeiner Weise gewarnt worden?* Sie sah ihn überrascht an, zuckte mit den Schultern. Ganz offensichtlich verstand sie den Sinn seiner Frage nicht.

»Wie war das, als Sie ein kleines Mädchen waren? Haben Sie damals schon davon geträumt, einmal in einem Flugzeug zu fliegen?«, wollte Gerhard wissen.

Nein, davon hatte Trix nicht geträumt. Sie erzählte Gerhard, dass sie immer ein ängstliches Kind gewesen sei. Sie hatte sich vor allen möglichen Dingen gefürchtet: vor der Dunkelheit, vor Pferden, vor ihrem Vater.

Gerhard schrieb indessen: *Jemand drüben muss gewusst haben, dass alle Agenten gefangen sind.*

Auch zu ihrer Mutter hatte Trix eine angespannte Beziehung gehabt. Die Frau hatte das Kind in eine Klosterschule gesteckt – jedenfalls glaubte Gerhard das verstanden zu haben. Trix sprach leise, und Gerhards Niederländisch war noch immer nicht perfekt.

Ja, schrieb Trix, *jemand hat es gewusst. Ja, er hat mich gewarnt.*

Sie erzählte indessen, dass sie in der Zeitung gelesen hatte, dass die KLM Stewardessen suchte, und sie hatte sich beworben. Nein, vorher war ihr nie der Gedanke gekommen, etwa bei einer Fluglinie zu arbeiten. Sie hatte einfach eine Arbeit gesucht, das war alles.

Wer? schrieb Gerhard.

Trix erzählte, dass sie als junges Mädchen einmal bei einer Flugschau in Arnhem zugesehen hatte. Sie war die tausendste Besucherin gewesen, und sie hatte einen Freiflug gewonnen. Ihre Freundinnen hatten sie beglückwünscht. Aber sie wollte nicht fliegen. Das war ihr zu gefährlich. Sie hatte dankend abgelehnt.

Während Trix dies erzählte, winkte sie Gerhard zu sich heran. Es war ganz offensichtlich, dass das, was sie berichten wollte, zu umfangreich war, als dass sie es auf dem kleinen Zettel unterbringen konnte. Nun wurde es kritisch. Gerhard ging auf die andere Seite des Tisches und kniete sich vor ihr hin. Wenn sie jemand beobachtete, würde er jetzt ins Zimmer stürzen und die Sitzung unterbrechen. Aber nichts geschah.

»Bei mir war es nicht viel anders«, sagte Gerhard. »Ich bin in Hamburg aufgewachsen. Meine Eltern haben mich einmal mit zum Flughafen Fuhlsbüttel genommen, und da hätte ich auch in einem Flugzeug mitfliegen können. *Kindermöwe* hieß das. Es war ein sehr kleines Flugzeug. Ich habe mich nicht getraut.« In Wirklichkeit stimmte das nicht. Er wäre gern mitgeflogen, aber seinem Vater war der Rundflug zu teuer gewesen. Das spielte jetzt keine Rolle. Er musste nur ganz einfach irgendetwas erzählen, um das zu übertönen, was Trix ihm inzwischen ins Ohr flüsterte:

Einer unserer Ausbilder hieß Leo Marks. Ein Jude. Er hat uns das Codieren und Decodieren beigebracht. Ich habe nicht besonders gut aufgepasst, denn es war klar, dass ich bei meinem Einsatz keine Funksprüche zu verschlüsseln hatte. Leo hatte ein Auge auf mich geworfen, das war ganz offensichtlich. Ich habe das erst gar nicht gemerkt. Er war ja fast zehn Jahre jünger als ich, und ich war sowieso nicht darauf aus, einen Partner zu finden. Als er gehört hat, dass ich über den Niederlanden mit dem Fallschirm abspringen sollte, da hat er gesagt: Tu's nicht! Ich weiß, dass all unsere Agenten in Holland verhaftet werden.

»Warum?«, wollte Gerhard spontan wissen. Er korrigierte sich: »warum ich später solch ein abenteuerliches Leben angefangen habe, das weiß ich selbst nicht. Ich hätte es mir jedenfalls als Kind niemals träumen lassen. Und mein Vater – wenn er das geahnt hätte, dann hätte er mir den Hintern versohlt.« Das jedenfalls stimmte.

Es ist ganz lächerlich einfach, sagte Trix. Es hängt mit dem Verschlüsseln der Funksprüche zusammen. Das ist eine ziemlich komplizierte Angelegenheit, und man macht leicht Fehler, besonders wenn man in Eile ist und wenn man befürchten muss, dass man vielleicht entdeckt wird. Deshalb enthält fast jeder Funkspruch, der nach London gesendet wird, einen oder mehrere Fehler. Es gibt nur eine Ausnahme: Die Funksprüche aus Holland sind alle fehlerfrei. Dafür kann es nur eine Erklärung geben: Sie werden ohne jeden Stress von den Deutschen codiert und gesendet.

Ja, das war in der Tat lächerlich einfach. Und das war eine Angelegenheit, an die weder Giskes noch Schreieder gedacht hatten. Gerhard erzählte von seiner Reise und von dem Studium in England. Er schrieb auf den Zettel: *Warum ist die Aktion dennoch weitergelaufen?*

Trix flüsterte ihm ins Ohr: *Er hat es gewusst seit Ende 1942. Natürlich hat er seinen Vorgesetzten Meldung gemacht. Man hat ihm gesagt, man werde der Sache nachgehen, aber er dürfe auf keinen Fall mit irgendeinem anderen Menschen darüber reden. Aber es ist nichts weiter geschehen. Die Agenten werden noch immer nach Holland geschickt, und sie werden weiterhin bei der Landung verhaftet. So wie ich auch.*

Warum?, wollte Gerhard wissen.

Ich weiß es nicht, antwortete Trix. *Vielleicht hat man ihm nicht geglaubt. Ich habe ihm ja auch nicht geglaubt. Ich habe damals gedacht, er wollte sich nur wichtigmachen. Aber inzwischen weiß ich, dass er Recht gehabt hat.*

Das war der Beweis. Das war der eindeutige Beweis, dass SOE seit langem Bescheid wusste. Wahrscheinlich von Anfang an. Wahrscheinlich war dies in der Tat kein England-Spiel, sondern ein Deutschland-Spiel. Aber was machte er nun mit seinem Wissen?

Gerhard ging zurück auf die andere Seite des Tisches. Er erzählte weiter von seinen Abenteuern in England. In Wirklichkeit war er nicht bei der Sache. Er fragte sich, was er jetzt tun sollte. Wenn die englische Seite die Agenten wissentlich in die Falle laufen ließ, dann machte es keinen Sinn, SOE zu warnen. SOE wusste sowieso Bescheid.

»Es war nett, mit Ihnen zu plaudern«, sagte Gerhard. Er meinte es auch so.

Jetzt ging es zunächst einmal darum, heil aus Haaren wieder herauszukommen. Gerhard klopfte wie verabredet laut an die Tür, um zu signalisieren, dass die Vernehmung beendet sei. Trix wurde wieder in ihre Zelle zurückgebracht. Sie lächelte noch immer auf genau dieselbe verlorene Weise wie am Anfang, als sie gekommen war.

»Das war's dann«, sagte Gerhard. Aber er konnte nicht ohne Weiteres wieder nach draußen.

»Leibesvisitation«, sagte der Wärter, der ihn vorhin hereingeführt hatte. Es kamen zwei Männer, die offenbar schon auf ihren Auftritt gewartet hatten. Gerhard musste sich nackt ausziehen. Seine Kleidung wurde gefilzt. In den Taschen fand sich außer der Brieftasche mit den Reisedokumenten ein winziger Bleistiftstummel.

Der Beamte, der ihn entdeckt hatte, hielt den Stift in die Höhe: »Was wollen Sie denn damit?«

Gerhard zuckte mit den Schultern. »Ich weiß nicht, warum ich diesen Stummel mit mir herumschleppe. Am besten werfen Sie ihn einfach weg.«

Der Stift landete im Papierkorb. Noch einmal wurden alle Sachen gründlich durchsucht, alle Taschen umgekehrt. Aber den Zettel mit den Notizen fanden sie nicht; den hatte Gerhard vorsorglich zerkaut und heruntergeschluckt.

Sofieke war mit nach Haaren gekommen. Sie hatte außerhalb des Gefängnisses gewartet, bis Gerhard zurückkam. Es war ein sehr warmer Tag; ein leichter Dunstschleier lag in der Luft und würde dafür sorgen, dass es auch in der Nacht kaum abkühlte. Gerhard und Sofieke lagen jetzt im Gras auf einer Wiese östlich von Haaren. Sie hatten keine Eile, nach Hause zurückzukehren.

Gerhard dachte darüber nach, was er über das England-Spiel herausgefunden hatte. Was nützte ihm dieses Wissen jetzt? Er wusste genau, was Schreieder dazu sagen würde: »Das ist egal, Gerhard. Es kann gut sein, dass die Engländer all diese Agenten geopfert haben, um uns Sand in die Augen zu streuen. Es kann genauso gut sein, dass sie das nicht haben. Dass drüben alles drunter und drüber geht, dass SIS und SOE sich gegenseitig bekriegen und dass die Erkenntnisse dieses Codierers, von dem du sprichst, daher schlicht und ergreifend unerwünscht sind, das kann alles Mögliche bedeuten. Mir ist das egal. Mir bietet das England-Spiel die einmalige Chance, unsere eigenen V-Leute durch London bestätigen zu lassen. Auf diese Weise haben wir alle führenden Köpfe des niederländischen Widerstands festnehmen können. Nicht nur einzelne Personen, sondern schlichtweg alle. Und deswegen muss das England-Spiel weiterlaufen, selbst wenn wir uns sicher sind, dass die Engländer in Wirklichkeit mit uns spielen. Das mag so sein, aber sie haben nichts davon. Die Gewinner sind wir.«

Und Giskes? Der würde nur mit den Achseln zucken und sagen: »Aus meiner Sicht funktioniert das Spiel. Wir nehmen alle Agenten fest, die London uns herüberschickt. Was wollen wir mehr?« Die Gemeinheit auf beiden Seiten kannte keine Grenzen. Man konnte es nicht verhindern. Man konnte sich nicht dagegen wehren. Man konnte nur versuchen, selbst sauber zu bleiben, soweit das möglich war.

Sofieke richtete sich auf, warf Gerhard einen forschenden Blick zu. »Du denkst schlechte Dinge«, stellte sie fest.

Gerhard antwortete nicht.

Sofieke sagte: »Nicht alles ist schlecht, Gerhard. Du hast dein Leben eingesetzt, um die Nachricht vom Mord an den Juden nach England zu übermitteln. Dass England nicht reagiert, ist nicht deine Schuld. Du hast dein Leben riskiert, um meinen Bruder zu retten. Es ist schiefgegangen, aber dafür haben wir jetzt Grietje, und wir werden alles dafür tun, dass sie diesen Krieg heil übersteht.«

»Reicht das aus?«, fragte Gerhard.

Sofieke nickte. »Ja, das reicht aus. Wir sind belogen und betrogen worden, aber wir sind uns selbst treu geblieben. Das ist die Hauptsache. Und wir haben uns. Ich werde dich niemals loslassen.«

»Ich dich auch nicht«, erwiderte Gerhard.

»Beweise es!«, verlangte Sofieke.

Als Sofieke erwachte, war es längst dunkel geworden, und sie lagen nackt auf der Wiese, und über ihnen leuchteten die Sterne. In der mondlosen Nacht war die Milchstraße klar erkennbar. Um sie herum war es ganz still. Wahrscheinlich war es schon nach Mitternacht. Sofieke war aufgewacht, weil ihr trotz der milden Witterung kalt geworden war. Sie erhob sich und zog sich rasch an.

Als sie Gerhard mit seinem Hemd zudecken wollte, wachte er auf. Er zog Sofieke zu sich herunter und gab ihr einen Kuss. Einen Augenblick lagen sie ganz still. Gerhard war fast wieder eingeschlafen, als Sofieke plötzlich den Kopf hob. »Was ist das?«

Jetzt hörte auch Gerhard das Geräusch. Ein ganz leises Brummen, das allmählich lauter wurde. »Ein Flugzeug«, sagte er.

Es waren viele Flugzeuge. Englische Bomber auf dem Weg nach Deutschland. Gerhard wusste, dass die Engländer seit einiger Zeit Nachtangriffe auf Ziele im Ruhrgebiet flogen, aber in Driebergen hatte er nichts davon bemerkt. Sie flogen weiter südlich.

Gerhard stand auf und zog sich an. Er nahm Sofieke bei der Hand, und gemeinsam starrten sie in den Himmel. Die Flugzeuge flogen hoch, und nur mit Mühe konnte man den Umriss einzelner Maschinen erkennen. Es waren viele Flugzeuge, sehr viele. Der Lärm schwoll ab, und sie glaubten schon, dass alles vorüber wäre, aber dann wurde das Brummen erneut lauter, und die nächste Welle kam heran.

»Wieviele sind das?«, fragte Sofieke beklommen.

»Viele hundert«, sagte Gerhard. Auch er war erschrocken, obwohl dieser Angriff nicht ihnen galt.

Der Strom der Bomber schien kein Ende zu nehmen, und er flog ungestört in Richtung Osten. Nachtjäger schien es nicht zu geben. Das vielgepriesene Himmelbett-Verfahren hatte ausgedient. Es war einem derartigen Ansturm nicht gewachsen. Es waren viele hundert Flugzeuge. Siebenhundert vielleicht, schätzte Gerhard. Aber schließlich war es dann doch vorüber, und es kehrte wieder Ruhe ein.

Gerhard und Sofieke standen und warteten auf die Rückkehr der Flugzeuge, aber sie kamen nicht zurück. Nur einmal glaubte Gerhard in der Ferne ein leises Brummen zu hören. Für den Rückflug hatten die Bomber offenbar eine weiter südlich gelegene Route gewählt.

»Das müssen die Gefangenen in Haaren auch gehört haben«, vermutete Sofieke.

Gerhard nickte. Für sie war es ein Zeichen der Hoffnung.

»Der Krieg ist jetzt bald zuende«, verkündete Sofieke. Gerhard mochte ihr nicht widersprechen.

Der Mond ging auf. Die schmale Sichel des abnehmenden Mondes spendete nur wenig Licht. Für einen Augenblick hatte Sofieke ihre Angst vergessen. Sie pflückte eine Pusteblume und blies die Fallschirme hinaus in die Nacht.

QUELLEN

Es gibt zahlreiche Veröffentlichungen zu den Themen, die in diesem Buch behandelt werden. Ich zähle hier nur die wichtigsten auf:

Beuys, B. (2016): Leben mit dem Feind. Amsterdam unter deutscher Besatzung 1940-1945. München, dtv. 381 S.

Bolle, M. (2006): »Ich weiß, dieser Brief wird dich nie erreichen«. Tagebuchbriefe aus Amsterdam, Westerbork und Bergen-Belsen. Berlin, Eichborn. 298 S.

Caspers, L. (2007): Vechten voor vrijheid. Oorlog en verzet op de Utrechtse Heuvelrug. Hilversum, Verloren. 312 S.

De Jong, L. (1979): Het Koninkrijk der Nederlanden in de Tweede Wereldoorlog, Deel 9, Londen. Den Haag, Staatsuitgeverij. 1453 S.

De Jong, L. (1989): Twee gesprekken met Gertrud Seyss-Inquart, Salzburg, 30 september 1952, in: Jaarboek van het Rijksinstituut voor Oorlogsdokumentatie 1989, 127-147.

Foot, M.R.D. (2001): SOE in the Low Countries. London, St Ermin's Press. 553 S.

Giskes, H.J. (1951): Spione überspielen Spione. Hamburg, Hansa. 350 S.

Goudriaan, B. (2010): Verzetsman Gerrit Kastein 1910-1943. Leiden, De Nieuwe Vaart. 279 S.

Kingma, J. (2006): Buiten wonen. Villawijken in Driebergen 1920-1940. Driebergen-Rijsenburg, Kleine Geschiedenis van de Heuvelrug. 96 S.

Kok, A. (2005): De verrader. Leven en dood van Anton van der Waals, 3. druk. Amsterdam, De bezige bij. 364 S.

Kok, A. (2012): Oorlogsliefde, 4. druk. Amsterdam, De bezige bij. 222 S.

Koll, J. (2015): Arthur Seyß-Inquart und die deutsche Besatzungspolitik in den Niederlanden (1940-1945). Wien, Böhlau. 691 S.

Marks, L. (1998): Between Silk and Cyanide. New York, The Free Press. 614 S.

Mulder, D. und Prinsen, B. (Hrsg.) (1998): Portretten van overleven. Getuigen van kamp Westerbork. Westerbork Cahiers 6, 95 S.

Rep, J. (1977): England-Spiel. Spionagetragedie in bezet Nederland 1942-1944. Bussum, Van Holkema & Warendorf. 382 S.

Ritzi, M. und Schmidt-Eenboom, E. (2011): Im Schatten des Dritten Reiches. Der BND und sein Agent Richard Christmann. Berlin, Ch. Links. 248 S.

Schreieder, J. (1950): Das war das England-Spiel. München, Walter Stutz. 414 S.

Schulten, C.M. (1995): En verpletterd wordt het juk – Verzet in Nederland 1940-1945.Amsterdam, Rijksinstituut voor Oorlogsdocumentatie. 319 S.

Van der Boom, B. (1995): Den Haag in de Tweede Wereldoorlog. Den Haag, Sea Press. 308 S.

Van der Chijs, I. (2013): Luchtmeisjes. Het ongelooflijke verhaal van twee stewardessen. Amsterdam, Nigh & Van Ditmar. 301 S.

Velmans-van Hessen, E. (1999): Ich wollte immer glücklich sein. Das Schicksal eines jüdischen Mädchens im Zweiten Weltkrieg. Wien, Paul Zsolnay. 310 S.